とむらい自動車

倉知　淳

JN148051

電柱のそばに供えられた菊の花。友人が交通事故に遭った都心の街道沿いで、まだうっすら残るチョークの跡を眺めながら、俺は物思いにふけっていた。学生時代からの付き合いになる猫丸先輩も今日は隣で花束なんか抱えていて、いつもの饒舌は鳴りを潜めている。しかし、暫くすると呼んでもいない無線タクシーが俺たちの前に次々と停車して……運転手同士が存在しない乗客を取り合う騒動にまで至った不可解な自動車集結事件をめぐる表題作に、毎朝ベランダの同じ場所に置かれるペッドボトルが謎を呼ぶ「水のそとの何か」など、名探偵・猫丸先輩の推理が冴え渡る全六編を収めた連作集。

とむらい自動車

猫丸先輩の空論

倉　知　淳

創元推理文庫

THE MOURNING MOTORCAR

by

Jun Kurachi

2005

目次

とむらい自動車

猫丸先輩の空論

水のそとの何か

「あの、八木沢《やぎさわ》さん、水の入ったペットボトルって何だと思います？」

と、美里《みさと》さんが唐突に尋ねてきた。あまりにもいきなりで、前後の脈絡を欠いた問いかけだったから、僕はいささかきょとんとしてしまい、

「水の入ったペットボトル、ですか――そりゃもちろん飲料水でしょうね」

などと、実につまらない返答をしてしまった。

「あ、いえ、私がお聞きしたのはそういうことではなくて――」

と、美里さんは、間の抜けた僕の反応が面白かったのか、少し微笑すると、

「水のペットボトルって、一体何の意味があるんでしょう――と、それを伺《うかが》いたかったんです。一人で考えてもどうしても意味が判らなくて、それでどなたかの意見をお聞きしたくて」

「はあ、意見と云われましても――やっぱり飲むんじゃないの」

質問の意図がまるきり呑み込めず、僕が再度バカみたいな答えを返すと、

「すみません、私の話し方が悪くて――これじゃ何がなんだか判りませんよね。口下手だとこういう時、困るんです」

美里さんは、長い睫《まつげ》が際立つ大きな瞳を伏せて、申し訳なさそうに俯《うつむ》いた。

二月上旬の、火曜日の午後。

僕の会社近くの喫茶店でのことである。

美里さんはフリーのイラストレーターだ。僕が編集に携わる雑誌で、ちょくちょく仕事をしてもらっている。それで今日も打ち合わせのために——と云っても本日の用件は、完成した原画の受け渡しだけなのだが——会っているのである。繊細で柔らかな描線と、十八番の水彩画の技法を活かしたほんわりと軽やかな雰囲気が、美里さんの作品の持ち味。緻密でいてどこか大胆な華やかさもあり、それがご本人のムードともマッチしている。原画のケント紙に一枚一枚、汚れ防止のトレーシングペーパーを丁寧に重ねているのも、美里さんらしい几帳面さだ。

受け取った絵の、いつもながらの見事な出来にひとしきり感心した後、僕がその数枚のケント紙を鞄に納めている——そういうタイミングだった。美里さんの形の整った唇から、先の意味不明の質問が飛び出したのは——。

ペットボトルって何だと思います？　——と。

用事が終わるのを待ちわびていたかのような突然さで、そういえば、今日の美里さんはいつになくそわそわしていて、何となく落ち着かない様子ではあったのだ。それがいきなり水のペットボトルとは、何がどうしたというのだろう。

僕は訝《いぶか》しく思い、聞いてみる。

「えーと、美里さん、何の話なんですか、それ」

どうでもいいことだけど、美里さんは僕より五つばかり年下だから二十代半ばなのだが、僕は普段から「さん付け」で呼んでいる。外注のクリエーターに対して礼節を持って接するのは、編集者としての常識だ。

美里さんは、肩口まで伸びたストレートの髪の先を、枝毛でも捜すみたいに弄《もてあそ》びながら、

「ペットボトルは外に置いてあるんです。だから飲むための物ではないと思うんですけど――」

「ああ、それならよく見かけますね。猫よけでしょう。野良猫なんかが近寄らないように置いてあるやつ」

僕はようやく納得してそう云った。水の入ったペットボトルに光が乱反射してそれを猫が嫌うとかで、そんなのを庭先に置く家が、たまにある。効果のほどは疑わしいが、野良猫に庭をトイレ代わりにされて困っている人にしてみれば、藁《わら》にも縋《すが》る苦肉の策なのだろう。

僕はてっきり、そんな話なのかと思ったのだけど、

「それは私も考えました。でも、そういうこととは違うみたいなんです」

しかし美里さんは首を振り、大きな瞳でまっすぐに僕を見つめてきて、

「私は猫なんて飼ってませんし、そもそも私のところのアパートは、ペットの飼育は禁止なんです。それに、ペットボトルは誰かがベランダに置いていくんですよ」

「ベランダ?」

「そうです、ベランダの手摺《てす》りに」

「えーと、ごめん、まだ話について行けてないや――つまり、そのペットボトルっていうのは、

美里さんの家のベランダに置いてあるわけ？」

「そうです、手摺りの上に、ぽつんと」

「誰かが黙って置いていくんですか」

「ええ、私の知らないうちに」

「何ですか、そりゃ」

やっと事態の変てこさ加減が呑み込めた僕が口をあんぐりさせると、美里さんは細い眉を幾らかしかめて、

「変でしょう、何のつもりかさっぱり判らなくて、ちょっと気味が悪くなってきたんです。それで八木沢さんのご意見も伺いたくて」

「あの、少し詳しく話してくれませんか」

「ええ、私の方は時間、大丈夫ですけど——八木沢さんはよろしいんですか」

「構いませんよ、今日はもう何もありませんから」

奇妙な話の展開が何だか気になって、僕が促すと、細い指先を紅茶のカップに伸ばしながら、

「最初は、三日前のことだったと思います」

と、美里さんは語り始めた。

＊

美里が問題のペットボトルに気が付いたのは、三日前の朝のことだった。

いや、朝というのは正確ではない。世間様の常識に照らすのなら、もはや昼前と呼ぶべき時間帯なのだろう。ただ、ベッドから這い出したばかりの美里にしてみれば、感覚的に、どうしても朝という気分になってしまうのは致し方ない。昨夜も明け方まで、夜《よ》っぴて仕事に没頭していた。職業柄、時間の観念がデタラメになってしまうのは仕方のないことなのだろう。

洗濯と掃除を朝食前に片付けてしまうのは、いつもの習慣だ。そうでなくても冬の陽は短い。洗濯物を、せめて数時間なりともお陽さまに当てようと思ったら、手早く済ませないといけない。


それでベランダに出た。

風はないが、空気は冷たい。

二月の東京は、寒さの盛りだ。

よく晴れた冬の空は、絵の具で例えればデルフトブルーとコバルトブルーの中間色といったところか——陽の光は弱々しいけれど、起き抜けの目には眩しい。

そして、洗濯機の蓋を開けようとして、それが視野に入った。狭いベランダの手摺り。その上にちょこんと載っている物。

何、これ——？

美里は思わず首を傾《かし》げてしまう。

ペットボトル。

ベランダの手摺りの上に、ペットボトルが置いてある。

ミネラルウォーターのボトルだ。有名な、確かフランスだかどこだかのメーカーのもので、コンビニなどでもよく見かける製品である。ボトルの色が淡いセルリアンブルーで、その空色にも似た透明感が日光を反射してきらきらと瞬く。日差しが柔らかだから水のきらめきも穏やかに、ちょっと綺麗だ――と、ついイラストレーターの視点で見てしまってから、いや、そんな呑気に感心している場合ではない、と思い直す。

何でこんなところにこんな物が――？

手を伸ばして、その青いボトルを取ってみた。

ごく普通の、ミネラルウォーターのボトルである。５００㎖入りの、ありきたりのサイズ。飲み口の封は切られておらず、水が満々と詰まっている。どこも変わったところのない、何の変哲もないペットボトルだ。それが一本ぽつんと、ベランダの手摺りに置いてあった。もちろん、美里自身には置いた覚えなど、まるでない。

誰が置いてったんだろう、こんな物――ベランダに一人佇み、何となく周囲を見回してみる。見慣れた風景には、別段、何の変化もない。

美里の部屋は二階建てアパートの一階、その角部屋である。ここに住んで、もう四年ほどになるだろうか。至極ありふれた単身者用住居。マンションと呼ぶには若干の気後れは感じるが、一応鉄筋コンクリートのきちんとした造りだ。ただ、そうした独り暮らし用アパートの常で、ベランダは当然、とても狭い。南向きのガラス戸から直接出るスタイルで、せいぜいが洗濯物を干すくらいしか使い道はない。しかしまあ、こんなアパートで優雅にガーデニングでもなかろうから、それで充分とも云える。

そのベランダの外側には、細い道が通っている。自転車がかろうじてすれ違えるくらいの狭い道だ。裏路地と云った方が正しいかもしれない。アパートと平行する形で、路地は細く長く続いている。

そして、その向こうは民家の敷地。ただしこちら側は、その家の広い裏庭に面していて、民家本体までは離れている。マースバイオレットの落ち着いた色調の屋根瓦も遠くに見え、圧迫感もなければ日当りを妨げることもない。

ペットボトルを手にしたまま、美里はしばし意味もなく辺りを見渡していた。

小さく一度、くしゃみをする。

よく晴れ渡った昼間とはいえ、やはりこの季節は寒い。外に出てぼんやりする時期ではない。

ベランダの外の裏路地にも、人の姿は見えない。ただしこれは、寒さのせいばかりではない。駅からは割と近い立地ではあるけれど、裏道だから普段から人通りは少ないだけのことだ。近所の人が通勤通学に使う程度で、こんな時間に歩く人は、あまりいない。

誰かがこの道を通りながら、ちょっと置いて行ったってことかな——寒さに身をすくめながら、美里はそんなふうに考えていた。

ベランダと路地とは生け垣で仕切られているものの、無理をして手を伸ばせば、どうにか手摺りまで手の届く距離ではある。

通りがかった人が気まぐれに、生け垣越しに手を伸ばしてひょいっと置いた――ペットボトルはちょうどそんな感じの位置にあった。道に転がして捨てて行くのも気が引けるから、ちょっと気まぐれを起こしてここのベランダに置いて行った――まあ、そんなところだろう。美里はそう思った。だから、その時は大して気にも留めなかった。風邪なんかひいたらつまらない、早く洗濯をしてしまおう。と、ごく日常的なことに気を取られていた。

＊

「で、そのミネラルウォーター、その後どうしたんですか」

「捨てました、もちろん」

「そりゃそうでしょうね」

誰だってそんな出所不明な物は飲まんよなあ――と、まったくもって当り前のことを考えて、僕はうなずいた。話の腰を折ってまで差し挟む疑問ではなかったか、と反省しつつ、

「ペットボトルには、何かシールとかそういう物は貼ってありませんでしたか」

思いついたことを尋ねてみた。美里さんは少しだけ首を捻りながら、

「いえ、なかったはずです」

「特売の値札とか安売りシールとか、そういうのは？」

「全然。あったとしたら気が付いたはずです。私、よく見ましたから」

「そうですか——いえ、誰かが安売りの物を買いすぎたのかな、とちょっと思いまして」

僕は自分の考えたことを口にする。

「近くの店でミネラルウォーターの特売か何かやっていて、調子に乗って買い込んじゃったもののの、帰り道にあんまり重かったから、それでとりあえず一本だけ捨てて行ったんじゃないか——そんなふうに思ったんです。ほら、美里さんの家の前は近所の人の通り道になってるんでしょう。だから誰かがそんなことをしたんじゃないかと、ちょっと考えたんですけどね」

「そんな簡単なことだったらいいんですけど——でも、そういうこととも思えないんです」

と、美里さんは、僕の意見を否定するのが申し訳ないというふうに、遠慮がちに小声で答えた。

遠慮がち——と云えば、美里さんは何かにつけて遠慮がちな人である。

今日こうして、僕の会社の近くまでわざわざ出向いて来てくれているのも、その表れだ。原稿やイラストを取りに行くのは、僕にとって仕事の内なのだが、美里さんはいつも自ら足を運んでくれる。住所で知る限り、美里さんのアパートは都心からそれほど遠方でもないのだから、僕としても大して手間はかからないはずなのだ。ちょっと電車に乗れば、すぐにイラストは貰《もら》いに行ける。しかし何度そう云っても、美里さんは気を遣って遠慮する。若手だからってそんなに畏《かしこ》まらなくてもいいのに、と僕は常々思うのだけど、美里さんのそういうところは最初の印象から変わらない。

そう、出会った頃からそんな感じだった。

美里さんと仕事上の付き合いが始まったのは、かれこれ一年ほど前になるだろうか——。当時、僕は、とある新人女性作家の短編集を出版しようと計画していた。産婦人科医院を舞台にした小説で、若い看護婦さんが主人公の、ほのぼのと明るい雰囲気ながら隙のない謎解き満載の本格ミステリだった。内容の面白さは編集長も折り紙をつけてくれて、さて表紙の装画を誰に依頼しようかという段になり、画料のなるたけ安いイラストレーターを探したのである。いや、安い人を探したからと云っても、別段僕がケチなわけではない。零細出版社の悲しさで、予算を抑えるよう上から厳命されただけのことだ。

そんなこんなで、美里さんの作品が目にとまったのである。

小説の題材とテーマから、若い女性読者を獲得できるだろうと踏んで、そうした読者層をターゲットにしている雑誌を渉猟した結果だった。「詩とポエムと」という、無暗やたらとメルヘンチックな雑誌——そのカラーページに、夢見る乙女向け恋愛絵本とでも呼ぶべき特集があり、そこで見つけた。物語そのものは、甘味たっぷり生クリーム大盛りのメルヘンといった趣きでちょっと辟易したが——なにしろラストシーンでは、遠く離れ離れになった恋人達の窓辺を虹の掛け橋が繋ぐ、という凄まじいものだったし——ただ、イラストはよかった。柔らかな線とほんのりとした色使いの水彩画で、パステルカラーの虹の掛け橋も美しく表現されていた。この絵描きさんの絵なら、こちらのイメージにぴったりだと確信した。若い女性読者層を狙う戦略としても注文通りだ。美里優という名前も聞いたことがないから、多分若いイラストレーターだろうし、画料を吹っかけられる心配もなかろう——それで「詩とポエムと」を出している出版社に問い合わせて連絡先を教えてもらい、オファーに至ったという次第。

結果として、その女性作家の短編集は大好評をもって読者に受け入れられ――なんと今春、テレビドラマにまでなるという――担当編集者の僕としても鼻高々なのだが、それは余談。

そう云えば、その本の装画の打ち合わせで初めて美里さんと面談した際、待ち合わせの喫茶店でひどくまごまごしてしまった覚えが、僕にはある。初対面の美里さんの顔を知らなかったという理由もあるけれど、女性作家の書いた女性に受けそうな本という先入観があったせいだろう。もちろん「詩とポエムと」で見た、ほんわりと柔らかな水彩画のイメージが、その先入観を助長したのも間違いない。

待ち合わせた店には男性客しかいなくて、僕はてっきり、美里さんはまだ来ていないと思い込んでしまったものである。それでしばらくの間、無為にぼうっと待つハメになってしまったのだ。女の人が入って来ないかと、入口を眺めてぼんやりと――。もうまるっきりバカみたいな勘違いである。事前のやりとりがファックスだけだったとはいえ、相手が女性だと頭から信じ込んでいたというお粗末。げに先入観というのは恐ろしい。女性と男性を取り違えてこんがらがるとは、まるで本格ミステリのトリックみたいだ。美里さんの名前も、紛らわしいと云えば紛らわしいのだが、そんなことは云い訳にはならないだろう。実際、美里優《ゆう》という名前も本名で――これもてっきり、画風に合わせたペンネームだと思っていたけど――免許証にもアパートの表札にも、しっかりこの名前が書いてあるそうな。

ただ、画風と名前は美里さんの外見によく似合っている。線の細い、アイドル俳優ばりの二枚目で、若手クリエーターらしく髪を肩近くまで伸ばしている。この顔でああいう絵を描く新進イラストレーターときてるわけだから、さぞかし女の子にモテることだろう——などと、僕はいつもやっかみ半分に思うのだが、ひょっとしたら、そっちの趣味の男性にもモテたりするのかもしれない。まあ、僕はその手の趣味のことはよく判らないから、本当はどうだか知らないけれど——。本人にもそういう傾向はないらしく、以前酒場で、あの「詩とポエムと」のイラストを僕が誉めた時に「あれは彼女も一番気に入ってくれたんですよ」などと、珍しく酔ってノロケていたから、女性の恋人がいたようである。眉目秀麗で耽美的な容姿の男性でも、そっち方面に走るとは限らない、という好例なわけだ。もっとも今は、その恋人とも別れてしまったと、風の噂で小耳に挟んでいる。詳しく聞いていないからどんな事情があったのか知らないけど、これだけ超絶的いい男も、まだまだ金儲けとは縁遠い若手絵描きでは、彼女にフラれてしまうということなのだろうか。いわんや僕みたいに月並みな容貌の安月給取りでは、女の子に相手にされないのも自然の摂理と云うべきもので——いや、そんなことはどうでもよろしい。

とにかく、こうして仕事を何度も共にする間柄になって一年経つというのに、美里さんが遠慮がちなのは変わらない。自分を「私」と称する堅さと丁寧な態度を、いつまでも崩さない人なのである。とても好感の持てる人柄と云えるだろう。どっかの誰かさんに爪のアカでも煎じて飲ませたいくらいだ。

閑話休題。

「誰かが気まぐれでやったとか、買い物をしすぎた近所の人が何となく置いて行ったとか、そういうことではないと思うんです」

美里さんは、いつもの遠慮がちな口調で云った。

「なにしろ、ペットボトルが置いてあったのはその一回だけではないんです。毎日続いているんですよ、今も」

と、再び美里さんは語り始める。

＊

次の日、美里は二本目のペットボトルを発見した。

例によって昼前にごそごそと寝床から這い出た後のことである。

昨夜もずっと仕事をしていた。ベッドに入ったのは、早起きの人ならばもう起き出そうかという時間だった。八木沢氏に申し渡された〆切りまでは、まだ充分すぎるほどの余裕がある。しかし、駆け出しイラストレーターの立場としては、フライング気味でもちょうどいいくらいだろう。

それに何より、仕事が楽しい。ようやくイラスト一本で、どうにか暮らしが成り立つようになったという自負もあるためか。やる気に満ち満ち、つい熱中して、時の経つのを忘れてしまう。満足感もある。充実している。

だから目覚めは爽快だった。

いい気分の鼻歌混じりで南向きのカーテンを開き、よしよし今日も上天気の冬晴れだ――と思った時に、ペットボトルが目に入った。

まただ――。

またあんな物が置いてある。

少し呆《あき》れたような気分で、美里はベランダに出てみた。

昨日と同じ場所。ベランダの手摺りの上に、ペットボトルはちょこんと載っていた。

鉄製で、無愛想なランプブラック色に塗られた手摺りは、美里の胸の高さくらいまである。その上面はフラットになっている。そこにペットボトルが一本、置いてある。太陽の光を受けてきらきらと、水をいっぱいに湛《たた》えて――。

何なんだろうか、昨日といい今日といい――。

近寄ってしげしげと眺めてみた。

水入りのペットボトルである。

ベランダの手摺りのまん中辺り、平面になった柵の上に載っている。

形状からどうやら、５００㎖の日本茶のボトルだろうと思われた。「加藤園のおいしいお茶」は他社のものと較べて、肩口の曲線のフォルムに独特の特徴がある。だから一目ですぐに判る。よく見かける商品だ。ただし、中身は水らしい。透明な水が、ボトルにたっぷり詰めてある。まるで、さあ飲め、と云わんばかりに。

誰が飲むかよ、こんな物――眉をしかめて美里は、ボトルを手に取ってみた。

昨日と同じ、何も変わったところのないボトルである。水がいっぱいに入っている。握った手が、水を通して歪んで見える。

何なんだろう、これ――。

少し不可解だ。二日続けてこんな物が、自分のベランダに置かれている。意味がまるで判らない。

手摺りから半身を乗り出して、隣の部屋を覗《のぞ》いてみた。もちろん仕切りが邪魔で、ベランダの内部までは見えない。だが、手摺りくらいなら見渡せる。美里の部屋は角部屋だから、同じ造りの鉄の手摺りが向こうまで、五つずらりと並んでいるのが見えた。どの手摺りにも、何も載っていない。

やはりウチだけか――。

首を傾げて一人ごちる。別にペットボトルの一本や二本、置いてあったところでどうでもいいのだが、何とはなしに気にかかる。

と、隣のベランダで物音がした。

いかん、覗いているのが見つかる――と、体を引っこめようとしたが遅かった。ベランダに出て来た若い女性と目が合ってしまった。隣室のOLだ。いや、本当にOLなのかは美里は知らない。ただ、毎日決まった時間に出入りしている気配がするから、美里は勝手に会社員だと認識している。その女性が、ちょっとびっくりしたみたいに目を見開いた。

「あ――どうも、こんにちは」

彼女が挨拶してきた。

「あ、いや――どうも」

バツの悪い思いで、美里も返事をする。しかし、後が続かない。

隣室の女性は何か物問いたげな様子を見せたが、結局何も云わず、曖昧な表情で目を逸《そ》らせた。そして、シトロンイエローの大きなタオルをぱたぱたと拡げる。どうやら洗濯物を干しに出て来たらしい。

そうか、この隣人がこんな時間に洗濯しているということは、今日は日曜日だったか――。そんなどうでもいいことを考えながら、美里はそそくさと上体を引っこめた。フリーとして一人立ちしてから、どうにも曜日の感覚がなくなっている。

彼女にこのペットボトルのことを聞けばよかったか――。そう思わないでもなかったが、隣には何も置いていなかったのだから、尋ねても無駄だろう。都市生活の仕来りとしてお隣とは完全に没交渉だ。なのに、そんなことをいきなり聞いたら変に思われるだけである。だいいち、隣のベランダからでは、どう考えてもこの置いてあった場所には手が届くはずもない。彼女に何か関係があるとは、到底思えない状況だ。

そうこう考えあぐね、ためらっているうちに、隣のガラス戸が閉まる音が聞こえた。部屋に戻ってしまったようだ。ベランダを覗いていた変態野郎だと誤解されなければよいのだが――。美里はそんな要らぬ心配をしていた。

「今考えてみると、その隣のＯＬさんの態度がちょっと不自然だったようにも思うんです」

美里さんは云う。

「私が覗いていたのを差し引いても、何だか必要以上にそわそわした感じで、やけに慌てて顔を背けたような――」

そりゃキミに見蕩《みと》れてたんだよ――とは、敢えて云わずにおいた。隣にこんないい男が住んでたら、大抵の女の人はどぎまぎするってば――。どうもこの人は、自分の容姿にあまり自覚がないようである。

「隣の人は関係ないんじゃないかな、そんなことする理由もないだろうし――。それにしても変な話ですね、ベランダにペットボトルだなんて」

僕は腕組みしながらそう云った。原画を受け取って一仕事終わった安心感もあり、少し真剣に美里さんの話を受け止める気になっていた。

「最初にあったのが三日前って云ってましたよね。その前はどうだったの」

「いえ、ありませんでした。あったら気がついたはずですし」

美里さんも生真面目な表情で答える。どうやら彼も、本気でこの件が気になっているらしい。

「他に兆候らしきものはなかったのかな、ペットボトルの前に、何か別の形で」

*

「いえ、特になかったはずです」

「何か意味不明な物が置いてあったとか?」

「ありませんねえ」

「ふうん、じゃやっぱりその三日前のが最初ってことか――」

と、僕は腕組みしたままで、

「水のボトルって云えば、給水ポイントが思い浮かぶんですけどね」

ふと頭に浮かんだ、テレビのマラソン中継の場面を連想して云ってみた。

「ほら、マラソンなんかだと、道の途中にテーブル出して水の入ったボトルを並べてて、選手が走りながら取って行くでしょう。あれの真似なんじゃないかな。水のボトルといえば、やっぱり飲み物と考えるのが一番自然ですしね。ジョギングしてる近所の人が、途中で水分補給するために置いといた、とか」

「わざわざ他人の家のベランダに、ですか」

美里さんは遠慮がちながらも、幾分呆れたように首を振り、

「それだったら途中で買えばいいだけの話なんじゃないでしょうか。自販機だってコンビニだって町にはたくさんあるわけですし――なにも私のところのベランダに置く必要はないと思いますけど」

「ああ、それもそうか――だったら、ジョギングの人が水分補給用のボトルを持って走ってて、途中で邪魔になったから置いてった、というのはどうでしょう。ゴール近くで水が要らなくな

る場所が、たまたまいつも美里さんの家のところだった——これなら連続で置いてあったことにも説明がつきますよ」

「それもどうでしょうか——だって、水はいっぱい入ったままなんです。わざわざ持って走ってるのに、一口も飲まないで捨てて行くというのもちょっと考えられません」

「——うん、まあ、そうだね、いや、ちょっと思いつきで喋ってみただけなんだけど——ダメかな、水は飲む物っていう単純な考え方は悪くないと思ったんだけど」

思いつきとは云え、せっかくのアイディアがあっさり頓挫してしまい、照れ笑いでゴマ化しながらも僕は、

「で、そのペットボトル、本当に何の特徴もなかったんですか。何か普通とは違うところがあれば、それがヒントになるかもしれない」

「ないと思います。さっきも云いましたけれど、よく見ましたから」

と、美里さんはちょっと首を傾げて、

「強いて云えば、ボトルの外装フィルムっていうんですか、外側のビニールみたいなの、あれが剝《む》いてあったことくらいでしょうか。ビニールが剝いてあって、ボトルのプラスチックが剝き出しになってましたね」

「ああ、商品名とか印刷してあるパッケージですね」

「そうです、あれが剝いてあって——まあ、あんな物を剝《は》がすくらいそんなに手間はかからないでしょうから、意味があるとも思えませんけど」

「あれはリサイクルに出しやすいように、剝がすのが簡単に作ってあるみたいだね」

と、そのリサイクルという、自分の云った言葉が頭に引っかかった。

「リサイクル――ペットボトルって云えば、リサイクルの代表格みたいなものですよね。もしかして美里さん、警告か当てこすりの意味があるのかもしれない」

「何ですか、それ」

「ほら、よく聞くでしょう、ご近所のゴミチェックおばさん――ゴミ収集の日を守らなかったとか、きちんと分別していないとか、そうやってご近所に監視の目を光らせてる類いの人が。夜中にゴミ出しする人に苦情云って、逆ギレした若い人とトラブル起こしたり」

「ああ、そういう話はよくありますね。私は実際には見たことありませんけど」

「僕の近所にはいるみたいなんですよ――いや、僕も実際見たわけじゃないんだけどね。ただ、ゴミ収集所に『収集日を守りましょう』とか『分別はしっかり行って下さい』とか、手書きの貼り紙が、べたべたとたくさん貼ってあるのを見かけるんです。コンビニ袋なんかがぽんとそのまま捨ててあると、わざわざその袋に『指定ゴミ袋を使って下さい』なんて書いた紙が貼ってあったりしてね。ああ近所にチェックしてる人がいるんだな、と思うわけです」

当人は正義感に駆られての行動だろうが、正論を盾に取って面と向かって責め立てられるのは、結構気に障ったりするから、逆ギレする方の気持ちも判らないではない。トラブルになるのも当然なのかもしれない。

「そういう人が美里さんに警告してるんじゃないでしょうか」

「私に、ですか」

「そう、美里さんがゴミをきちんと出さないから『ペットボトルはリサイクルに出せよ、よく見ろよ、これがリサイクルゴミの代表だぞ』という意味を込めて、ペットボトルを置いているわけです」

「やめてくださいよ、人聞きの悪い——」

さも心外そうに、端正な顔をしかめて美里さんは、

「ゴミの分別や時間なんかはちゃんと守ってます。そういうご近所とのトラブルなんか起こしてないから、ボトルの意味が判らなくって気味の悪い思いをしているんです」

予期せぬ濡れ衣を着せられたと云いたげに、美里さんは弁明する。まあ、それもそうか——と、僕は思った。美里さんの几帳面な性格からして、そういうことはありそうもないだろう。頭の中に浮かんだ「ゴミチェックおばさん」のイメージを拭い払って、僕は話の軌道を元に戻し、

「えーと、他にはどうかな。何かペットボトルの特徴は」

「他と云われましても——ないです、キャップはきちんと締まってましたし、水が入っているだけで——」

「それ本当に水なのかな。何か他の液体ってこともありますよね」

「ええ、それは私も考えました。だから蓋を開けてみたんですけど——」

＊

翌日、まさかと思ったが、またまたペットボトルは現れた。

ベランダの手摺りの上。

水を満たしたボトルが、冬の穏やかな陽光にきらめいている。

美里は怪訝な思いで、ペットボトルを手に取ってみた。

５００mlのありきたりのサイズ。外装フィルムは剝がしてあったが、どうやら元はジュースのものだろうと思われた。白いプラスチックのキャップの上に「りんごちゃん」というふざけたイラストが描いてある。マンガタッチのリンゴに、笑顔の目鼻がついているだけのキャラクターだ。手抜きとしか思えないイラスト。簡単な絵。どこかの誰かが楽をして稼いでいるらしい――。同じイラストレーターとして、美里は少しばかりげんなりした気分になる。

そんなことより、問題なのは三日続けてということである。一昨日、昨日、そして今日――水入りペットボトルがベランダに置かれている。これは一体、何なのだろうか。

昨日も一昨日も、ボトルは捨てた。なのにこうして、新しい物がまた置いてある。誰がこんなことをしているのだろう。

悪戯《いたずら》？　嫌がらせ？

しかし、そんなことをされる覚えは、美里にはない。

心当りがまったくない。

全然、意味が判らない。

手にしたボトルをまじまじと眺めてみた。

ただのペットボトル。

水がたっぷり入っている。

ボトルの曲面に沿って、透明な液体を通し、向こうの風景が曲がって見える。ただそれだけの、水の入ったペットボトル——いや、本当にただの水か？　疑問が頭をよぎる。水にしか見えないが、何か芳しくない成分が混入しているということはないだろうか。透けて見えるから、何か仕掛けがあるということはよもやないだろうけれど、水に微量の何かが混じっていたら、見た目には判らない。

そう云えば、いつだったろうか、自動販売機の取り出し口に、毒入りの飲み物が放置してある事件を、ニュースで見た。迂闊《うかつ》にも飲んでしまった人が昏倒《こんとう》して、病院に担ぎ込まれる事件。人騒がせ、と云うより、陰湿な悪戯だ。類似犯も続出した。漠然とした鬱屈や苛立ちを、やり場のないまま無関係な人々にぶつけようとする、そうした歪んだ感情。まともな神経でできることとは思えないが、そんないびつな意思を胸の奥に澱《よど》ませている人達も、確かにこの社会には存在する。

おいおい、毒物混入事件だなんて、そんな物騒な展開は勘弁してほしいな——。半ば冗談混じりの心持ちではあるが、少なからず恐くもなってきた。昨日も一昨日も、水は無造作にキッチンのシンクに捨てた。あれは大丈夫だったんだろうか——。

そろそろと、キャップを開けてみた。開いたボトルの口を恐々《こわごわ》、鼻の近くに持ってくる。匂いを嗅いでみるが——特におかしな匂いはしない。

水、だよな——。

何の匂いもない。やはり水としか思えない。ただ、さすがに、ちょっと味見を、という気にはなれなかった。

ベランダの手摺りの向う側——生け垣の下の方へ向けて、ボトルの水を撒いてみる。不自然な粘り気などもなく、水はじょぼじょぼと落ちて行く。その様子を見る限り、やっぱりそれはただの水にしか思えなかった。

水、だよね——。

大げさなことを考えた自分に苦笑して、美里はほっとため息をついた。

その時、人の気配を感じた。

顔を上げると、中年の女性と至近距離で目が合った。

生け垣の外には、細い路地が長く通っている。そこに立ち止まった中年女性が、こちらを見ていたのだ。

「こんにちは、いいお天気ですね」

中年女性は、にこやかな表情で云う。腕に仔犬を抱いている。どうやら近所の人が、犬の散歩に通りかかったらしい。そういえば、ミニチュアダックスらしきその仔犬に、見覚えがあるような気がする。顔立ちではない。毛並みの色――バーントアンバーの渋い色合いが特徴的で、それが何となく記憶の隅に引っかかっていた。この裏路地を散歩しているのを、何度か見かけたように思う。だが、連れていたのは確かもっと若い女性だったはずだ。とすると、この中年女性の娘さんか何かなのだろうか――。

「あ――どうも、ええ、お天気で――」

少しへどもどしながら美里は、もごもごと返事をしてしまった。この寒い最中にベランダから水を撒く男の図は、どう考えてもおかしく見えたに違いない。そう思って慌てたせいで、普段の口下手に一層の拍車がかかってしまった。こんな口下手では、ご近所付き合いもままならないな――。

そんなことを考えて困惑する美里を、女性の腕の中の仔犬が見上げていた。黒々とした円《つぶ》らな瞳は、何ごとか訴えかけているようにも見えた。散歩なんだからちゃんと地面に降ろして歩かせてくれるように、ウチの飼い主に忠告してやってくれませんかね――。仔犬の瞳は、そう哀願しているように、美里には感じられた。

＊

「生け垣の下には雑草も生えているんです。水を撒いたところは、今日見ても特に変わった様子はありませんでした。雑草も生け垣も枯れてなんかいなかったですし、別に変色もしてませんでしたから――」

「なるほど、だったらやっぱり、ただの水なんでしょうね」

美里さんの説明に、僕はうなずいて云った。不審なペットボトルは不可解ではあるが、毒物混入などという危ない方向ではないらしいから、その点では安心してもいいようである。

「ええ、多分、そうでしょう――」

と、美里さんも目顔で同意して見せてから、

「それより、誰がいつ置いて行ったのか、ちょっとその時間帯を考えてみたんです」

「時間帯？」

「はい、私が見つけるのはいつも起きた直後、昼前くらいなんですけど、一体いつの間に置いて行ってるのか、それが少し気になって――」

美里さんは遠慮がちに云う。

「それで、いつなのか判りましたか」

遠慮がちな美里さんを促して僕が尋ねると、

「まだはっきりしませんけど、多分、朝なんだろうと思います――私の感覚での朝という意味ではなくて、普通に朝、午前中です」

「午前中、ですか」

「ええ、昨夜も夜中に仕事の合間、何度かカーテンの隙間から見てみたんです、ベランダを――。八木沢さんのところの仕事も完成間近でしたので、最後まで頑張って上げてしまおうと、

ずっと起きてましたから」

実にありがたいことを云ってくれる美里さんである。

「でも、夜のうちは何も異常はなかったんですね」

「ふうん、夜陰に紛れてこっそりと、というわけではないんですね」

「寝る前にも確認したんです。完成したのがもう朝の五時すぎだったんですけど、その時見ても何もありませんでした」

「それじゃ、美里さんが寝ている間ってことですね。明け方から昼にかけて――」

「ええ、私が昼に見つけた時は、触ってもボトルの外側は濡れていませんでしたから――多分、朝のうちなんだろうと思います」

「そうだろうね。発見する直前に置いたんなら、多少は結露や湿り気が残っててもいいはずですよね」

僕は納得してうなずく。

ペットボトルは朝に置かれている。この季節、一晩外に放置していたら、少しは中身が凍ったりするだろうが、美里さんの話ではそんな感じでもなかったようだ。明け方に見ても異常はなかったということだし、だからきっと、朝という判断は間違っていないと思われる。

そう考えたところで僕は、中身が凍る、という言葉から連想して、「ひょっとして誰かが水入りボトルの氷結実験でもしているんじゃなかろうか」などと突飛なことを思いついてしまった。だが、何で他人の家のベランダでそんな真似をしなくちゃいけないんだ、とすぐに考え直し、益体《やくたい》もない思いつきを即座に却下する。

「朝のうちに誰かが置いて行くんなら、今日あたり寝ないで見張っていようか――そんなことも考えているんです。急ぎの仕事も特に抱えてませんし、時間はありますから」

美里さんは、まんざら冗談でもなさそうに、伏し目がちに云う。

なるほど、時間帯を特定したのは、張り込みに必要な時間を限定するためだったわけか――僕はそう得心し、どうやらこっちが想像していた以上に、本人はこの件が気にかかっているらしいぞ、とも思った。俯いた、アイドル俳優裸足《はだし》の整った顔にも、どうもいつもの快活さが感じられない。それで今日は会った最初から、そわそわして気もそぞろだったんだな――そう思い至った僕は、ことさら明るい口調を心がけて、

「水の入ったボトルって、そこそこ重量がありますよね。だからペーパーウェイトの代わりっていうのはどうでしょう。新聞屋さんのメモとか近所の道路工事のお知らせとか、そういう紙を誰かが挟んで置いて行ったのに、紙は風で飛ばされて重しだけが残った――そんなふうに考えられないかな」

「それはないと思います。ここ数日は風もないお天気続きだったでしょう――それに、そういうメモなら、郵便受けに入れておけばすむはずですから」

「うん、だから何かの事情で郵便受けが使えなくて、それでやむを得ずそういうメモの置き方をした」

「どういう事情ですか、郵便受けが使えないって」

「えーと、ペンキ塗り立て、とか」

「そんな工事はしてませんけど」

美里さんはあっさりと云った。僕としても、あんまり本気で云ったことではないから、それ以上固執しなかった。ただ、重しというのは悪くない線じゃないか、とも思う。水というのは、あれで案外重量のあるものだ。以前会社に、同僚の誰やらの友人が炭酸水メーカーの経営をしているとかで、自社製品の差し入れが送られて来たことがあった。炭酸水の瓶詰めなど貰ってもどうしたらいいのか困るのだが、そいつを段ボール箱ごと運ばされた覚えがある。あれは結構重かった。

水は重しになる。重しをベランダの手摺りに置く。そうするとどうなるだろう——。

と、考えてはみたものの——はて、他人の家のベランダに重量をかけてどうしようというのか。それに、ペットボトル一本分では、大した重さになるはずもないか——。

どうにも考えが行き詰まって、僕は額に手を当てると、

「うーん、重さは関係ないのかなあ——。ところで、美里さん、今朝のペットボトルはどうだったの、何か変わったところはありましたか」

「それが、全然ありませんでした。昨日や一昨日と同じで、四本目もただの水が入ったボトルで——」

＊

四本目のペットボトルも、当り前のように置いてあった。

いつものごとく、ベランダの手摺りの上。

ちょこんと一本載っている。

物云わぬペットボトルは、陽を受けてきらきらしている。

キャップにレモンのマークが入っているところを見ると、元はジュースのボトルだったようだが、中身はやっぱりただの水。たっぷり入った水が太陽光を集束し、ベランダのコンクリートに菱形模様を形作っている。

しつこいよ――。美里は少々途方に暮れて、ペットボトルを眺めていた。

このしつこさは、子供の悪戯か何かなんだろうか。空きボトルに水を詰めるというのが、どことなく子供っぽい感じがするし、ベランダ沿いの細い路地は近所の子供の通学路にもなっている。推定ボトル放置時刻は朝だから、登校時間に重なってもいる。眠っている間、夢うつつに子供が通る声だって毎朝聞いている。あの子供達の悪戯か――。

だがしかし、今この時間、子供ならば学校にいる。こちらがボトルを見つけて当惑する反応は見られない。それでは悪戯を仕掛ける張り合いがないのではないか。反応が見られなければ、悪戯などしても面白くないだろう。そんなことを毎日毎日するとは、あまり考えられない。

反応を見る――?

はっとして、美里は顔を上げた。

ひょっとして、どこかから見られてるんじゃないだろうな――。

思わず辺りを見回してしまった。

不可解なペットボトルを餌にして、のこのこベランダに出て来たところを見張られているとしたら――?

ここは一階で、ベランダの向こうは路地と民家の庭があるだけ。見通しはいい。さほど遠くないところには、高いマンションの建物もいくつか建っている。例えばあのマンションの高層階からならば、双眼鏡でも使えばこっちは丸見えだ。

思い起こしてみると、ベランダに出ている時間が普通よりずっと長い。この季節、いつもならば寒いからあまりベランダには出ない。しかし、このところ、ペットボトルに釣られてここでぼんやりしている時間が、結構ある。もしかしたら、これはそう仕向けるための作戦なのではないだろうか――。

とまで思ったりしたが、まさかそんなことはないよなあ――と、美里は肩をすくめた。これではただの被害妄想だ。そもそも一介の新米絵描きを見張って何が嬉しいのだ。誰の得にもなりはしない。

まあ、B級アクション映画のストーリーならば、そういうのもあるかもしれない。スナイパーが、引き籠もりがちなターゲットを狙うために不自然なペットボトルでおびき出して、ベランダで首を傾げているところを狙撃する――。

そんな荒唐無稽な話ならば、いくらでも考えつくのだけど――。狙撃手が潜んでいると想定した、遠くのマンションのアイボリホワイトの壁を見上げ、美里は苦笑した。何かの陰謀を企てる秘密組織が、仲間への合図にしている――。空き巣グループが次に押し入るのはこの部屋だと、メンバーに教えている――。政府転覆を図る極左同盟のアジトが近くにあって、公安に嗅ぎつけられそうだから今は近付くなと仲間に知らせている――。本当にいくらでも考えつく。確かに、通行人を装って通りしなに見て行くには、このベランダと路地の位置関係はちょうどいいかもしれない。

いや、くだらない空想をいくら拡げても意味はない。実際問題、気味が悪いのは確かなのだ。もっと現実的に対処しないと、この意味不明のペットボトルはいつまで続くか判ったものではない。こんなのがしつこくしつこく何日も続いたりしたら、気味が悪いどころか、ヘタをすればノイローゼにでもなりかねない。

だけど、現実的な対処と云っても、警察などに届けたところで取り合ってくれるとも思えない。やはり明日の朝にでも、張り込みをしてみるしかないのだろうか。こっちは部屋の中にいるだけなのだから、大した苦労はないわけだし――。

水入りボトルを持ったまま、美里はそんなことを考えていた。

確かに、警察なんかに訴えても、相手にしてもらえないだろう。ペットボトルが置いてあるだけで、何ら実害があるでもないんだしな――と思いながらも、僕は、

「けど、ただの水とはいえ、いい気分はしないでしょうね」

美里さんにそう云った。

「ええ、これだけしつこいと、いい加減嫌になってきます」

美里さんも、もうとっくに空になってしまったティーカップの取っ手を、細い指先で撫でながらうなずく。

「今朝までに四本、か――本当にしつこいですね。美里さんはそんなことされるような覚えはないんでしょ」

「ないから気味が悪いんです」

「確かに不気味ですねえ」

「不気味ですよ」

と、美里さんは嘆息する。やはり相当、心理的に応えている様子である。僕はどうにか、この年下の友人の気を晴らしてあげたくて必死に考え、

「えーと、美里さんのところのベランダだけ狙われるってことは、そこに何かあるんじゃない

*

かな——何か他の部屋とは変わった、目立つことがあって、それで標的にされている、とか」

「変わったところなんてないですよ、ウチのベランダなんかすっきりしたものです。洗濯機があって、エアコンの室外機があって——他と同じようなものだと思いますから」

「そうですか——でも、同じアパートの他の部屋は被害に遭ってないんでしょう。美里さんのところだけが特別なのかと思ったんですけど」

「私だけ特別視される理由はないはずなんです。さっきも云いましたけど、ご近所付き合いなんかもありませんし」

「まあ、見ず知らずの他人の家にペットボトルを置くなんて、近所の人がやってるとも思えませんからね」

「ええ、だけど——狙撃手だの何だの、そういう子供っぽい空想はともかく——誰かが何かの意図を持ってやっているのは間違いないんですよね」

美里さんは力なく云った。そう、四日も続いているからには、何者かの意思が働いていると考える他はない。ただ、それが何なのか、さっぱり見当がつかないから不気味なのである。

「ペットボトル置き去り犯人の意図、ですか——何だかよく判りませんね」

僕がため息と共に云うと、美里さんも困惑しきった顔つきで、

「その犯人は、私に何か飲ませたいんでしょうかねえ——」

「でも、飲まないでしょ、そんなもの」

「飲みませんよ、そんなあからさまに怪しい液体」

「普通そうでしょう、だったら別に、飲ませたいって意図があるとは思えませんよね。うーん、何なんだろうなあ、毎日置きに来るのも、それはそれで面倒なはずなのに」

「それに、わざわざ空のボトルに水を汲んで来てるんですから――向こうもそれなりに手間はかけているんですよね」

「手間をかけても水は置きたい、か――。ボトルは毎日捨ててるんですよね」

「そうです、見つけるたびに――。捨てても捨てても、次の日には新しいボトルがあるんです」

「美里さんに毎日捨てさせて喜んでるってことなのかな」

「何が嬉しいんですか、そんなことして」

「だから、そういう種類の悪戯。一種の愉快犯。美里さんに捨てる労力をかけさせるのが狙い、だとか」

「そんな悪戯があるとは思えませんけど――毎日水を汲んで置きに来るなんて、犯人の方がよっぽど労力がかかってます」

「そうだよね、そんな面倒くさい愉快犯はないか――」

「ないでしょうね」

「うーん、毎日なんだから、意味なく置くはずはないんだけどなあ」

意味もなく置いたのでなければ、そこには何かの意味があるということになる。しかし、水のボトルが置いてあるだけで、どんな意味があるというのだろうか――。すっかりお手上げといった気分の僕は、半分独り言で呟《つぶや》いて、

「変な話だねえ」

「変でしょう」

「不気味だよね」

「ええ――」

美里さんは短く答え、端正な顔を俯かせた。僕も、すでに何を云っていいのやら判らなくなっている。

ペットボトル、ベランダ、水、手摺り――これは一体、何なのだろうか。

言葉を失ったまま、僕は考えていた。

ペットボトルを毎日他人のベランダに置く――そんな行為に、何の意味があるというのだろう。まるで理解不能である。ペットボトル、水、ベランダ――四本のボトルが、頭の中でぐるぐる回った。大したことではないけれど、毎日続くとなれば神経質な人には癇に障る出来事だろう。現に美里さんは、こんなに気にしている。何とかいいアドバイスができればいいのだが、僕にはまるっきり意味が判らない。毎日置かれるペットボトル。おかしな話だ。水の入ったペットボトル。四本のペットボトル――。

「よお、何を二人揃って呆《ほう》けてやがるんだ、間違って賽銭箱に五百円玉放り込んだみたいな顔して」

出し抜けに声をかけられ、僕と美里さんは、ぎょっとして顔を上げた。テーブルの横に、一人の小柄な男が立っていた。

黒いぞろっとした上着を、だらしなく肩から引っかけた小さな身体。同様に小さな顔に、仔猫じみたまん丸の大きな目。長い前髪が眉の下までふっさりと垂れた、一見年齢不詳の童顔の小男――。いつの間に近寄って来ていたのか、ちっとも気が付かなかった。猫みたいな忍び足である。

「あれ？　――猫丸《ねこまる》先輩」

「あれっじゃありませんよ、八木沢は、何なんだよ、びっくり箱みたいな声立てやがって、何を放心してるんだよ、お前さんは――。よ、優ちゃん、相変わらずの色男ぶりだね、それにしても、普段から二、三本ネジが抜けた八木沢の腑抜《ふぬ》け面《づら》はともかく、お前さんまでそんなぼんやりした顔をしてたんじゃ、せっかくの二枚目が台無しってもんですよ」

唐突に現れた小柄な男は、いとも気安く美里さんの肩を、ぺたぺたと音を立てて叩いている。

「あ、どうも、お久しぶりです」

ちょっと唖然としている美里さんにお構いなしに、猫丸先輩はいつもの早口で捲《まく》し立てて、

「つい何日か前に松山《まつやま》さんに会ったよ、偶然、駅でばったりと。ほら、ピンゾロの松山氏、優ちゃんもよく知ってるだろ、イラストレーター業界の先輩だから。あの人、目がちっちゃくてサイコロの一のゾロ目みたいに見えるからさ、だから人呼んでピンゾロの松山氏って、まあ人呼んでって云うか、僕が個人的にそう呼んでるだけなんだけどね、いや、本人の前じゃ云わないよ、さすがに失礼だから。でも、この前ピンゾロの大将に会って今日は優ちゃんにばったり出食わすなんて、ちょいとした偶然さね、今週の僕はイラストレーター遭遇週間なのかな」

知るかよそんなこと――と、僕が、いきなり湧いて出た変わり者の饒舌《じょうぜつ》攻撃に少々閉口したのを、どんな特殊能力で読み取ったのか、猫丸先輩はひょいっとこちらを見て、刺《とげ》のある口調で、

「どうでもいいけど八木沢よ、こんな喫茶店で長《なが》っ尻《ちり》したら迷惑だろうが。ほら、お前さんのコーヒーカップの底、すっからかんで乾いたコーヒーの雫《しずく》が粉吹いてるじゃないかよ、長時間放っといたんだな、これは。こんなになるまで粘るんなら、お代わりくらい頼むのが世間の常識だろうに。まったくもう、お前さんときたら、いつまで経っても気が利かないのは変わらないんだから」

この人こそ、嫌なところにばかり目敏《めざと》いのは変わらない。

半ばうんざりしながらも、云っていることは至極もっともだから、降参する気分で、僕はウエイターを呼び、お代わりの飲み物を注文した。猫丸先輩もちゃっかりと、自分の分のアイスコーヒーを頼んで、僕の隣にその小さな身体をちょこんと落ち着けた。

「えーと、それで、何やってるんですか、猫丸先輩」

僕が困惑しながら聞くと、突然割り込んで来たことなどまるで意に介した様子も見せずに、

「何やってるって、お茶飲みに来たに決まってるじゃないかよ」

大きな顔をして――実際の顔は子供みたいに小さいのだが――判り切ったことを猫丸先輩は云う。

「まあ、そんなにつれなくしなさんな、どうせ打ち合わせはもう終わったんだろ」

「それはそうですけど——今日はどうしたのかって聞いてるんですよ」

へこたれずに再度、僕が尋ねると、

「うん、バイトが思ったより早く片付いちまってね、それで暇になったからちょいと寄っただけのことさね」

と、猫丸先輩は、煙草《たばこ》を取り出して火をつけた。

「今はどんなバイトしているんですか」

美里さんが、テーブルの上の灰皿を、呑気に煙草をくゆらせている小男の前に滑らせて、そう聞く。

「お、ありがと、優ちゃんは気が利くね、誰かさんと違って——。いや、バイトって云っても日雇い仕事でね、どっかの大学の昆虫学だか何だかの研究室で、虫を集める仕事があったんだよ、研究用の。昆虫採集って云えば聞こえはいいけど、そんな優雅なもんじゃないのが面白いところでね。多摩川の河原行って朝っぱらからこう、その辺に転がってる石をひっくり返してさ、石の下からぞろぞろ這い出てくるこんなちっこくて脚がいっぱいあるような虫ね、ああいうのを生け捕りにするって按配《あんばい》さね。学生さん達に混じって働いてきたんだけど、何だか知らないけど、僕が石をひっくり返すと無暗に虫がぞわぞわ出てきやがって——君は虫を発見するセンサーか何か内蔵してるのかね、なあんて助教授だか何だかの人に妙な誉められ方されちまった。嬉しくも何ともない誉め言葉だよな。でもまあ、標本箱がすぐ満タンになったのは、みんなに感謝されたね。けど、あれだけぞわぞわ虫が大量に這ってるのを見るのは、どうもさすがにあんまり気色《けしょく》のいい見せ物じゃないな。それに河原は吹きっさらしだから寒いのなんの、往生しちまったよ」

またこの人は訳の判らんことを——僕は半ば呆れた思いで、猫丸先輩の長広舌を聞いていた。だいたい三十過ぎのいい大人が、学生と一緒にアルバイトをしているのが妙な話なのだ。この年になって定職に就かず、ふらふらと風来坊みたいに、あちこちアルバイトを渡り歩いて暮らしている、そういう人なのである、この人は。学生時代から終始一貫して、自分の興味のあることと面白そうなことだけには、人一倍のバイタリティを持って邁進《まいしん》するくせに、関心のない分野には見向きもしないという——まあ、ある意味きっぱりとした生き方と云えなくはないけれど——良く表現すれば気ままな自由人、悪く云えばただの社会生活不適合者だ。正に正体不明の不審人物。単なるおバカなのか賢いのか、岡目にはとんと判断がつかない。

その外見同様、仔猫みたいな極端な好奇心で、色々なことに首を突っ込んで悦に入るのは本人の勝手だが、事ある毎に他人を巻き込み引っぱり回すのが困りもの——人のいい僕などは、その被害者の典型と云える。傍迷惑なことこの上ない。

それでも、学生時代の先輩が定収入もなくバイトで喰い繋ぐのは苦しかろうと、僕が仏心を出して原稿書きの仕事を回してやっているのに——この辺がいかにも、僕も大概お人よしだ——それをちっともありがたく思ってくれないのだから、三年飼っても恩を忘れる猫そのものといった風情。

「そんなわけでね、思いのほか虫がたくさん集まったから予定より早く終わったわけだ。それで八木沢とでも遊んでやろうと編集部に電話してみたら、この店で優ちゃんと打ち合わせだって、みゆきちゃんが教えてくれてね。この時間に打ち合わせってことは、このまま会食に行くとかそういう愉快な流れなのかなと思って、ちょいと寄ってみたんだよ」

早い話が、接待の匂いを嗅ぎつけてご来訪あそばしたというわけか——厚かましいとか厚顔とか、そんな次元を超越している。うちの編集部のバイトのみゆきちゃんは、素直なのが取り得ではあるが、なにも僕のスケジュールまで律義に教えてやることもなかろうに——とは思ったものの、どうせこの万年躁病じみた口先の達者な先輩が、口八丁で聞き出したに違いない。

「まあ、僕のことはどうでもいいや、そんなことよりお前さん達、二人で何を雁首《がんくび》並べて悩んでたんだよ。仕事の話でもなかったようだけど」

「ええ、それなんですけど——今、八木沢さんに相談に乗ってもらってたんです」

猫丸先輩の問いかけに、美里さんが、これも律義に答えている。

「八木沢なんぞに相談持ちかけても物の役に立ちそうもないけど——」

と、物凄く失礼なことを平然と云って猫丸先輩は、

「で、何の相談だ、仕事のこと？」

「いえ、そうじゃなくて、私のプライベートと云うか——あ、せっかくだから猫丸さんも聞いてもらえますか。いいですよね、八木沢さん」

「はあ——まあ、美里さんさえ構わないんなら」

僕はつい曖昧な返事をしてしまった。僕の雑誌の仕事の繋がりで面識はあるとはいえ、確か

美里さんは、まだ二、三度しかこの傍若無人な不審人物に会ったことがないはずだ。だから今は、ユーモラスな外見に惑わされて好印象を持っているみたいだけど、そんなふうに相談なんかして親しくなったりしたら、僕みたいに無理難題を吹っかけられる被害者連盟の仲間入りしちゃうぞ――。という僕の心配をよそに、美里さんは、

「実は、ペットボトルが置かれているんです、私のアパートのベランダに――」

話し始めてしまった。

美里さんの長い話の合い間に、お代わりの飲み物が運ばれて来たが、猫丸先輩はおとなしく黙って聞いていた。煙草の煙を盛んに吐きながら――。そして、四番目のペットボトルの件《くだ》りが終わると、不意に真顔になったかと思うと、

「そいつはヤバいぞ、優ちゃん、お前さんの家、放火されるぞ」

猫丸先輩は物騒なことを云い出した。

「放火――？　何ですかそりゃ」

さすがに僕も驚いて声をあげたが、猫丸先輩は真剣な表情のままで、仔猫みたいに丸い目をこちらへ向けてきて、

「ここのところずっといい天気が続いて、異常乾燥注意報なんかも出ている。そうでなくってもこの季節、乾燥してて火事も多い。今の優ちゃんの話によると、ペットボトルは太陽を浴びてきらきら輝いてたって何度も云ってたよな――つまり、問題のペットボトルはお日様をモロに受ける場所に置いてあったわけだ、そうすると、どうなると思う？」

「あ、日光が集まって火が点く――」

「そう、そういうことだ。水の入ったペットボトルの曲面はちょうどいいレンズになるんだよ、陽光を集めて焦点が発火する――こいつはそういった簡易時限発火装置なんだ。犯人はそれを狙って、陽のよく当る優ちゃんのベランダに代用レンズを置いて行った――まだ角度が甘いか位置が悪いかで発火するには至ってないけど、そのうちいつか火が出る。優ちゃんがいちいちペットボトルを取り去るのが億劫になった頃か、春になって日差しがもっと強くなる頃か、犯人はそれを待ってるんだな。これは間違いなくその種のプロバビリティーの犯罪ってやつだよ」

真剣な口調の猫丸先輩に気圧《けお》されたかのように、美里さんは愕然《がくぜん》とした様子で、

「そんな――どうして私が放火犯に狙われなくてはいけないんですか」

「犯人にとっちゃどこでもいいんだよ。保険金目当てなんて場合を除いたら、放火なんて大概は面白半分なんだから。たまたま通りかかった優ちゃんのベランダに陽がよく当ってたのと、手を伸ばしてボトルを置くのにちょうどいい路地に面していたってだけで――たまさか都合のいい場所だったたってことなんだよ」

偶然にレンズの焦点が合って火事になる――そういう事故の話なら、僕も聞いたことがある。金魚鉢か何かが日当りのいい場所に置いてあって、それで火事になるという不運な事故だ。あ、そうか、金魚鉢も水がレンズの役目を果たすのだし、ペットボトルも水が入っているんだった――。僕はそう思い当って少し恐くなってきた。そう云えばこのところ、僕の会社の近くでも深夜の放火事件が多発している。火事は決して遠い世界の出来事などではない。会社近く

の放火は、真夜中のオフィス街でのことだから人的被害はまだ出ていないけれど、美里さんのアパートなんかで火が出たりしたら、人命に関わる一大事である。一刻も早く対策を立てなくてはいけない。

僕がそうしたことを主張すると、当の猫丸先輩は、

「嘘だよ」

しれっとした顔で、一言そう云った。

「はあ――？」

僕と美里さんが揃って声をあげると、

「嘘だってば、そんなまだるっこしい放火を企む悠長な放火犯がいるわきゃねえだろ。僕だったら直接火をつけるね、灯油か何か撒いといてマッチでほいっとね」

不穏当なことを涼しい顔で口走る猫丸先輩である。

「お前さん達があんまり深刻に考え込んでたから、ちょいと冗談で場を和ませようと思っただけだよ。嘘八百のこんこんちきなんだから、信じるなよ、こんな与太を」

その、人の悪い口振りとは裏腹に、無邪気そのものといった笑顔で猫丸先輩は云う。

「冗談にしても洒落《しゃれ》になってませんよ――ホントにもう、大人気《おとなげ》ないんだから」

僕は不平を口にしたが、人を喰ったこの先輩の悪ふざけに免疫のない美里さんは、対応に窮したらしく目を白黒させている。

「まあ、放火だなんて極端な可能性はさておいて、どうも中途半端なんだよな、そのペットボ

トルは」

と、猫丸先輩は季節外れのアイスコーヒーを啜《すす》って云う。呆れ返って開いた口が塞がらないでいる美里さんにはお構いなしだ。

「悪戯や嫌がらせにしちゃ地味すぎてつまらないだろう、ペットボトルだなんて。どうせベランダに置くんなら、もっとグロテスクで不快な物だっていくらでも置けたはずだしな。それに毎日ってのも変なんだよ。嫌がらせっていうのは、一度相手を気味悪がらせたら今度は一旦間をおいて、先方が油断した頃合いを見計らって第二段を仕掛けた方が効果があるってもんだし――。毎日毎日そんなことしたら、次の日に相手が見張ってないとも限らない――実際、優ちゃんはそうしようって思い始めてるんだろう。そんな中でのこのこ日課のごとく仕掛けに来たら、現行犯の現場をばっちり押さえられちまう。毎日粘着質に悪戯を仕掛けるような奴なら、それくらいのこと、予測がついて当然だしな。だからどうにも、悪戯や嫌がらせとは、僕には思えないんだけどね――つまり、悪意があるようには感じられないんだ」

「悪意があろうとなかろうと、美里さんにしてみれば気味が悪いのに変わりありませんよ」

僕がそう云うと、猫丸先輩はにんまりと笑い、その仔猫じみたまん丸の双眸《そうぼう》で美里さんを見て、

「気味悪がることなんかないよ、心配しなさんな、どうせあと三日で終わる」

一瞬、聞き間違いかと思った。だが、美里さんがきょとんとした顔つきになったので、僕は自分の耳がおかしくなったわけではないと確信できた。

だけどしかし、今何と云った、この人は――三日で終わる？　何なんだそれは。色々と妙なことに凝る先輩だが、今度は千里眼でも始めたのか。そんなことがどうして判るというんだ――。いや、もしかしたら、猫丸先輩こそがペットボトル置き去り犯で、あと三日で勘弁してやると宣言しているのではなかろうか。でもまさか、いくら大人気ないといっても、そんなくだらない悪戯をするか、三十男が――と、こんがらがった頭を整理すべく、僕は慌てて、

「ちょ、ちょっと待ってください――何ですか、それ。どうして三日だなんて云い切れるんです」

「落ち着きなさいよ、八木沢は――何だってお前さんはすぐそうやってエサをねだる鳥の雛みたいに口をとんがらかすんだろうね。お前さん、そういう間抜け面すると本物の間抜けみたいに見えるぞ」

「僕の顔のことはどうでもいいです」

「どうでもよかないよ、せっかく優ちゃんの美形面拝んでほのぼのとした気分になってるのにさ。お前さんの顔面はあれだよ、ただでさえ平凡で面白味がないんだからね、表情変えるんだったら多少なりとも周囲の環境美化に貢献する工夫くらいしてもよさそうなもんじゃないかよ」

「あの、猫丸さん、それよりどういう意味なんですか、三日というのは」

とめどなく脱線する猫丸先輩を諌《いさ》めたのは美里さんだ。

「心配するなと云われましても、気味が悪いのは私なんですけど」

「うん、だから文字通りの意味さね。三日も辛抱すりゃそのペットボトルの問題はおしまいっ

てことだよ」

当然のような口振りで、猫丸先輩は云う。

どうやら何か判っているみたいだ——そう僕は思った。

この口の悪い先輩は、頭の中身の配線の具合が常人とは違っている分、時折、普通の人では考えつかないようなことを簡単に思いついたりするのだ。その、配線がややこしいことになっている素っ頓狂な頭脳に、どうもまた、何か閃《ひらめ》いたようである。

こういう時どうしたらいいのか、僕は経験から嫌というほど学んでいる。長い間の腐れ縁の賜物《たまもの》だ。思いっきり下手に出て、

「猫丸先輩、僕はこれから美里さんのお仕事完成慰労を兼ねて、二人で食事に行く予定なんですけどね。よかったら一緒にどうですか。もちろん会社の接待交際費で落ちますから、お金は——」

「まあ、久しぶりに会った優ちゃんが悩んでるみたいだからね、ちょいと話くらいしてやるにやぶさかではないわけなんだよ、僕としては——。何ごともサービスは大切だもんな」

僕の台詞《せりふ》を最後まで云わせずに、猫丸先輩は見え見えの虚勢を張る。こういうところだけは判りやすい人なんだけど——僕は内心でため息をつきながら、扱いやすいんだか扱いづらいんだかよく判らない先輩に、

「じゃ食事は一緒に行くってことで——でもその前に、もし何か考えたんなら聞かせてくれませんか」

と聞いてみる。

「うん、別に大したことじゃないんだけどさ——件《くだん》のペットボトルは優ちゃんのベランダだけに置いてあるんだよね」

「ええ、そうですけど——」

美里さんは神妙にうなずいている。

「だからさ、優ちゃんのベランダに置いてあるんだから、これはお前さんに対するメッセージの類いだと考えていいんじゃないかって、そう思ったんだよ」

「メッセージと云われても、私には何も思い当るフシはありませんよ」

「そうですよ、だから美里さんは不思議に感じてるんじゃないですか」

「あ、そうそう、メッセージって云えば、ダイイングメッセージってのがあるよな、推理小説なんかで」

と、猫丸先輩は、僕の言葉などまるで聞こえないかのように云う。

「あれは主に、殺人事件の被害者が殺人現場に何らかのメッセージを残すんだけど、それがどうにも読み取れないって趣向だろう。血文字か何かで被害者が何やら書き残してて、状況から察するに、それは犯人を示しているんだろうけど、捜査側にはどうしてもはっきりした意味が判らないって、そんな具合にね」

悠然と煙草に火をつけながら、猫丸先輩はまた脱線し始めた。こうなると、もう止まらない。

「ダイイングメッセージが読み取れない理由は、いくつかのパターンに分類できるらしいんだ。

ダイイングメッセージをテーマにした推理小説は、そのパターンのバリエーションで成立しているんだな」

僕と美里さんを置き去りにして、猫丸先輩は快調に脱線を続ける。煙草の煙を機関車みたいに吐き出しながら――。高校生じみた童顔のくせして、ヘビースモーカーなのである。

「その分類ってのが、こんな感じなんだ。まず、その一――

①　**被害者が途中で力尽きた場合。**

ダイイングメッセージを書いている途中で、被害者の体力や精神力が限界になってしまうんだな。だからメッセージは中途で途切れてて、それで捜査陣には意味が判らないっていうパターンだ。そして、その二――

②　**被害者と捜査する側に、知識のギャップがある場合。**

被害者にとっては物凄く単純で、判りやすいメッセージを残したつもりでも、捜査側に知識がなくて意味を読み取れないってパターンだ。例えば、ある業界の内部だけで通じる特殊なタームであるとか、普通の人には馴染《なじ》みのない外国語とか、そういった専門知識だな。一般的な知識では到底意味が摑《つか》めなくて四苦八苦するってストーリーになるわけだ。

③　**最初から難解な場合。**

こいつは捜査陣にとって一番困るパターンだね。なにしろハナっから判りにくいんだから――。犯人がまだその場にいて、被害者が絶命するのを見守っている――被害者としては、どうにかして憎き犯人を告発してやりたいけど、あからさまに犯人の名前を書き残したりしたら、すぐに消されちまうだろ。そこで被害者は最期の知恵を振り絞って、目の前の犯人にはそれがダイイングメッセージとは思われなくて、なおかつ捜査側には意味ありげなメッセージと受け取ってもらえるような形で、何かを残すわけなんだ。特殊な置き物を摑むとか、壁に血の手形をふたつ付けるとか――そういう種類の、死に際にするには明らかに不自然な行為をして、捜査陣の目を引こうとする。そいつを見つけた探偵なり刑事なりが、こんな不自然なことをしているとは、もしかしたらこれはダイイングメッセージじゃないか、と考えてその解読が始まる――というわけだな。さて、次は――

④　メッセージの一部、もしくは全体が改変されている場合。

被害者は判りやすいメッセージを残したんだけど、犯人がそいつをいじくったり書き替えたりして、内容が読み取れなくなる場合だ。これは別に犯人じゃなくてもいい。何らかの事情でメッセージが読めなくなるケースはすべてこのカテゴリーに含めていいだろう。例えば、ドミノやカードの配列で判りやすいメッセージが残してあったにも拘《かか》わらず、第一発見者がうっかり蹴躓《けつまず》いちまって配列がぐしゃぐしゃになってしまう、とかな。他には、床に映る何かの影も含めてメッセージになっていたのに、現場検証の時には曇ってて肝心の影が見えなかった――

なんてのもあるかもしれない。まあ、この辺になると推理小説的な遊び心の要素が強くなって、あんまり現実的じゃなくなってくるけどね。

⑤　**本当はダイイングメッセージでも何でもなかった場合。**

こうなるとさらに遊戯的色合いが濃くなるね。てっきりダイイングメッセージかと思っていたら、実はそいつには被害者の意思は全然絡んでなくて、意味なんてまったくなかった、というケースだ。ただ何かの偶然で、たまたまメッセージみたいに見えただけっていう、ちょっとバカバカしい結末になるわけだな。あれこれ知恵を絞って解読しようとしても、結局、意味はありませんでしたってオチだ。目の肥えたすれっからしの推理小説読者に一杯喰わせようとしたら、こういうひねくれた発想も必要になるという、こいつはひとつの典型だね。ただ、推理小説マニアは面白がるかもしれないけど、こんな捻《ひね》りすぎの話だと普通の読者はもうついて行けないってところが、ちょっと問題かもしれないけど」

延々と一人で喋って猫丸先輩は、アイスコーヒーを啜ると、短くなった煙草を灰皿で揉《も》み消した。

「とまあ、こんな具合にね、ダイイングメッセージを扱った推理小説のネタは、大体この五つのケースに分類できるとされているわけなんだよ」

口を挟むタイミングを完全に逸している僕と美里さんを気にもせず、猫丸先輩は悠然と、また新しい煙草に火をつける。

「それでね、これは僕の個人的な見解なんだけど、この五つの分類の他に、僕はもうひとつ付け加えてもいいんじゃないかと思うんだよ。すなわち、その六――

⑥　メッセージの受け手があまりにも鈍くて意味が判らない場合。

な、どうだろう、こういうケースもあっていいと思わないか。あれ？　何をぼんやりしてやがるんだよ、お前さん達は――面白いだろ、この⑥のケース」

ようやく、僕と美里さんが放心状態でいることに気付いたようで、猫丸先輩は僕達の顔をきょときょとと見て、

「この面白さが理解できないのかよ、お前さん達は。つまりね、メッセージを受け取ったはいいけど、その受け取り側がニブカンで察しが悪くてぼんくらで間が抜けてて東西を弁《わきま》えず血の巡りが悪くてにっちもさっちも行かないくらい鈍感で理解力に乏《とぼ》しくて――」

「あの、猫丸先輩――」

僕はようやっと、横槍を入れるのに成功した。

「ダイイングメッセージ講義はいいんですけど、それとペットボトルと何の関係が」

「あるじゃないか、関係は。まだ判らないのかよ、お前さん達は」

ほとほと呆れ果てたと云わんばかりに、猫丸先輩は、まん丸の目を大きく見開き、

「問題のペットボトルは優ちゃんに対するメッセージじゃないかと思うって、僕はちゃんと云ったはずだぞ。だからわざわざダイイングメッセージを引き合いに出したんだろうが。どっち

も同じメッセージなんだから、読み取る作業は同じようなもんじゃないか。つまり、今回のペットボトルのメッセージは、この⑥のケースなんじゃないかと云ってるんだよ。まあ、正確に云えば、①の未完成のケースとの併合形と云った方がいいんだろうけどね、まだ四本ってことは途中なんだろうから――。でも、そんなこたどうでもいい、いずれにせよ完成形を予測してみりゃ一目瞭然なんだし、やっぱり⑥のパターンと云ってもいいだろう」

またもや意味不明なことを云い出す。

「えーと、ちょっと待ってくださいよ、猫丸先輩」

と、僕は、舵取《かじと》りに乗り出して聞いてみる。

「要するに、ペットボトルは美里さんへの何らかのメッセージなんだけど、僕も美里さんも鈍くて意味が判らないだけだ――と、そういうことなんですか」

「そう云ってるじゃないかよ、さっきから」

「あの、でも――私へのメッセージと云われましても、何も思い当らないんですけど――ペットボトルからは何の連想も湧かないですし」

おずおずと云う美里さんに、猫丸先輩はちょっと肩をすくめて見せて、

「ペットボトルだけにそんなにこだわるんじゃありませんよ、もっと他の見方もしなくちゃいけない」

他の見方――？　何を云っているのだろうか。水――液体？　重さ？　レンズの焦点？　さっぱり訳が判らない。

怪訝な思いで顔を見合わせる僕と美里さんに、猫丸先輩は幾分苛立ったように、

「だからここは素直に相手の指示に従えばいいだけの話なんだよ」

「指示――って、そんなもんどこにありましたっけ」

「鈍いなホントにもう――だからペットボトルだよ、そのボトルはどんなんだったんだ」

「どんなって、水の入ったボトルでしょう」

「違いは？」

「違いなんてありませんよ、ただの水入りペットボトルなんですから」

「まったくもう、八木沢はもうちょいと頭働かせて思い出してみろよ。優ちゃんの話の中に出てきたボトルを四本、頭の中で並べてみろってば」

そう云われても困ってしまう。四本のペットボトル、水の入ったペットボトル――それを並べてみる。そんなことをして何になると云うのか。

混乱してきた僕に、美里さんがいきなり、

「あ、あります、違いはありますよ、八木沢さん、ペットボトルの種類が違う」

ああ、そうか、そう云えばそんな説明があったようにも思う。最初がミネラルウォーターで、次が確か、お茶、だったっけ――えーと、それから三番目がジュースとか何とか云ってたような気がする――。美里さんの話を思い出そうとしている僕に、猫丸先輩は仔猫めいたまるい目を向けてきて、

「な、違いはあるだろ。僕も最初はただ何本かのペットボトルという括《くく》りでしか考えてなかっ

た。でも、どかしても毎日置かれてたってことだし、わざわざジュースを水に詰め替えている——これはつまり、水のボトルを一回置けばメッセージになるんじゃないってわけだな。何種類も置くことに意味があるんじゃないかと察したんだ。そこまで考えたらピンと来たね」

「僕はちっともピンと来ませんけどね——ペットボトルを何種類も置いたら、どんな意味が出てくるんですか」

僕が云うと、猫丸先輩は、長くふっさりと垂れた前髪をひょいと掻《か》き上げて、

「だからペットボトルばかりに捕らわれるなってば、別の角度から見てみろって何度も云ってるだろうに」

「別の角度、ですか？」

「まったくもう、じれったいな八木沢は——あのな、これは優ちゃんへの個人宛のメッセージなんだよ。優ちゃんの個人的な特性は何だ」

「イラストレーター、ですよね」

「そう、優ちゃんは絵描きさんだ。それで得意なのは？」

「水彩画——あ」

「ほら、キーワードの水が出てきた」

と、猫丸先輩は、にんまりと得意げに笑い、

「水は優ちゃんの重要な商売道具だろ。なあ、優ちゃん、お前さんは水を何に使う？」

「もちろん絵の具を溶かします」

「そう、それが相手の指示なんだ」

猫丸先輩は満足そうにうなずくと、行儀の悪いくわえ煙草で、続けて、

「ところで、こないだピンゾロの大将にばったり出食わしたって云っただろ。その時ちょいと立ち話のついでに聞いたんだけど――優ちゃん、お前さん彼女にフラれたんだってな。いやあ、お前さんみたいな色男でもフラれることがあるんだな、びっくりしたよ、この世の七不思議ってやつだね、ピンゾロの大将も驚いてたぜ。八木沢なんてひどいもんでね、独り者仲間が増えたって喜んでる始末だ」

どさくさに紛れてなにもそんな無神経なことを――僕は仰天し、あまりのことに美里さんも絶句している。どうしてこうデリカシーがないのかな、この人は――と、僕は呆れ慌てて、取り繕うように、

「何を突然云ってるんですか、猫丸先輩。そんな話、今は関係ないじゃないですか」

「関係あるんだよ、ほら見ろ、現に優ちゃんは判ってるじゃないか」

平然と云う猫丸先輩の言葉通り、どうしたわけか美里さんは口をあんぐりと開けている。ぽかんとして猫丸先輩を見つめる様は、いい男も形無しである。

「まさか――そんな」

美里さんは茫然《ぼうぜん》と呟く。何が起こったのか、僕にはさっぱり判らない。

「八木沢はまだ呑み込めてないか、ここまで鈍いとは、まったくもって難儀な男だねお前さんも」

事態を把握しきれないでいる僕を、愉快そうに猫丸先輩は笑って、

「仕方ないな、埒《らち》が明かないから教えてやるよ。いいか、八木沢、最初のペットボトル、ミネラルウォーターのボトルは何色だった」

「えーと、あ、青ですね、青いペットボトル」

質問の意図が判らぬまま、僕は機械的に答える。

「そう、最初は青だ。次はお茶のペットボトル——日本茶、緑茶だな。緑茶ってくらいだから、緑なんだよ。二番目は緑。それから三本目はアップルジュースだったよな、リンゴと云えばイメージする色は」

「赤——ですか」

「そうそう、子供だってリンゴの絵を描く時は赤く塗る。そして四本目は？」

「えーと、何でしたっけ」

思い出せずに首を捻る僕に、横から美里さんが助けてくれて、

「レモンジュースですよ、八木沢さん。レモンの色のイメージならレモンイエロー、ネイプルスイエロー、オーレオリン、ジョーンブリヤン——」

「つまり、黄色だな」

猫丸先輩が、そう結ぶ。そして、火のついた煙草の先端で、僕を指さすようにして、

「どうだ、これで判っただろう。青、緑、赤、黄——こいつは全部虹の色の中から選んであるんだ。虹の色は、赤、橙《だいだい》、黄、緑、青、藍《あい》、紫——この中から、特徴が目立つ判りやすい色

を抜き出してるんだな。虹が優ちゃんへのメッセージだとしたら、ほら、思い当ることがあるはずだぞ」

そう云われて、僕の頭の中に一枚の絵がありありと浮かび上がってきた。虹——虹をモチーフにしたイラスト。あの甘ったるい乙女向け雑誌に載っていた美里さんの作品。窓辺に虹の掛け橋がかかって、遠く離れ離れになってしまった恋人達を結ぶラストシーン——。同時に、いつだったか美里さんが云っていた台詞も脳裏に甦《よみがえ》ってきた——あれは彼女も一番気に入ってくれたんですよ——。

「完成形を予測しろって云ったのはそういう意味なんだよ」

「唖然としている僕にお構いなしに、猫丸先輩は煙草をくわえて続ける。

「優ちゃんにとって、絵の具を水に溶いて色水を作るのは日常茶飯のことだ。だから、ペットボトルの種類に従って、いつものように色水を作ってベランダに並べる——ほらな、七色のボトルが窓辺に並べば、これはもう誰がどう見たってあのイラストを表現してるとしか考えられない。暗示どころかモロだ、露骨すぎるくらい簡単だろ」

「——ってことは、犯人は美里さんの前の——」

僕はまだ茫然としながら、そう呟いていた。そう云えば、美里さんのアパートは都心からも遠くないし、最寄り駅にも割と近いと云っていたはずだ。ペットボトルは朝方置かれているのだから、彼女が同じ沿線に住んでいたとしたら、出勤前に途中下車してちょっと置きに寄るのも、それほど面倒ではないだろう——。

そんなことを僕がぼんやり考えている間も、猫丸先輩の話は続いている。

「水に詰め替えたのは、絵の具を指示通り溶けっていう謎かけの意味もあっただろうけど、カラだと風か何かで落っこちる心配があったからなんじゃないかって、僕は思うね。それに、本物のジュースが置いてあったら、さすがに気色悪いしな。ラベルを剝がしたのも、そのままじゃいくら何でも見た目が不粋で、色気も素っ気もあったもんじゃないからだろう。水なら透明できらきらしてきれいだしな。何より、水入りボトルならば野良猫対策に置いている家もよくあるから、通りがかりの人に変に思われることもないだろう――って判断があったと思う。あそこのアパートの住人はジュースなんかベランダに並べてるイカレた奴だ、なあんてご近所の人に優ちゃんがおかしな目で見られないように、気遣いもしているわけなんだな」

　そして、猫丸先輩は仔猫めいた目を悪戯っぽく細めると、

「優ちゃんの話にはくどい程いろんな色の描写が出てきたくせに、この一件のポイントが色にあるってことにさえ気づかないんだから――お前さん達が鈍いことは、これではっきりしただろう。つまり、その⑥、メッセージの受け手があまりにも鈍くて意味が判らない場合。このケースに当て塡《は》まるって証明された道理だよな。まったくもう、お前さん達ときたらニブカンで察しが悪くて鈍感で――やってられないよ」

　猫丸先輩の憎まれ口を聞き流して、僕は別のことを考えていた。

　虹の色は七色だから、青、緑、赤、黄と続いて残りは三色。それで、あと三日で終わると、猫丸先輩は云っていたわけか――。ひょっとしたら、犯人である美里さんの元の彼女は、その

七色が出揃《でそろ》うまでに、美里さんがメッセージの意味を汲み取ってくれるかどうか、賭けているのではなかろうか——そう思った。七日のうちに、美里さんが気付いて連絡をくれるのを待っているのではないだろうか——そう考えると、そんな相手のいる美里さんが、何だか少し羨ましい——そうも思った。正直に云ってしまうのなら——物凄《ものすご》く、羨ましい。

「あの、すみません、私ちょっと失礼して——」

と、美里さんがそそくさと立ち上がった。

「ちょっと、その、電話を——」

云うが早いか、美里さんは店の出入口の方へ向かって行った。ウェイトレスの女の子が、呆《あっ》気《け》に取られたような顔で美里さんの美貌に見惚《みと》れているけれど、多分、当人はそんなことなど目に入ってすらいないだろう。

「なるほどねえ——やっと納得できましたよ。彼女がヨリを戻したくて、だけど直接云うのもテレくさいから、ペットボトルのメッセージだなんて、そんな迂遠《うえん》な方法を取ったわけなんですね」

美里さんの後ろ姿を見送りながら、僕は云った。

「きっと、彼女にしてみれば不本意な別れ方だったんでしょうね。それで想いを断ち切れずに、別れた美里さんの元へ毎朝メッセージを届け続ける——なかなか健気《けなげ》じゃないですか」

「さあね、本当かどうかなんて知ったこっちゃない。今の解釈なんてただのこじつけだよ、さっきの放火の話と同レベルだ」

猫丸先輩は、妙に白けきった口ぶりで云う。

「お前さん、本気にしたのかよ、確証なんかどこにもありゃしないのに。こんな根拠薄弱なデッチ上げをほいほい信じちまうんだから、まったくお前さんときたらお目出度《めでた》いったらありゃしないな」

「デッチ上げ——のつもりだったんですか」

「そうだよ、そんな手の込んだことする人間がいるとは思えんね、バカバカしい。今の話が本当なら、虹の色の順番がばらばらなのをどう説明つけるんだよ。メッセージで虹を連想してほしいなら、ちゃんと順番通り置くのが道理ってもんじゃないか。それに、お前さんは健気だなんて云うけど、そもそも、毎朝家までペットボトルを置きに来るっていうのが現実離れしてるとは感じないのか。そんな奴が本当にいたら、ちょっとストーカーじみてて気色悪いぞ。それから、ペットボトルで虹の橋を表現するだなんて発想も、思い込みが激しすぎて気持ち悪い。僕だったら願い下げだね、そんなのは」

「そうですかね、洒落てるじゃないですか」

「洒落てるもんかよ、三十年くらい前の少女漫画じゃあるまいし——さっきは自分で云ってて寒イボ立ってきたんだぞ、僕は」

「恋人同士なら、そういう三十年前の少女漫画みたいなじゃれ合いくらいするでしょう」

「おや、お前さんいつからそっちの道に明るくなったんだ。万年モテない男杉並区ナンバーワンのくせしやがって」

「嫌な称号つけないでくださいよ」

せっかくのいい気分に水を差されて僕が口を尖《とが》らすと、猫丸先輩は、長い前髪をくるりんと指で巻きながら、

「なにもこんな少女趣味な解釈しなくても、もっとシンプルな答えはあるはずだよ。多分、お前さん達が最初に考えた、野良猫よけってのが一番妥当な線だと思うぞ。ペットボトルは猫よけの定番だ。それに、ベランダの手摺りって、よく猫が通り道にしてるだろう。自宅の庭に野良猫が入り込むのに手を焼いている近所の人がいて、たまたま優ちゃんのとこのベランダの手摺りを、問題の迷惑猫が歩いてるのを見かけた——。そんなところじゃないのかな。野良は午前中によく来るから、朝から昼頃まで猫の通り道を塞いでやろうってんでペットボトルで通せんぼした——ベランダの狭い手摺りなら、ボトル一本置いただけで物理的にも場所塞ぎになるしな。一日目にやってみたら効果覿面《てきめん》で猫が来なかったから、それに味をしめて毎朝置いた——。だから優ちゃんが昼頃にどけても、次の日にはまた置いてあったんだろう。『ベランダにボトルなんて置いて、このアパートの人には迷惑だろうけど、私の家ではもっと迷惑してるんだから、これくらい勘弁してよね』——と、毎朝自分を正当化しながら、ね。大方こんなところが正解なんじゃないのかな。この解釈の方が自然だろう。ペットボトルの種類がまちまちだったのは、たまたま手元にあったのを使っただけ——それで充分じゃないか。現実は得てしてこんな具合に散文的なものさね」

猫丸先輩はそう云って、また新しい煙草に火をつけた。

「ただ、ピンゾロの大将に聞いた話によると、優ちゃんが別れた彼女に未練たらたらで落ち込んでるらしいっていうからさ、それでまあ、電話でもするきっかけになればと思って、ちょいとデッチ上げを喋り散らしてけしかけてみただけなんだよ」

「ああ、なるほど——だったらそれでいいじゃないですか、嘘も方便ってことで。人助けですよ」

「人助けなもんか。お前さんが独り者仲間が増えたって喜んでるみたいだったから、それが何となく癪《しゃく》に障っただけだよ。八木沢には孤独と不幸がよく似合うからね。だから優ちゃんの方を何とかしようと、要らんおせっかいを焼いたまでのことさ。それに今頃、優ちゃん、電話でこっぴどく怒鳴られてるかもしれないぞ——『こっちはもう新しい彼氏ができてあんたのことなんか忘れてたのに、どうして今更電話なんかしてくるのよっ、そういううじうじしてる男って最低っ』——なんてね。まあ、それはそれでちょっと面白いからいいけど」

またぞろ憎まれ口を叩く猫丸先輩である。恐らく、人助けをしたい気持ちもこの憎まれ口も、どちらも本心なのだろう。僕はそう思う。なにしろこの人ときたら、本当にややこしくて複雑怪奇で判りにくい人なのだから——そんなことを考えながら、僕は店の出入口の様子を窺《うかが》った。美里さんが、晴れやかな表情で戻ってくるのを期待して——。

「おい、どうでもいいけど八木沢よ、奢《おご》る約束、忘れるんじゃありませんよ」

そう云って猫丸先輩は、仔猫みたいなまん丸の目で、にやりと笑うのだった。

とむらい自動車

体のすぐ脇を、自動車が通り過ぎて行った。凄《すさ》まじいスピードだった。

危ないじゃないか、この野郎——。

大西克人《おおにしかつひと》は、思わず口に出して悪態をつきそうになった。走り去る車の後部を睨《にら》みつけたが、その姿はすでに遠ざかりつつある。

畜生、バカみたいにスピード出しやがって——。

小さく舌打ちし、大西は足を止めた。

狭い道だ。

車道と歩道の境界はあって無きがごとし——一応、白いラインで区切ってはいるものの、ガードレールなど望むべくもなく、走り抜ける車はどれも歩行者のためのスペースにはみ出している。道が狭いせいだ。

その、申し訳程度の歩道に立ち止まった大西は、一人、ため息をついた。

ここが事故の現場か——。

暗然と、呟く。

友人が事故に遭った。

車に撥《は》ねられたのだ。

昨日、この場所で――。

目の前の電柱の根本に、花が供えてある。

死者への手向《たむ》けの花なのだろう。

牛乳壜に生けられた数本の菊の花。

排気ガスをたっぷり浴びて、菊の花はしおれている。牛乳壜も埃《ほこり》で汚れ、見るだに物哀しい風情である。

よく見れば、車道にはチョークで描かれた円がふたつほど、うっすらと残っている。警察による現場検証の痕跡らしい。車のタイヤに轢《ひ》かれてチョークの跡は消えかけているが、ここが交通事故の現場であることを、はっきりと示していた。

この狭い道は、青根街道から入る脇道になっている。青根街道は、東京の東西を突っ切る幹線道路であり、車の交通量も多い。物流と移動の大動脈とも云えるその街道から、緩いカーブで住宅地へと抜けるのがこの道だ。多少下り坂にもなっているので、街道を走る車はスピードを落とすことなく飛び込んでくる形になる。かろうじて二車線が通っているが、歩道はほとんどオマケ扱い。これでは人身事故が起きるのも無理はない。

現に、友人は事故に遭ったのだ。ここで、この道で――。

大西はもう一度ため息をつくと、目を上げて街道の方を見やった。車が次々と、唸《うな》りをあげて通り過ぎて行く。大型トラック、乗用車、バン、軽トラ――どの車も必要以上の速度で疾走して行く。凄まじい速さだ。走る鉄の塊。あんな物がぶつかってくるのだから、人間の体などひとたまりもないだろう。

また一台、白いワゴン車が、大西の立つ脇道へと吸い込まれて来た。夥《おびただ》しい車の濁流から離脱しても、そのスピードは変わらない。轟音《ごうおん》を立てて目の前を通り抜ける。

少し身を引いてそれをやり過ごすと、大西は再び、電柱の根本の花に視線を転じた。くたびれてうなだれた菊の花。近所の人が置いたのだろうか。死んでしまった人を悼み、せめてその魂の安らかならんことを願って――。

考えてみれば、交通事故死ほど予期せぬ死はないだろうと思う。予測ができない死、そしてあっけない死。事故で死亡する当人もさることながら、周囲の者に覚悟を決める猶予すら与えない、それは唐突な最期なのだ。誰もが親しい人の死を知らされても、悲しみや驚きを感じるより、ただ茫然とするしかない――そんな死に方だ。日々の営みの中に突如として出現する陥《かん》穽《せい》のように、あたかも罠のごとく、疾走する鉄の塊によって奪われる命。理不尽だ――。いきなり報じられた死に、ただただ唖然とし虚脱することしかできない――。そんな理不尽なことはないだろう――大西はそう思う。

大西が事故の報《しら》せを受けたのは、昨日の深夜――まだ十二時を回っていなかったから、かろうじて四月七日の日付に収まっている時間だった。電話でそれを知らされた。昨日は日曜日だったけれど、飲食店チェーンに勤める大西には、カレンダー上の休日は関係がない。今日が定休日なのをいいことに、勤務明けに同僚と呑みに行った。それで連絡を受けるのが遅れた。そんな深夜に友人の事故を知らされても、大西には何ひとつできることなどなかった。ただ、茫然とする以外は——。

事故が起きたのは、ちょうど今くらいの時刻だったという。正午前——日曜日のまっ昼間だ。昨日のこの時間、この道で友人が車に撥ねられた。

事故に遭った友人の名は、八木沢行寿《ゆきとし》。

大西の学生時代からの友達だった。

物思いに耽る大西を現実に引き戻そうとでもするかのように、車がまた一台、青根街道から入ってきた。タクシーだった。大西は歩道の端に待避しようとしたが、案に相違して、タクシーは大西の目の前で停車した。

何で止まるんだよ、俺は手なんか挙げちゃいないのに——。

訝《いぶか》しく思う大西に構わず、タクシーの後部扉が開いた。まるで、さあ乗ってくれ、と云わんばかりのタイミングだった。

呼び止めてもいないタクシーに乗る義理はないし、そもそも乗るつもりもない。だから大西は無視して黙っていたが、タクシーのドアは開きっぱなしで一向に閉じる気配がない。

何となく気詰まりな時間が流れた後、おもむろに助手席の窓ガラスが開いた。運転席から体を伸ばして窓から顔を出したのは、丸顔の運転手だった。

「お待たせしました、鈴木《すずき》様ですね、お迎えにあがりました」

制帽の庇《ひさし》に手を当てて、運転手はにこやかに云った。

「え——俺、違うけど」

大西がぶっきら棒に答えると、運転手は不思議そうな表情になる。

「あれ？　鈴木様じゃないんですか」

「ええ」

「タクシー、呼びませんでしたか」

「呼んでません」

「——おかしいなあ」

と、運転手は顔を引っこめた。よく見ると、後部座席に客は乗っていないし、フロントガラスの内側には「迎車」のランプが灯っている。誰かを迎えに来たらしい。大西は辺りを見回したが、タクシーを待っている人の姿はおろか、猫の子一匹見当らない。平日の昼前の時刻、狭い道は閑散としている。

「えー、九二五よりセンター、九二五よりセンター、お願いします、どうぞ」

運転手が、無線でどこかとやり取りを始めている。

『センターより九二五、どうぞ』

「えー、確認願います、地蔵坂上、鈴木様一名様、間違いありませんか、どうぞ」

『センターより九二五、間違いありません、どうぞ』

「もう一度確認お願いします、どうぞ」

『青根街道から地蔵坂上を入ったところ、鈴木様、一名様です、どうぞ』

無線の音が、大西の耳にまで届いてくる。青根街道から地蔵坂上を入ったところ――と云えば、確かにここだ。幹線道路の、この脇道へ入る辺りに信号灯が立っているが、そこに「地蔵坂上」と標示プレートが出ている。大西自身も駅から歩いて、その標示を頼りにここまで来たのだから、間違いない。

しかし、周囲を見渡しても、やはり誰もいなかった。

「あの、鈴木様ではないんですよね」

無線通話を終えた運転手が、再度、窓から顔を覗かせて尋ねてきた。

「違いますよ」

大西の返答に、運転手はしきりに首を傾げ、

「変だなあ、ここのはずなんだけど――」

辺りをきょろきょろと見ながら、ぶつぶつ云っている。だが、すぐに諦めたらしく、車の扉が閉った。そしてエンジン音も軽やかに、タクシーは走り去って行く。

何やってんだか、変なタクシー――肩をすくめてそれを見送った大西は、ふと自動販売機に目を止めた。電信柱の横に、窮屈そうに飲み物の自販機が置いてある。そう云えば、駅から歩いて少し喉が渇いていた。埃と排ガスにまみれて、煤《すす》け汚れた自販機に、小銭を投入する。缶コーヒーのボタンをぐいっと押した――が、出て来ない。

くそ、このボロ機械め――。

自慢ではないが、気の長い方ではない。一瞬でイラっと苛立ち、ボタンを平手で殴るみたいにして、何度も連打する。

ガシャガシャガシャガシャ――と押すうちに、やっと「ガッコン」と間の抜けた音がして、缶コーヒーが転がり出てきた。

憂さを晴らすようにそれを一気飲みすると、空き缶を備え付けのゴミ箱に叩き込んだ。

その時、誰かがこちらへ歩いて来るのに気が付いた。

その特徴的な姿に見覚えがある。

中学女子生徒全国平均身長ほどしかない小柄な体。黒いぶかぶかの上着を、引きずるように羽織っている。生後三ヵ月の仔猫の和毛《にこげ》みたいにふわふわの癖っ毛。それが眉の下までふっさりと垂れていて、その長い前髪の下の瞳も、仔猫じみてまん丸の――、

「猫丸先輩――」

大西が声をかけると、童顔でちっちゃい先輩は、片手を挙げて挨拶を返してきた。そして、大西の傍らで立ち止まると、

「お前さんも来てたのか」

「ええ――あの、猫丸先輩、その花、八木沢のために――」

大西の問いに、猫丸先輩は無言でうなずいた。

小柄な男は、花束を抱えていたのだ。

赤、黄、ピンク、オレンジ――色彩溢《あふ》れる花束を腕に抱いた猫丸先輩は、さながら学芸会の

カーテンコールといった感じに見える。しかし、大西は笑うことなどできなかった。普段は口の悪いことで有名な人だけど、いざとなると優しいところもあるんだ——そう思うと、少ししんみりした心持ちになってくる。俺も花くらい持ってくればよかった、と大西は後悔していた。

「ここが事故の現場か」

いつもは至って饒舌《じょうぜつ》な猫丸先輩が、言葉少なに尋ねてきた。大西も黙ってうなずいた。

「八木沢のバカ野郎めが、事故なんぞに遭いやがって——」

猫丸先輩は、車道に目をやりながら、独り言のように呟く。得意の毒舌にも、普段の鋭さが感じられない。

大西と八木沢は大学の同期で、この先輩はふたつばかり上だった。学生時代からまるで外見に変化のない猫丸先輩は、あの頃からよく一緒に遊んでくれたものだ。確か八木沢は、出版社に就職してからも、仕事の面でも色々と世話になっていると聞いている。

「で、大西よ、事故の様子はどんなだったか聞いてるか」

と、猫丸先輩はまん丸い大きな目をこちらに向けてきて、

「僕は双葉《ふたば》から電話があったんだけど、ほら、あいつ例によって要領悪くてさ、おまけに無暗《むやみ》やたらと動転してて、話があっちゃこっちゃにとっ散らかるから、状況がてんで掴めなかったんだよ。まったくもう、往生したよ」

「ああ、双葉ちゃんならそうでしょうね、取り乱して——」

と、大西はうなずいて、

「俺の方は釘沼《くぎぬま》からの連絡だったんですけど、こっちはいつものように冷静でした」

「さもありなん、だな。あいつのこったから、細々した数字並べ立てて事細かに報告したんだろう。八木沢の体が何メートル何十センチふっ飛んだ、とか、出血量が都合何十リットルに及んだ、とかさ」

猫丸先輩は不謹慎な冗談を飛ばしたが、やはり舌鋒《ぜっぽう》に普段の切れがない。

「俺が聞いたところによると、昨日は休みで、八木沢は家の近くを歩いていて——この辺はあいつのアパートから近いですからね、それでここを通りかかった時に、車に撥ねられたそうです。相手は普通の乗用車だったようです」

大西が云ったのと同時に、また車が一台、猛烈な速度で走り抜けて行った。

「こんな具合に、あっちの大通りから車がスピード落とさずに入ってきますから、それで避けられなかったみたいなんです。八木沢が何をしていたのか——ただの散歩だったのか、それとも何か用事があってどこかへ行く途中だったのか、そこまでは俺も知りませんけど」

「ふうん、まあ、あいつのことだ、大方ぼけらっと注意力散漫に歩いてたんだろうよ」

猫丸先輩はそう云うと、電柱の根本にある牛乳壜の花の方へ近寄った。

「そうか、ここが現場か——」

また独り言で呟き、猫丸先輩はその場にしゃがみこむ。そして、抱えていた花束を、牛乳壜の隣にそっと横たえた。

「猫丸先輩、その花——」

うずくまる小さな背中にかけようとした大西の言葉は、最後まで続かなかった。一台の車が近付いて来て、止まったからだった。

タクシーだ。

停車したタクシーは、さっきと同じように後ろのドアをぱっかりと開いた。

さあ、乗ってください――そう云いたげな沈黙も、最前とまるで同様だった。

「何だ、大西、お前さんタクシーなんか呼んだのか」

猫丸先輩が立ち上がって尋ねてくる。

「いえ、俺は呼んでませんよ」

大西は答えたが、その声は車の運転席までは届かなかったようだ。運転手が、開いたドアから声をかけてきた。

「お待たせしました、鈴木様ですね」

メーターのランプは「迎車」の標示になっている。

何だよそれ、俺は鈴木さんでもなけりゃタクシーも呼んでないぞ――大西は幾分呆れながらも、その旨を運転手に伝えた。さっきのタクシーといいこいつといい、二台も続けて何やってるんだ――。

「え、鈴木様じゃないんですか。あれえ、おかしいなあ」

運転席からは、先刻の運転手とそっくりな反応が返ってきて、さらに同じく、無線連絡を始める。

「確認お願いします」

『青根街道から地蔵坂上を入った道です。鈴木様、一名様』

無線の返答も、さっきとまるきり同じだった。

それを聞くともなしに聞き流しながら、大西は狭い道を見渡した。やはり人っ子一人通っておらず、タクシー待ちの客など見つからない。運転手にしてみれば、こうして道に突っ立っている大西こそが、客の姿に見えることだろう。

まあ、どうせすぐに行ってしまうさ、何かの手違いだろうし――そう高を括った大西だったが、今回の運転手はさっきの人よりやや粘着気質で諦めが悪いようだった。

「あの、この辺でタクシー待ってるお客さん、いませんでしたか」

そう聞きながら車から降りてきた運転手は、自分も周囲を見回す。不健康そうに痩せこけた頬の、中年の男だ。

「見てませんよ」

大西が首を振ると、不健康そうな運転手はいささか大仰に困りきった表情を浮かべ、

「あの、ですね、私は呼ばれて来たんですよ、わざわざここに。お客さんから電話があって、無線で迎えに来るように指示されたわけです。青根街道から地蔵坂上に入った道と云ったらここでしょう。お客さんは待ってるって云ったそうなんです。でも、いない。お客さんはいらっしゃらない。待ってたのはあなただけです。けどあなたはお客様ではないと云う。これはどうしたことなんでしょう」

くどくどと述懐する。何だか回りくどくてカンに障る喋り方だった。

こんなねちっこいおっさんの相手をする義務はない、と大西は判断し、猫丸先輩に向かって、

「実はさっきも似たようなことがあったんですよ。呼ばれたとか云ってタクシーが来て、誰もいなかったから帰ってってたんですけどね」

「あの、あなたさっきも呼んだんですか」

不健康そうな運転手が割り込んでくる。何をどう聞き違えたのか、

「タクシー呼んだんなら乗ってもらわなくちゃ困るじゃないですか、それはマナー違反です、悪戯にしてもあんまりですよ」

「いや、違うって、俺が呼んだんじゃないよ」

「いいえ、違いません。だって他に誰もいないでしょう、場所だってここなんですから、とりあえず乗ってくださいよ」

「何で俺が乗らなきゃならんのですか」

「タクシー呼んだんだから、誰だって乗るでしょう」

「だから俺じゃないってば」

大西はイライラしてきた。おっさんの云っていることは支離滅裂だ。

鈴木さんだか誰だか知らないけど、当人は何やってるんだよ、タクシー呼んだんならさっさと来て乗りやがれ――会ったこともない鈴木さんとやらに対してまで、怒りが湧いてきた。

何かの事情で来られなくなったのか、それとも流しのタクシーがちょうどよく空車で通りか

かって、これ幸いとそっちに乗ってしまったのか――。いずれにせよ、無責任な話である。

不健康そうな運転手と大西が、噛み合わない問答を空転させていると、一台の車が近付いて来た。

またタクシーだ。

そのまま通り過ぎて行くかと思いきや、標示ランプが「迎車」になっているのを発見して、大西は悪い予感に捕らわれた。

予感は的中し、やって来たタクシーは、停まっている不健康男の車の後ろに、ぴたりと停車した。

運転席のドアが開き、のっそりと出てきたのはヒグマみたいな体格の、ゴツゴツした感じの男だった。

ヒグマのような運転手は、不健康男の顔とその車とを交互に睨《ね》めつけながら、

「困るね、他人の客の横取りは」

体格から予測できる通りの、低い声で云う。

「仁義に反するんじゃねえかい。関東無線さんはいつもそうだ。業界の御法度《ごはっと》は弁えてもらわにゃいかんぞ」

ヒグマの言葉につられて、大西は二台のタクシーを見較べた。不健康男の車は、グリーンに白いラインの関東無線交通で、ヒグマのが蜜柑色のヒバリタクシー――どうやら別の会社で、競合関係にでもあるのだろう。

「い、いや、ちょっと待ってくださいよ、私が先に来たんですから、この人は私のお客さんですよ」

不健康男が、ヒグマの迫力に圧倒されながらも必死で抗弁する。

「業界の仕来《しきた》りということで云えば、私の方に分があるはずですよ。なにしろ私の方が先だったんですからね」

「おいおい、冗談云ってもらっちゃいけねえや。俺は呼ばれて来たんだぜ、この迎車マークが目に入らねえか」

「そんなこと云ったら私だってそうですよ、ほらほら、この通り、迎車です」

「俺は電話で呼ばれたんだよ。青根街道を地蔵坂上に入ったところ、鈴木様一名様だ。ちゃんと記録簿もつけてあるぜ」

「いやいや、それを云うなら私だって――ねえ、そうですよね、お客さん」

ヒグマと不健康男の云い争いは、大西にまで飛び火してくる。

「俺は知らないよ、さっきからこっちの人には云ってるけど、関係ないんだから」

「そんなはずないでしょう」

大西の弁明を、ヒグマはきっぱり切り捨ててくれる。

「現に俺は呼ばれて来たんだし、待ってるのはお客さんの他にいないんだからな」

「ダメですよ、私のお客さんなんですから」

「まだそんなこと云うか、しつこい野郎だ」

「だって私が先だったんですから」

「先だから何だって云うんだ」

不健康男とヒグマが、またぞろ云い争いを始める。

バカバカしい、つき合い切れないや――いい加減イライラしていた大西は、この場を離れることにした。タクシー業界のくだらない客の取り合いなどに、これ以上巻き込まれても不愉快なだけだ。後は二人で勝手にやってくれ――と、猫丸先輩を促して行こうとしたが、その当の小男がいなくなっている。

あれ、と思って首を巡らすと、ちっちゃい先輩は少し離れたところに立ってこっちを見ていた。何が楽しいのやら、にやにやと人の悪そうな笑みを浮かべている。そして、何を思ったか、猫丸先輩は藪から棒に、

「それじゃ、鈴木君、またな。気をつけて帰ってくれたまえよ、鈴木君」

あろうことか、とんでもないことを大声で叫ぶと、太平楽に手を振った。そして、一人ですたすた歩いて行ってしまう。不自然なほどの早足で、逃亡しようとしているのは一目瞭然。爆弾を投げつけておいて、自分だけはとっとと逃げる――この上ない卑劣さだ。

「あ――ちょっと、待ってくださいよ、猫丸先――」

大西は慌てたが、もう遅い。逃走経路を、ヒグマがぬっと巨体で塞いだ。

「ほら、やっぱり鈴木さんだ。困るな、からかってもらっちゃ」

目が笑っていない。

「いや、そうじゃないんだ、あれは違うんだよ、俺は鈴木さんじゃない」

「冗談は大概にしてくれよ。お連れの人がそう云ったでしょう」

「云っても云わなくても俺は違うんだってば」

云い募りながら大西が見やると、事態をややこしくした張本人は、一瞬だけこちらを振り向きにんまり笑ったのみで、後はすたこらさっさと逃げて行くばかり。畜生、あのちっこいおっさんめ、何を考えてやがるんだ——むかっ腹が立ってきた大西に構わず、不健康男が擦り寄ってきて、

「あのねえ、お客さん、こんなことなら最初から素直に私の車に乗ってくれればよかったんですよ」

「どうして俺が乗らなくちゃならん」

「またまた、ご冗談ばっかり、鈴木さんのくせに」

「違うって云ってるだろう、くどいなあ」

「じゃあ、お連れさんがそう呼んでたの、どう申し開きするおつもりですか」

「あの人はそういう人なんだよ。俺が困っておたおたするの、見物して楽しもうって魂胆で」

「そんなくだらないことする奴は、普通いませんぜ」

ヒグマが口を出してくる。普通の世界にいなかろうが、実際にいるのだから仕方がない。あの先輩はそういう傍迷惑な人なのだ。

「とにかく乗ってくれよ、鈴木さん。タクシー呼んどいて乗らないなんて、非道ってもんだぜ」

「俺は呼んでないって」

「乗るんなら私の方ですよ、私の方が早かったんですから」

「まだそんなこと云いやがるか、こいつは。くそっ、関東無線なんぞにむざむざ客の横取りされてたまるか」

「私だってそうですよ」

「俺は呼ばれて来たんだぞ」

「いや、それは私もです」

またまた無意味な押し問答が開始される。猫丸先輩に余計なことをされた大西も、逃げるわけにはいかなくなってしまった。

三人で喧々囂々《けんけんごうごう》やり合っていると、スクーターが一台通りかかった。酒屋の配達のようで、後ろに酒壜の詰まったケースを乗せている。

「あれ、どうした？　事故ですか、ぶつけちゃったの？」

スクーターに乗った兄ちゃんが、呑気な顔で聞いてくる。

「そうじゃねえよ。何でもないから気にしないでくれ」

ヒグマが無愛想に手を振って云うと、酒屋の兄ちゃんは肩をすくめて、

「ふうん、まあどうでもいいけど、早く移動した方がいいんじゃない。こんなところに停まってたら、また事故かと思われちゃうよ」

俺のせいじゃないよ、文句云うな——とばかりに大西が睨みつけると、酒屋の兄ちゃんはほ

うほうの体《てい》で逃げて行ってしまった。

と、兄ちゃんのスクーターと入れ違いに、車が一台こちらにやって来た。

またタクシーだった。

しかも「迎車」――。

おいおい、嘘だろ、これ以上は勘弁してくれよ――呆れ果てて見守る大西ではあったが、その願いも空しく、新手のタクシーは他の二台と同様に停車してしまった。三台のタクシーが縦列駐車した状態だ。

降りてきた運転手は、路上で不機嫌な顔を並べている大西達三人を見て、大いに困惑したようだった。

「あのお、鈴木さん――ですよね」

まだ若い運転手はおずおずと、及び腰で声をかけてきた。

「確かにこの人は鈴木さんだが、お前の客じゃない。俺の客だ」

ヒグマがむっつりと答える。

「違うって、何遍云やわかるんだよ。あんたにも先に云っとくけど、俺は鈴木さんじゃないからな」

元より気の長い方ではない大西は、もはや完全に喧嘩腰になっていて、若い運転手はちょっと怯《おび》えたようだった。

「いえ、あの、でも、僕は呼ばれて来たんですけど」

おどおどと自己主張する若い運転手に、不健康男が、

「おや、もしかして、君も電話で呼び出されたクチですか」

「そうですけど――あれ、そちらもそうなんですか」

「そうだよ、このお客さんに」

「違うよ、俺じゃない」

「まだそんなこと云い張るんですか、あなたは」

「違うものを違うと云って何が悪い」

「往生際が悪いなあ」

「うるさい、知ったことか」

「あのお、僕、困るんですけど――。ウチの会社、走行記録に物凄くうるさいんですよ。お客さんに乗ってもらわないと、後で叱られるんですよお」

若い運転手は、悲しげな顔で訴える。前の二台とは、これも屋根の上のマークが違っているのだ。

「君が叱られようが撫でられようが私の関知するところではありません。このお客さんは私がいただきます」

不健康男の無責任な発言に、若い運転手もさすがに気色《けしき》ばんで、

「そりゃないですよお、叱られるの嫌ですから――お客さんには絶対、僕の車に乗ってもらいますからね」

「おい、後から来てその云い草はないだろう」

ヒグマも参戦する。

「後から来たのはあなたも同じです。一番乗りは私だったんですから」

「後も先も関係ねえよ。お前はすっこんでろ」

「いいえ、すっこむものですか」

「とにかく乗ってくださいよお」

「乗らないよ、俺は」

「だって鈴木さんでしょ」

「この人は鈴木さんだ。だが俺の客だ」

「違うんだよ」

「私のお客さんですってば」

「いいから乗ってくださいよお」

「やかましい、黙れ」

「黙るものですか」

「あんたが黙れ」

「何だと、この」

「乗れ」

「乗らん」

「何を無責任な」

「うるさいよ」

「お前がうるさい」

「何を云うか」

口々に大声で怒鳴り合った。

ヒグマは肩を怒らせて叫び――、
不健康男はねちっこい口調で唾を飛ばし――、
若い運転手も涙目で応戦する。

もちろん大西も、声を嗄《か》らしてわめいた。

ああ、もう、うっとうしい、こんなバカバカしい泥仕合なんて、もう、うんざりだよ――内心、辟易《へきえき》していても、他の三人が怒鳴り散らすから、頭に昇った血が元に戻らない。

大声で口論する四人の大人達の後ろを、子供の集団が通って行く。学校帰りらしく、ランドセルを背負っている。

「タクシー、いっぱい集まってるね」

「いっぱいだね」

「ここ、タクシー乗るところなの」

「違うよ、迎えのクルマって書いてあるもん」

「お迎えに来たんだね」

「でも、おじさん達、何かケンカしてるよ」

「ケンカしてるね」

「どうしたのかなあ」

きゃいきゃいと、小学生の集団は騒ぐ。そのランドセル軍団に、街道の方からやってきた中年婦人が声をかけている。

「ほらほら、道草喰わないで、早くしなさい」

黄色い小旗を持った中年婦人は、みどりのおばさんのようで——別に緑色の服を着ているわけではないが——肩に「交通安全指導」という襷《たすき》を掛けていた。近所の保護者会か何かの人達が、通学路の要所要所に立って安全指導をしているのだろう。

「ほら、みんな、早く帰るんですよ」

「はーい」

小学生達は良いお返事をして、わらわらと通り過ぎて行く。子雀の群れのごとく、ぺちゃくちゃとさんざめきながら——。

実にのどかでほほえましい光景ではあるけれど、大西達にしてみれば、そんなことに気を散らしている場合ではない。恐ろしいことに、また一台、タクシーがやって来たのだ。もちろん「迎車」の標示で——。

「え？　あれ、あれえ？　何の騒ぎですか、これ。鈴木様はどちらで？」

車を止めて降りてきた運転手は、目を白黒させている。そして、出来の悪い繰り返しコントみたいなお馴染みのやり取りの後、新たな運転手もバトルに加わった。間の悪いことに、新加入の男は、腕力でも充分ヒグマに対抗しうるガタイの持ち主だった。それで火に油を注ぐ仕儀となった。新メンバーの参加を得て、口論はますますエスカレートする――。

「いいから、私の車に乗ってくれれば八方丸く収まるんですから」

「どこが八方丸くだよ」

「収まらねえよ」

「俺は乗らないからな」

「何を勝手なこと云ってるんですか」

「どこが勝手だよ」

「迎えに来るんだって燃料消費するんですよ、どうしてくれるんですかあ」

「俺の知ったことか」

「無駄足じゃ帰らねえぞ」

「こうなったらこっちも意地だ」

「私だって意地があります、どうでも乗ってもらいますからね」

「僕、このところ成績悪いんです、乗ってもらわないと叱られます」

「お前の成績なんかどうでもいいよ」

「とにかく乗れ」

「乗ってください」

「ひどいですよお」

「私の車に」

「俺の車に」

「いや、こっちだ」

所属会社が全員違うせいで、妥協する気はさらさらないらしい。みんなムキになっている。不景気のためか、運転手軍団も必死だ。どんどん殺気立ってくる。

「なんだってこんなにたくさん呼んだんだよ」

「俺に聞くな」

「何人いるんだ、鈴木さんの集団は」

「一名様って云ってたぞ」

「だからこの鈴木さんが一名様なんだよ」

「誰が鈴木か、誰が」

「こんなにタクシー集めて、あんた何が楽しいんですか」

「知るかよ」

「乗るのか乗らないのか、はっきりしてくれよ」

「俺の車に乗るんだよ」

「まだ云いますか、私ですよ」

「何を、こいつは」

「あんまりですよお」

「乗らないって云ってるだろ」

怒鳴り合いながらも、大西は考えていた。本当に、こんなにタクシーを集結させて、鈴木さんとやらは何が嬉しいのだろうか——と。これはもはや、まともな事態とは思えない。タクシーを呼んだものの、都合が悪くなって来られなかったとか、空車がたまたま通りかかって乗ってしまったとか、そういう普通の解釈で済む次元ではないだろう。タチの悪い悪戯と考えた方がいいのかもしれない。

「きっとこれは悪戯だよ、あんた達みんな、悪戯電話で呼び出されたんだ」

「こんな悪戯があるもんか」

「誰がするんですか、そんな悪戯」

「俺に聞くなよ」

「タクシー呼び集める悪戯なんて、聞いたこともないぞ」

「わざわざ迎えに来たんですよ、どうするんですか」

「うるさいよ、お前は」

「うるさいのはお前の方だ」

「何だと、この野郎、だいたいお前の会社は前から気に食わなかったんだ」

「何を、どこが気に食わないんだ、云ってみやがれ」

「やり口が汚いんだよ」

「何が汚い」
「乗り場の前でいつもお客さん攫《さら》うだろうが」
「それはこいつんとこの常套手段だよ」
「僕はしませんよお、そんなこと」
「お前の会社はみんなやってるんだよ」
「あんたのとこだって、勝手な値下げでお客さん独占しようとしてるじゃないですか」
「値下げのどこが悪いんだよ」
「手前勝手はよくねえって云ってるんだ」
「うるさい、この談合体質め」
「何を、この」
「早く乗ってくれないと他の車の迷惑ですよお」
「黙れ、こいつめ」
「お前が黙れ」
「何だと、このヤロ」
「いい加減にしてくださいよお」
「うるさいと云ってるだろ」
「うるさいのはお前だ」
「やかましい」

「何だ」

「この」

現場は騒然としてきた。タクシーが四台も停まっているので、さっきから完全に通行妨害になっている。通り過ぎようとする車は、迷惑そうにのろのろと脇をすり抜ける。クラクションを鳴らす奴もいる。ちょっとした渋滞まで起きかかっていて、車が徐々に密集してくる。何事ならんと、野次馬まで集まって来る始末。

それでも不毛な争いは止まらない。全員、血圧が上がりきり、血相変えて怒鳴り合う。興奮し、いきり立ち、猛《たけ》り狂って激高し、叫んで、がなって、喚《わめ》いて、罵《ののし》り合う。摑み合い寸前の騒乱は、いつ果てるともなく終わらない——。

*

もう、ぐったりとくたびれた。精も根も尽き果てた。

狭い道に一人取り残された大西は、肩で息をして立ちつくしている。

やっと静かになった。人の声はまるでなく、青根街道を車が行き交う音だけが、低く響いてくる。静寂のありがたさに、つくづく安堵する。

永遠に続くかと思われた運転手軍団との口論が、ようやく——本当にようやく——終結したのである。これ以上無益な云い争いを続けても埒が明かないと思ったようで、運転手どもは諦めて去って行った。いや、ただ単に大西同様、口論に疲れ果てただけなのかもしれないが――。それで野次馬達も三々五々散って行き、元の静けさが戻ってきたのであった。大西がここに来た時と同じ、誰もいない平和な状態に――。

意味もなくタクシーに乗らずにすんだ大西は、畢竟《ひっきょう》、バトルの勝者と云えるのだろうけれど、達成感は皆無だ。残ったのは徒労感のみ。

どうして俺がこんなバカげた目に遭わなきゃならんのだ――大きく息をつきながら、大西は己の悪運を呪うことしきりだった。

「まったくもう、お前さんときたら相変わらず血の気の多い男だね」

急に背後からそう云われて、大西はびっくりして振り返った。

猫丸先輩が立っていた。にこにこと、機嫌のよさそうな笑顔で――。いつの間に戻って来たのだろうか。足音も立てずに近寄ってくるところなど、本物の猫みたいである。

「なにもあんな声高にケンカしなくてもいいだろうに、いつ暴力沙汰になるかとひやひやしちゃったよ」

しれっとした調子で猫丸先輩は云うが、そうなることを期待していたのは、その口振りから明らかだった。どこかその辺に身を潜《ひそ》めて、高見の見物と洒落込んでいたのだろう。まったくもって、非常識な人である。

「猫丸先輩――」

息も絶え絶えに、それでも眉をしかめて大西は云った。考えてみれば、このちっちゃい先輩がすべての元凶なのだ。

「どうしてあんな悪戯するんです、ひどいじゃないですか」

くたびれきっていたので怒る気力も残っていなかったが、大西は精一杯の不満を籠めて文句を云ってやる。

「悪戯って——ああ、鈴木君呼ばわりしたことか」

大西の不平もどこ吹く風といった呑気さで、猫丸先輩は、

「あれはちょっとしたご愛嬌だ。ちょいとお茶目に小意気なジョークを飛ばしてみただけじゃないかよ」

「何がお茶目ですか、悪ふざけにも程があります」

「だって、面白そうだったんだもん」

何が、もん、だ。子供か、この人は——あれだけ事態を収拾つかなくしたくせに、責任を爪の先ほども感じていないらしい。大人気ないことこの上ない。

「そっちはともかく、あのタクシーは何のつもりですか。どうしてあんなに集めたりしたんです」

「あれ？　お前さん、あれが僕の仕業だとでも思ってるのか」

猫丸先輩は、さも意外そうに、仔猫みたいなまん丸の目をさらに大きくして、

「いくら何でもそりゃ濡《ぬ》れ衣《ぎぬ》だよ。だって、大西、お前さんここに来るってこと、誰かに事前に伝えたか」

「いえ、云ってませんよ、誰にも」

「ほら見ろ。僕はお前さんがここにいるなんて知らなかったんだよ、誰にも伝えてないことを、僕が知ってるはずないからな。お前さんを困らせてやろうと思ってタクシー呼びつけるにしても、お前さんがここにいることを知らない僕が、そんなことできる道理はないじゃないかよ。それに、タクシーは僕がここでお前さんとばったり出喰わした後にも、続々到着してたじゃないか。あのタクシーはみんな電話で呼ばれて来たんだろう。僕が電話なんぞかける暇がなかったことは、お前さんが一番よく知ってるはずだろうに」

「あ——それは確かに——」

大西は一瞬、絶句してしまう。大した考えもなしに、あんな子供じみた悪ふざけをするのはこの先輩くらいしかいないだろう、などとてっきり思ってしまった。だが、本人の云う通り、猫丸先輩には電話などする時間がなかったのは確かである。だったらタクシーを呼べるはずもない。大西を鈴木君に仕立てて事態を混乱させたのはともかく、この人はあの騒動に直接的な関与をしていたわけではないのだ。では一体、何者があんなことをしでかしたのだろうか。いや、そもそも何のために——？

大西はすっかりこんがらがってきた。

誰だか判らないが、タクシーをあんなに集結させて何をしたかったのか？

鈴木さんの団体——？　いや、運転手は「一名様」だと云っていた。本当に乗るつもりだったのならば、タクシーは一台呼べば事足りるはずだ。

どこか別の場所で間違えて待っていて、なかなか来ないタクシーに業を煮やした挙句、他のタクシーを次々と呼んだ――というのも、この場合考えられない。運転手達が口を揃えて主張していたのは、紛れもなくこの場所だったたし、あの集結の仕方からして、電話を続けざまにかけて一気に呼び集めたと考える方が自然である。だから、あんなに何台も集めたということはやはり、普通に乗るためなどという真っ当な理由ではないのだろう。口論の最中に運転手達も云っていたが、ただの悪戯にしては手口がややこし過ぎる気もする。

だとすると、何か真っ当ではない理由があるということだろうか。例えば、色々なタクシー会社に同時に電話して、どの会社が一番早く来るか調べていた、とか――？　いや、しかし、そんなことをして何の意味がある？　何の意味もないではないか。

とにかく判っていることは、鈴木さんが電話でタクシーを四台も五台も呼び集めた、ということしかない。鈴木さんとやらは――どうも偽名くさいけど――そんなことをして何をしたかったのだろう。それがさっぱり判らない。タクシーを集結させて、何か得することでもあると云うのか――。

考えているうちに頭が痛くなってきた。さっきまで延々と怒鳴り散らしていた後遺症かもしれない。もう面倒くさい、終わったことはどうでもいいや――と、投げやりな気分で、大西は考えることを放棄した。

顔を上げて決然と、猫丸先輩に向かい、

「まあ、何でもいいですけど、もう行きましょうよ。こんなところでぼんやりしてて、またタクシーが来たら敵《かな》いませんからね」

「いや、そう慌てなさんなって、せっかちな男だね、お前さんも——。タクシーなんてもう来やしないよ、目論見は終わってるわけだし」

ことをなげに、猫丸先輩はそう云った。

何を云ってるんだ、この人は——大西は呆気に取られてしまった。

タクシーはもう来ない？　目論見は終わっている？　——まるで何もかも知っているみたいな台詞ではないか。このタクシー集結事件の、裏の事情を判っているとでも云うのだろうか、この小柄な先輩は——。

「何の話です、それ。何か知ってるんですか？　目論見ってどういう意味なんです。タクシーはもう来ないなんて、どうして云い切れるんですか」

勢い込んで尋ねる大西に、猫丸先輩はちょっと呆れたように大きな目をぱちくりさせると、

「そうやってぽんぽんぽんぽん聞くんじゃありませんよ、お前さんは——子供質問コーナーじゃあるまいし。まったくもう、気が短い男だね」

「だっておかしいじゃないですか、猫丸先輩はこの件に一枚噛んでるわけじゃないんでしょう、電話なんてかける暇はなかったんだし——。けど、誰かがあんなにタクシー集結させたんだから、何かまともじゃない目的があるはずなんですよ——それをどうして知ってるみたいなこと云うんですか」

「またお前さんは大きな声で——港で船を呼んでるんじゃないんだからさ。そんなに気にする

ことないよ、僕はちょいとつまらないことに気が付いただけなんだから」

「何に気が付いたんですか」

「いや、別に大したことじゃないさ。ただね、呼べば来る車ってことではタクシーもパトカーも救急車も同じだなって――そう思っただけの話だよ」

と、意味不明のことを云って、猫丸先輩は涼しい顔をしている。その、のほほんとした童顔からは、ふざけているのか真面目なのか、真意がさっぱり読み取れない。

大西は焦《じ》れったくなってきたが、ただ、この高校生じみた顔立ちの先輩は、少々珍奇な人柄ではあるけれど、変わっている分、頭の中身も凡人とは一線を画することを思い出していた。学生時代から、それは有名なのだ。ひょっとしたら、その素っ頓狂な脳髄で、何か大西が見逃していた事実に思い至ったのかもしれない。

一旦は考えることを放棄した大西だったが、こうなると俄然気になってくる。

「猫丸先輩、何か考えたんですね」

内心の苛立ちを押し殺して大西が尋ねると、果たして、素っ頓狂な頭脳の持ち主は当然のごとく、

「うん、まあね」

「タクシー集結事件の本当の意味が判ったんですか」

「多分、だいたいのところは――まあ、当ってるのかただの的外れかは保証しないけど、僕なりの解釈は一応ついたよ。お前さんが納得できるかどうかはともかく」

「構いませんよ、何でもいいから教えてください」

「納得しなくても文句云うなよ」

「云いません云いません」

「それじゃ、まあ、ちょいと話してやるか——愉快なケンカ騒ぎ見させてもらったから、その木戸銭の代わりってことで」

と、猫丸先輩は、屈託のない子供じみた笑顔で云った。そして、眉の下まで垂れたふっさりとした前髪を片手でかき上げると、

「このタクシー集結事件で、犯人は——犯人ってのも大げさか、この場合——とにかく、タクシー連続呼びつけ犯は、って、これ、語呂悪いな」

「どうでもいいです、そんなことは」

「そうか、まあお前さんが気にしないならそれでいいけど——とにかく、タクシー呼びつけ犯は、電話をかけてタクシーを呼んだわけだな。ただ、電話をかけるだけの手間とは云え、あれだけの数だ、単なる愉快犯にしちゃ手が込んでる。何か別な、まともじゃない目的があったはずだって云うお前さんの考えに、僕も賛成だね」

「ええ、でも、あんなにタクシー集めて、どうするつもりだったのか、全然判りませんけど」

「いや、別に集めたわけじゃないだろ、ただ呼んだだけで」

「同じですよ、どっちでも」

「同じじゃないね、違うと思うぞ」

と、猫丸先輩は、ポケットから懐中時計の親玉みたいな円形の物体を取り出すと、その蓋を開いた。携帯用の灰皿らしい。そして、煙草に火をつけ、ゆっくり大きく煙を吐いた。ちっちゃくて、高校生に見紛うばかりの容姿だから、お巡りさんに見つかったら一悶着《ひともんちゃく》ありそうな光景ではある。

「あのさ、大西、ひょっとしたらタクシー呼びつけ犯は、昨日の再現をしたかったんじゃないかって、そんなふうに僕は思うんだよ」

のんびりと煙草をくゆらせながら、またぞろ意味の判らないことを云う。

大西は、またもやイライラしてきた。くわえ煙草の悠長な態度といい脈絡なくあちこちへ飛ぶ話の展開といい、こっちの短気を知っていてワザとやっている節がある。大西を翻弄して楽しんでいるのだ。

それにまんまと乗ってやるのも業腹だから、大西は殊更落ち着いて見せ、

「あの、昨日の再現って何のことですか。もしかして事故の話なんですか」

「あ、そうそう、常識的に考えればタクシーってのは無線でランダムに来るもんなんだよな」

猫丸先輩は、いきなり話を逸らしてしまう。質問を余所に聞かれて、大西はまた、イラッと頭に血が昇る。相手の方が一枚上手だ。畜生、喰えないおっさんだよ、ちっちゃいくせに――。

「お客さんが電話で呼べば、無線で連絡して、近くにいる空いてる車が『迎車』になって迎えに行く――そういう段取りになってるはずだよな」

喰えないおっさんは、呑気な顔で煙草を吹かして続ける。

「だから、お客さんにしてみれば、あらかじめ指名しない限り、どの運転手の車が迎えに来るのかは判らないわけだ——たまたま近くを走行中の手隙の車が『迎車』になるんだからな。さっきの運転手さん達は、別に指名されたとは云ってなかっただろう。つまり、タクシー呼びつけ犯は、特定のドライバーを来させたかったんじゃないんだ。運転手個人に対して、何かをしたいわけではなかった——。それに、タクシー会社もまちまちだったろう。そうなると当然、特定のタクシー会社に含むところがあるんでもない、という理屈になる。ということは、タクシーやタクシー会社に意味があるんじゃない、この道に意味があると考える他なくなってくる」

「この道——？」

「そう、ポイントはこの道にある——そう考えれば、お前さんだって何か思いつくことがあるはずだよ」

「別に——何も思いつきませんけど」

「何だよ、相変わらず察しが悪いな、鈴木君は」

「鈴木君はやめてください」

　しつこい人だ。

「まあいいや——察しの悪いお前さんに期待しても話がまだるっこしくなるだけだからな」

　と、猫丸先輩は、短くなった煙草を携帯灰皿で揉み消して、

「だったら別の質問にしとくよ、もっと単純なやつにね——。で、タクシー呼びつけ犯にとって、イレギュラーなことがひとつあったはずだよな。タクシー呼びつけ犯が想定してなかった

要素がこの道にはあった——それが何か、くらいのことは察しの悪いお前さんにだって判るだろう」

新しい煙草を一本取り出し、その先端を突きつけて聞いてくる。しかし、そんなことを問われても、大西には何のことだかさっぱり判らない。

「さあ——何でしょうね」

素直に首を傾げると、猫丸先輩は、いかにも呆れたと云いたげに、大げさな仕草で首を振り、

「やれやれ、お前さんときたら、血の気が多い割には頭に血が巡っていないんだから難儀なもんだ——気付けよ、それくらい。他ならぬお前さん自身の存在だよ」

「俺——自身？」

「そう、お前さんさっき云ったろう、今日ここに来るってことは誰にも云ってないって」

「あ、そう云えば——」

思わずぽかんとしてしまった大西に構わず、猫丸先輩は煙草に火をつけると、

「お前さんがこの道、この場所に突っ立ってることは誰も知らなかった。無論、タクシー呼びつけ犯にとっても事前に知ることができなかった、予想外のことのはずだろう。それで、お前さん、ここにいて何をした？」

「何って云われても——別に何もしてませんよ」

「したじゃないかよ」

「してません」

「ちゃんと思い出せよ。お前さんはここに立ってて、最初に来たタクシーを帰しちまったじゃないか」

「最初のタクシー――？」

「そう、これはタクシー呼びつけ犯には想定外のことだ。もしお前さんがここにいなかったのなら『迎車』のタクシーはここでしばらく待つのが普通だろう。タクシーを呼んだ鈴木さんが現れるのを、今や遅しと待ちわびて――。これこそが、タクシー呼びつけ犯の狙いだったんじゃないかな。そう僕は思うんだよ。だってそうだろう、想定外のお前さんがいなかったら、最初のタクシーはここに停まったままのはずなんだから」

「じゃ、俺が一台目を帰してしまったから――」

「そうだよ、お前さんが最初の車を断ってすぐに帰しちゃったからこそ、やむなく別のタクシー会社に電話したわけだ。まあ、それはちょっと置いといて――もし一台目が帰らなかったのなら――お前さんという想定外の邪魔が入らなかったら、気の長い運ちゃんならばここで十分やそこら待ったはずだろう。そう考えたら、僕はふと思いついたんだ、その状況は昨日と同じ状態じゃないかって」

「何ですか、昨日と同じ状態って――さっきもそんなこと云ってたけど」

尋ねた大西の言葉には答えずに、猫丸先輩は煙草の煙を吐きながら、

「僕はね、大西――最初にここに来た時、昨日の八木沢の事故直後の様子を想像してみたんだよ。事故があった後、ここはどういう状況になっていたと思う？　救急車が来て、パトカーが

来て、人だって集まったことだろうな。そんなことを考えてたから、後でタクシーが集結した時に、何となく思いついたんだよ。呼べば来る車ってことでは、タクシーも救急車もパトカーも同じだな――ってね。そう思ったら、タクシー呼びつけ犯の思惑が読めてきた」

「俺はちっとも読めませんけど――」

「少しは考えろってば――いいか、ポイントはこの道にあるんじゃないかって云ったはずだぞ。この道の特徴は何だ？」

猫丸先輩は、仔猫みたいなまん丸の目で、辺りを見渡して聞いてくる。つられて大西も、視線を巡らす。

狭い道だ。

そして、電信柱の根本に供えられた花――。しおれてうなだれた菊の花。最前、猫丸先輩が置いた瑞々《みずみず》しい花束との対比で、余計にしなびて見える。花瓶代わりの牛乳壜も、土埃にまみれて汚れている。そのくたびれ具合から、昨日今日に置かれた物ではないことは一目で判る。以前にもここで事故があって、犠牲者が出たらしい。

「え、まさか――」

「ようやく呑み込めたみたいだな。そう、お前さんが気付いた通り、この道の特徴は、どうやら事故の多い場所らしいってことだ」

猫丸先輩は云う。

大西は、少し拍子抜けした気分だ。

そんな簡単なことならば、大西も、初めから気が付いていたではないか。そう、物凄い速度で通り過ぎる車――これでは人身事故が起きるのは無理もない、と最初に思ったのだ。古びた牛乳壜の菊の花。そして昨日の事故。現に、こうしている今も、立ち話をする大西と猫丸先輩の鼻先をかすめて、猛スピードの車が走り去って行く――。それに、タクシー集結騒動のさ中に通りがかった酒屋の兄ちゃんも、停まっているタクシーを見ただけで、まっ先に「事故か?」と聞いてきたではないか。スクーターで配達をするあの兄ちゃんは、この近辺の道には詳しいだろうから、その目で見てもこの場所は事故の多い道として有名なのに違いない。

「で、昨日の事故の時のことを考えてみろや」

猫丸先輩は続けて云う。

「救急車は来るわパトカーは来るわ野次馬は集まるわで、結果としてこの道を塞ぐことになるだろう――ほら、さっきのタクシー集結事件と同じだ。タクシーが停まっていて道を塞いでいる状況――な、どうだ、まるっきり昨日の状態の再現じゃないか。タクシー呼びつけ犯の目的は、そこにあったんじゃないかと思うんだ」

「それじゃ、道を塞ぐためだけにタクシーを呼んだんですか」

茫然とする大西に対して、猫丸先輩は煙草を横ぐわえにした呑気な表情のままで、

「そう、昨日と同じようにね。この通り、狭い道だ、タクシーが邪魔になれば、いつもは凄いスピードで通って行く通行車がのろのろ運転になる。渋滞にでもなればもっとラッキーさね。タクシー呼びつけ犯は、昨日の事故を参考にして、そういう状態を人為的に再現したかったたん

じゃないかな。僕はそう思うんだけど——。スピード出しすぎる車が多くて事故多発地点のこの道だけど、徐行したり渋滞したりすれば事故なんか起きっこない。停まってる車に撥ねられる器用なやつはいないしね。事故防止のためには、なかなか悪くない手段だとは思わないか」

「でも、そんなのは一時的な防止策でしかないでしょう。そんなにしょっちゅうタクシー呼びつけるわけにはいかないし」

「そう、問題はそこだな。でも多分、今日のこの時間帯だけでよかったんじゃないか」

猫丸先輩は、煙草の吸い殻を携帯灰皿に突っ込むと、仔猫みたいな目で、にんまりと笑った。

意味が判らず大西は、

「何ですか、それ。この時間帯だけって——事故を防ぐんなら、二十四時間態勢にしなくちゃダメでしょう」

「けど、お前さんだって見たはずだよ」

「見た？　何をですか」

「見ただろ——それとも口論に忙しくて目に入らなかったのか」

「何の話ですか、それは」

イライラして尋ねる大西を、猫丸先輩は愉快そうに眺めながら、

「思い出せよ——今日は何月何日だ？　ついでに何曜日か」

「四月八日、月曜日ですけど——」

事故のあった昨日が四月七日の日曜日だから、当然、大西はそう答えた。そして、

「それがどうかしたんですか」

「四月八日の月曜日——どうだ、考えるまでもないじゃないか、今日は学校の新学期が始まる日なんだよ」

「あ——」

「だからこの時間帯だけでよかったんじゃないかって云ったんだ。道に慣れない新入生を含む小学生達が始業式を終えてここを通る、この時間帯だけ——」

ランドセルの子供達が、わいわいと騒ぎつつ通って行ったのは、まさにあの騒動のまっ最中だった——それを思い出して、大西は返す言葉を失ってしまった。

「タクシー呼びつけ犯は、学童達を事故から守りたいという意思を持った人物だった。そして、一台目のタクシーをお前さんが帰してしまったのを知っている人——つまり、その場面を見ていた人ってことになるな。すなわち、この近くの道に立っていた人だ。そうなると、タクシー呼びつけ犯の正体は——」

「——みどりのおばさん、だ」

愕然《がくぜん》と呟き、大西は辺りを見回した。しかし「交通安全指導」の襷をした、あの中年婦人の姿はもうどこにも見当らなかった。子供達がみんな帰ってしまい、役目が終わったということなのだろう。だとしたら、もはやタクシーを呼んで道を塞ぐ必要もない。タクシーはもう来ない、と猫丸先輩が云っていた意味が、ようやく腑に落ちた。

「な、どうだろう、犯人の正体まで判っちまったぞ。で、まあ、ここから先は僕の想像にすぎないんだけどね――」

　と、猫丸先輩は、また煙草に火をつけて続ける。

「みどりのおばさんの役は、多分、このご近所の保護者が持ち回りでやってるんだろうね。それで今日、新学期を迎えるに当ってお役目の初日の当番として、さっきのおばちゃんが任地に赴く――。おばちゃんはここが事故多発地点だということをよく知ってるし、近所の人だから昨日の事故も知っていたんだろう。そして、そろそろ時間だと、この現場に来てみれば、思った通り、車がびゅんびゅんスピード出して通っている――こりゃ危ないと考えて、おばちゃんは一計を案じた――そういう段取りだったんじゃないかと、僕は思うんだけど」

「それで、どうにかして車がスピード出せないように、道を塞ごうとしたんですね」

「そうそう、恐らく、ここに来てから思いついた咄嗟の計略だったと思うんだ。もし計画的な行動だったなら、もっと穏便で簡単な方法はいくらでもあるだろうからな。例えば――自分の車を違法駐車してそいつで道を塞ぐ、とか」

　猫丸先輩は、煙草の煙を吐いて云う。

「要するに、昨日の事故の後、救急車やパトカーでここが混雑して、車がスピードを出しにくくなっていたのと同じ状況を作りたかっただけなんだからな。でも、いくら昨日の再現とは云え、もう一度事故を起こすわけにもいかない。救急車やパトカーを呼べば大ごとになって、さすがに悪戯ではすまされなくなるし――で、他に呼べば来る車と云えば――」

「タクシー、ですね」

「そう、タクシーを呼んで、そいつを待たせて道を塞いじまえばいいわけだ。きっと、その辺の電話ボックスか何かで電話したんだろうな、平凡な偽名使ってさ。ちょいと電話すればいいだけだから、他人に迷惑をかけるという心理的な抵抗感も、案外軽く乗り越えてしまったんじゃないかね。ひょっとしたら最近、タクシーに遠回りされてボラれたとか、態度の悪い運転手に当って不愉快な思いをしたとか、そういう嫌な経験があって、少しくらいタクシーに迷惑かけてもいいや、という意趣返しのつもりもあったのかもしれない」

「他人の迷惑より自分の都合——ですか。世知辛い話ですね」

「まあな、そういう自分本位な思惑で成り立ってるのが世の中ってもんだ」

猫丸先輩は、のどかな顔つきでそう云うと、煙草を携帯灰皿で揉み消す。そして、パチンと音を立てて灰皿の蓋を閉じ、

「とにかくおばちゃんは、そうやって他人の迷惑顧みず、この道を塞ごうとしたわけだ。けれどせっかく呼んだ一台目のタクシーは、お前さんに断られてさっさと帰ってしまった。予期せぬ邪魔が入って次のタクシーを呼びつけようとしたんだけど、同じ会社に電話したら無線係の人に不審に思われるからな、それで電話帳に載ってる別の会社に順繰りに電話したってわけだ」

「だから色々な会社のタクシーが来たんですか」

「そういうことだ。一台目があっさり帰っちまったから、用心のために次々と何台も呼んだ——たくさん呼べば、それだけ障害物がこの道に居座る時間も長くなる道理だから、ことのつ

いでに何社も電話した——まあ、お前さんがごたごたを長引かせたから、その間に子供達は帰って行って、充分目的は達したわけなんだけどね」

猫丸先輩の言葉を聞きながらも、大西の目は、電柱の傍らに窮屈そうに収まっている自動販売機に吸い寄せられていた。

そして、考えていた。

もしかしたら、おばさんは一台目が帰ったのを見て、瞬間的にイラっと苛立ったのではないか——と。

飲み物の自動販売機——缶コーヒーのボタン。

一度ボタンを押しても出てこないことで、つい頭に血が昇ってイライラと、ボタンを連打した自分——。

ガシャガシャガシャガシャガシャ——と、何度も何度も。

そして、何台も何台もタクシーを呼んだおばさん。

なんのことはない。ついさっき、俺も似たようなことをしていたのだ——大西は思わず苦笑していた。

同時に、猫丸先輩の語った想像に納得している自分にも気が付いていた。タクシー集結事件の謎は、これでもう謎ではなくなった——。

「というわけで、僕のお話はこれでおしまいだ。ああ、そうだ、そんなことより、大西よ」

と、猫丸先輩は、ぶかぶかの黒い上着のポケットをまさぐって、

「お前さん、ちょうどいいところにいてくれたな。これ、借りてきたんだけど、使い方が判らないからどうしようかと思ってたんだ。ほら、こういうややこしい機械、僕は苦手でさ」

取り出したのは、小型のデジタルカメラだった。

「なんでもこいつ、最新鋭メカだとかで、現像に出さなくてもここの画面のところで写真が見られる仕掛けになってるそうだけど――おい、大西、お前さん、使い方、判るか」

「それはまあ――でもシャッター押すだけですよ、こんなもの」

「そんなこと云われても僕には判らんよ、こんなハイテク装置のことは」

「いや、ハイテクって今時――」

「いいから撮ってくれ、ほら、この場所で、ほれ撮れ、今撮れ、さっさと撮れ」

猫丸先輩は、カメラを押しつけてきて、何やら妙に嬉しそうに、はしゃいでいる。

乞われるままに、大西は何度かシャッターを切った。

被写体は、電柱の根本に添えられた花――さっき猫丸先輩が供えた花束だ。

事故現場丸出しの、物凄く縁起の悪い写真が撮れた。

猫丸先輩もその脇に立ち、満面の笑みでフレームに収まる。こっちはおバカ丸出しだ。

撮影を終えると、猫丸先輩は花束を拾い上げて、また抱え直した。学芸会のカーテンコールの場面再び、といった風情である。電柱の根本には、牛乳壜に生けられた、しおれた菊の花だけが残った。さっき大西が、かつてここで起きたであろう死亡事故を想い、いささか感傷的な気分になった光景――。

「それで、猫丸先輩、そんな写真、どうするんですか」

満足げな小男に、訝しい思いで大西は尋ねた。

「そりゃ決まってるじゃないか、八木沢のお見舞いに見せてやるんだよ」

猫丸先輩は、平然と答える。

「ほら、あいつ足を捻って、検査や何やらで一週間くらい入院するって話だろ。だから退屈しのぎに、楽しい写真でも見せてやろうっていう仏心だ。自分が車に撥ねられた現場の写真を病院のベッドで眺める、なんて趣向もオツだろうと思ってさ——お前さんもそのためにここに足を運んだんじゃないのかよ」

「違いますよ、俺はただ病院に行く道の途中だから、それでついでに事故現場も見とこうとしただけで——」

「あれ、気が利かない男だね、お前さんも——写真くらい撮りゃいいのに」

「気が利かないのは認めますけどね、花くらい買ってくればよかったって——でも、猫丸先輩のその花束、撮影の小道具のつもりで持ってきたんですか」

「うん」

「うんじゃないですよ、俺はてっきりお見舞いの花なのかと——いや、そんなことより、何考えてるんですか、そんな縁起の悪い写真で、八木沢が喜ぶはずないでしょうに」

「だってほら、今月は四月だろう、エイプリルフールって云うくらいだから、洒落が多少キツくても許してもらえるんだろ」

違うよ、それは四月の一日だけだよ、って云うかエイプリルフールってそういう意味じゃないぞ、このおっさん、わざと勝手な拡大解釈してやがるな――突っ込みどころは山ほどあったが、天真爛漫《てんしんらんまん》な笑顔の猫丸先輩に、大西はもう文句を云う気力すら湧かなかった。

「さあ、大西、見舞いに行こうや。八木沢のやつ、きっと暇を持て余してるぞ。まったくあの野郎、事故なんぞに遭いやがって――からかうにしたってわざわざ出向かなきゃならん。手間がかかるったらないよな。でもまあ、あいつも退屈をこじらせてるだろうから、僕達が行ってやったら喜ぶことしきりだろうね」

いとも無邪気に猫丸先輩は云う。

退屈しているのは確かだろうけど、この人と一緒に行ったら俺まで嫌がられるだろうな、多分――嘆息する大西の心中を察することなく、猫丸先輩は、仔猫みたいな大きなまん丸な目を向けてきて、

「さ、早く行こうぜ。なんだったら贅沢に、タクシーで病院まで乗りつけてやろうか」

「――タクシーはもう懲り懲りです」

顔をしかめる大西に、猫丸先輩はにっこりと愉快そうな笑顔を見せた。そして、長い前髪をなびかせて向こうを向くと、すたすた歩き始める。その小柄な背中の脇を、車が猛スピードで走り抜けて行った。

車はタクシーだった。

子ねこを救え

「虐待されてる猫ちゃんの救出作戦」

返事は至極、素っ気ないものだった。

どこへ行くつもりなのか、と尋ねたところ、返ってきたのがこの突《つ》っ慳貪《けんどん》な体言止めである。植松幸太《うえまつこうた》にとってみれば、絶句するしかない展開だ。二の句が継げない。

「かわいそうなんだよ、その猫——まだ仔猫なのに一匹だけ差別されて虐げられて」

里村真美《さとむらまみ》はそう補足したが、幸太が面喰らったままでいるのに変わりはない。

何だそりゃ、それが「秘密の話」なのかよ——。

予想外というか想定外というか、とにかくこんな台詞を聞かされるとは思ってもみなかった。いや、だからと云って何を期待していたのか面と向かって問いつめられたら困るのだけど——。

昨日の夜、携帯メールをもらったのだ。

内容は『明日3時　家に来て。大切な用事があります。秘密の話だから誰にも言わないで。マミ』というものだった。絵文字もフェイスマークも使っていない無愛想なメールで、しかも業務連絡みたいに堅苦しい文面だ。色気のないことこの上ない。

しかし「秘密の話」で「誰にも言わないで」なのである。こんなものを受け取ったら、高一男子としてはあらぬ期待を抱いてしまうのも無理からぬことだろう。

おいおい、秘密の話って何だよ、誰にも云うなってことは二人っきりで会おうってことだよな、日曜日に二人っきりって、うひゃあ、これはひょっとしたらひょっとするってことなのか――と、思わず興奮してしまう。いやあ、まいったな、どんな具合に告白されちゃったりするんだろう、気になるなあ、気になるけどこういう場合、すぐ折り返しメール入れたり電話したりするのは、がっついてるみたいでカッコ悪いからな、どうせ明日会おうって云ってるんだし、いやもう、大変だぞ、それにしてもまあ、ガキんちょの頃からご近所で小学校中学校もずっと一緒だった相手とそんなことになるなんて、そういうのって現実にもあるもんなんだね、凄いなあ、アニメ顔負けだぞ、深夜アニメのノリだよな、けど、もしああなってこうなってうまくいったら友達にどう紹介するかな、あいつそこそこかわいいけど、あの眼鏡はヤボったいから外させた方がいいかも、いやいや、逆にめがねっこっていうのもアリか、萌え系とか何とかで、それはそれで羨ましがられるかなあ――などと、一人悶々《もんもん》とした一夜を過ごしたのだから、間抜けの極みである。

そして今日、三時きっかりに、徒歩三分の距離にある里村家へ、幸太はやって来た。精一杯気張った服装と、わくわくと高鳴る胸の鼓動を持て余しながら――。

出迎えてくれた真美の母親は、

「あらまあ、幸太くん、遊びに来てくれたの、随分久しぶりじゃない」

と、目を細めてくれたが、幸太にしてみれば何とも面映《おもは》ゆい気分だ。昔は――小学校低学年くらいまでは――よくこうして遊びに来た。「マミちゃん、遊ぼ」と脳天気な大声で訪《おとな》って、真美の部屋まで上がり込んだものである。ついでに夕飯を呼ばれたのも二度や三度のことではない。だが今となっては、どうにもこうにも気恥ずかしさが先走る。自分の成長史を余すところなく見続けられた「近所のおばさん」という存在は、どうしてこれほど羞恥心を掻き立てるものなのか――幸太には判らない。判らないが、物凄く居心地が悪いのは確かだ。

もごもごとはっきりしない挨拶をしていると、家の中から真美が出てきた。そして、幸太に視線を向けるでもなく、黙って靴を履き始める。

「あら、出かけるの、上がってもらえばいいじゃない」

お袋さんの言葉にも、

「用があるからいい」

真美はあっさり答えている。そのファッションも、ジーパンにトレーナー、いつもの赤いフレームの眼鏡、と実にシンプルそのもの。艶気も素っ気もない。

「あらまあ、二人してお出かけなの、おデート?」

お袋さんはからかうのだが、真美は至って平静に、

「んなわけないじゃん」

おいおい、もう少し照れるとかはにかむとか、そういう反応はないのかよ――あらぬ期待が急速に萎《しぼ》んで行くのを、ありありと感じる幸太ではあった。

「なあ、里村、呼び出しといて何の用だよ、どこ行くんだ」

家を出るなりとっとこ先に歩き出した真美に、幸太は慌てて質問を投げかけた。

ちなみに、幸太が彼女を「マミちゃん」と呼ばなくなったのは中学に入った頃である。この呼称変更は中学生男女間においては当然の処置であるが――なにしろ、学校でそんなふうに呼ぼうものなら即座にカップルに仕立て上げられ、寄ってたかって囃《はや》し立てられるのは必至だ――しかし、これは場合によっては元に戻すこともやぶさかでない、と幸太は思っている。昨夜、悶々と眠れぬまま頭の中で繰り広げた様々なシミュレーション上では、再度の呼称変更はごく自然に敢行されていた。今日がそのチャンスのはずだった。

だが案に相違して、質問の答えとして返ってきたのは、先の突っ慳貪な体言止めである。著しく拍子抜けする。

おまけに真美は、無表情のままでこう付け加えた。

「手伝ってよ。どうせ幸太、暇でしょ」

あれほど無駄に膨らんだあらぬ期待は、これで完膚なきまでにぺしゃんこに潰れ果てた。

まあ、そりゃそうだわな、そんなウマい話があるわきゃないもん――がっくりしながらも、幸太は思う。ガキの頃からずっと近所だった同級生といきなりそういう関係になるなんて、そんな都合のいい展開は現実にはないよな、ギャルゲーじゃあるまいし、アホらしい、ちぇっ、仕方ねえ、地道にガッコで彼女見つけよ――夜毎《よごと》の脳内シミュレーションの対象も、いつものように、高校で同じクラスの由香《ゆか》ちゃんか今日子《きょうこ》ちゃんに戻すことを決心していると、

「あ、そうだ、これ、シャツの下にでも隠しといて」

急に真美が立ち止まって振り向く。手には、家を出る時からずっと持っていた薄い板のような物——それをこっちへ差し出してきた。

「何だよ、これ」

訝りながらも受け取ると、それはダンボール——週刊誌くらいの大きさの、ダンボール箱を畳んだ物らしい。

「救出の瞬間までしまっておいてよ、勝負の一瞬で組み立てて使うから」

と、真美は云う。

「使うって、何にだ？」

「決まってるでしょ、猫ちゃん入れるの」

「でも、どうして隠さなくちゃいけないんだよ」

幸太が唇を尖らせると、真美は幾分苛立《いらだ》ったように眼鏡を指で押し上げ、

「だからあ、これは極秘の救出作戦なの。猫用のキャリーケースなんか持ってたら目立つでしょ。一瞬でささっと手早くやんなきゃ、見つかっちゃうじゃない」

「誰に見つかるんだ？」

「猫婆さんに」

「誰、それ」

「猫ちゃん虐待してる張本人。そういう悪人相手なんだから、まともに話が通じるわけないで

しょう、だからこっちも隠密行動で行くの——ほら、そんなことはいいから、早く隠してよ、それ」

真美に促され、幸太は不承不承、ダンボールをシャツの下に突っ込んだ。腹部がでこぼこして、ひどく不格好になった。勝負服として無理して買った取っておきのシャツなのに、これでは台無しである。

「うん、それでいいや。決行の瞬間までそうやって隠しといて」

それでも真美は満足そうにうなずくと、

「あと、どうでもいいけど、少し離れて歩いてよね。近所の人に変に誤解されると嫌だから」

云い置いて、すたすた歩きだす。

悄然と幸太も、それを追って歩き始めた。腹部にごわごわとした異物感を感じながら——。

しかし、後ろからついて行くと、真美の後ろ姿が目の前にあるわけで、そのジーパンに包まれたお尻の辺りが無暗に丸っこくてモロに女の子っぽいところなんて目のやり場に困るというかちょっと嬉しいというか、高一男子としては思わず知らず頬がだらしなく緩んでしまったりするのも否定できない事実である。

だから幸太は、これはこれでまあよしとするか——と、思うことにした。我ながらいささか情けない気がしないでもないけれど——。

町は静かだ。

六月の、上天気の日曜日。

この辺は住宅地だから、休日の午後ともなれば、実にのどかな雰囲気になる。穏やかな陽気の下、子供達がはしゃぎ声をあげて通り過ぎ、老夫婦がゆっくりと散歩するのに行き合い、どこかの家からテレビの競馬中継らしき音がかすかに流れて来る――町そのものが、緩やかな午睡の底にたゆたっているみたいな――そんな空気がのんびりと、静かな微風にそよいでいる。

そうしたのどかな町並を漫然と眺めながら――真美のお尻の辺りばかり凝視するわけにもいかないので――幸太は歩いた。そして、黙って歩いていてもつまらないから、前を行く真美に声をかける。

「なあ、虐待って何だよ。俺、意味判んないんだけど」

真美は少しだけ振り返ってから、

「猫ちゃんがいるの、かわいそうに、一匹だけ差別されてる猫ちゃん」

と、話し始める。

なんでも、通学路の途中に野良猫が住みついている家があるのだという。真美は電車通学だから、駅へ向かう途上のことらしい。この春から別々の高校へ進学したので、幸太にはあまり縁のない道である。

準急電車に乗ってしまえば新宿まで二十分という、便利なこの町ではあるが、駅までは結構距離がある。徒歩で通える手近な学校しか知らない幸太にしてみれば、毎日ご苦労なことだと思う他はない。その、駅へ至る結構な道程を、真美は歩いて通っているという。そして、最短距離を選択しようと、入り組んだ住宅地を縫うように通ううちに、問題の家を見つけた――というのだ。

「あんまり広くないけど、庭がある家でね、そこで野良猫が子供を産んだみたいなの。まっ白い子たちで四匹も――」

と、歩きながら真美は云う。

「白い仔猫ちゃんがかわいかったから、通る道はそこに決めたのよ――ホントに、凄くかわいいんだよ、みんなでじゃれ合って走り回ったり、折り重なって昼寝してたり、親猫の後を並んでくっついて歩いたり――それで行き帰り、毎日気にして見てたわけ」

真美は、眼鏡の位置をちょっと指先で直して、云う。

「でもね、一ヵ月くらい前かな、親猫が急にいなくなっちゃったみたいで――事故にでも遭ったのか、子供捨てて逃げちゃったのか――それは判らないけど、とにかく仔猫の四匹兄弟だけが取り残されちゃって――私、少し心配して見てたんだけど、どうやらその家のお婆さんが面倒見始めたみたいなんだ」

「それが猫婆さんなのか?」

幸太は口を挟んで聞いてみた。シャツの下でごわごわするダンボールを気にしながら――。

真美は前を向いたままで、いささかぶっきら棒に、

「そう」

「だったらその婆さん、いい婆さんじゃないのかよ。取り残された仔猫の世話してんだろ」

「違う。その人に差別されてる子がいるの。一匹だけ待遇が違ってて、しかも虐待されてる」

今度はちょっとだけ振り向いて、真美は少し強い口調で云った。

「兄弟の中で一匹だけ？　そんなことがあるのかよ」

「有名なアメリカのベストセラー、知らないの？　末っ子だけ差別されて、人間扱いすらしてもらえずに虐待され続けた話――ああいう例だってあるんだからね。人間で、しかも身内でそういうひどいことするんだから、猫ならもっとあるでしょ。まして、陰気で何考えてるか判らない不気味な婆さんなんだから」

「その猫も末っ子なのか」

「判るわけないじゃん、野良猫の兄弟なんだから」

幸太の質問をニべもなく撥ね付けておいて真美は、

「動物をいじめる人って案外たくさんいるんだよ。ニュース見た？　ボウガン猫。それに毒餌の大量虐殺。あんな信じられないこと平気でする人もいるし――最低だよね」

「まあ、確かにな」

不機嫌そうな真美に、幸太は肩をすくめてうなずくしかなかった。実際、最近はその手の報道が多い。無抵抗の猫をボウガンの矢で刺したり、野良猫の餌場に毒物を撒《ま》いたりと、不愉快な事件があちこちで多発している。世の中、荒《すさ》んでいるのだ。

「でさ、里村、その猫婆さんって具体的に何するんだ。差別とか虐待って、ニュースのあれみたいにボウガンで撃つわけじゃねえんだろ」

さりげなく足を早めて真美と並びながら、幸太は聞いてみる。もう自分の町内から大分離れ

たから、さすがに並んで歩くことには異を唱えはしなかったけれど、それでも真美は不機嫌なまま、

「お母さん猫がいなくなってからすぐのことだけど――猫ちゃんたち、みんなリボンの首輪するようになったのよ」

「リボンの首輪――?」

「そう、赤いリボンで、かわいいお揃《そろ》いの首輪。鈴もついてて、かわいいんだよ。でも、兄弟三匹はお揃いなのに、一匹だけはしてもらってない。これってあからさまに差別でしょ」

「うーん、そうかな、まあ差別待遇って云えなくもないけど――でも、それ、本当にその婆さんがやったことなのかよ」

「そうだよ。親猫がいなくなっちゃったから、それでこれからは自分の家で面倒見るっていう、云ってみれば意思表示みたいなもんでしょ、首輪つけた意味は。で、実際に庭でご飯とかやってるのはあのお婆さんなんだもん、間違いないよ。意思表示ってことで云えば、三匹はうちの子だからちゃんと面倒見るけど、残りのみそっかすの一匹は知ったことじゃないって意味にしか取れないじゃないの、一匹だけ首輪してやってないんだから」

「でもよ、首輪したのは別の家の人ってこともあるぜ。近所の人が気まぐれで、何となく三匹だけにリボンしてみた、とかさ」

「そんなんだったら尚《なお》のこと、後で同じにしてあげるでしょ。兄弟みんなお揃いなのに、一匹だけしてないのはかわいそうだと思って――そうしないのが差別の証拠」

「それじゃさ、その一匹だけ首輪してやる機会がなかったってのは？　みんなにつけようとしたんだけど、その時にたまたまそいつだけどっか遊びに行ってたとかして」

「親猫がいなくなったのはもう一ヵ月も前なんだってば。リボンはそのすぐ後——一ヵ月もご飯とかやってて、一度も機会がなかったなんてはずないでしょ」

「けど、首輪とか嫌がる猫もいるぞ。差別とは限らないんじゃないか」

「その子だけ虐待されて怪我《けが》してたてもそう云える？」

「怪我——」

「そう、昨日見たら、怪我してたんだよ、その子」

真美は、幾分怒ったような表情で、眼鏡越しに幸太を見る。

「ほら、あのボウガン猫も死んじゃったじゃない」

「げ、マジかよ」

「昨日の夜のニュースでやってたよ、見てないの」

「うん、まあ、ちょっとな」

幸太は言葉を濁した。ボウガンの矢が刺さったままの猫が、横浜だかどこだかで発見されて、その話題は、ここ数日テレビを賑《にぎ》わせていたが、昨夜は色々他のこと——あらぬ期待を膨らませたり要《い》らぬ妄想を逞《たくま》しくしたり——で忙しかったので、知らなかった。

「あの猫ちゃんみたいに取り返しがつかなくなる前に救出しなくちゃ——」

独り言のように、真美は云う。

「一匹だけ差別してかわいがってなくて、虐待まで始めたんだから、命に関わるのは時間の問題でしょ。だから急がなくちゃいけないの」

「急ぐのは判ったけどよ――」

と、幸太は、シャツの下でごわごわするダンボールの位置を、もぞもぞと直しながら、

「その猫婆さんの家ってどんな家なんだ？　婆さんが猫いじめてたら、家の人とか普通止めるだろ。婆さんしかいないのか」

「知らない。ご近所のことならともかく、もうこの辺は二丁目だし、家族構成なんか判るわけないよ、表札も出てなかったから」

素っ気なく答える真美に、幸太は尚も問いを重ねて、

「それで、その猫、救出した後はどうすんだ。里村んとこは飼えないだろ、親父さんが動物嫌いで」

「そこまで考えてない。とにかく救出作戦が最優先事項なんだから」

あ、また始まった――内心、うんざりする幸太である。自分の家で飼えないくせに、捨て猫を拾ってきては大騒ぎするのが、真美の子供の頃からの悪い癖なのだ。そんな騒動はしょっちゅうあった。後でごちゃごちゃするんだから、見境なく行動するのやめとけよな――と、いささか悪い予感を覚えながら幸太は、

「どうでもいいけどよ、なんで俺が一緒に行かなくちゃいけないんだよ」

「それは――一人じゃ何かあった時に困るし――」

真美は、少し口ごもる。眼鏡の奥の瞳の表情からは、何を逡巡しているのかまでは読み取れなかった。結局どういうことだ？　俺は頼りにされているのか、それとも便利に使われているだけなのか――どう判断していいものやら、幸太には判らず終いだった。

「そんなことどうでもいいから、もう黙って歩いてよ。そろそろ問題の家に着くし」

幸太の迷いなどお構いなしに、真美はぴしゃりと云った。

＊

ごくありふれた町並の中の、至ってありきたりな家だった。木造の二階家――幸太の乏しい語彙では、「平凡」とか、「普通」としか表現できそうもない。その、平凡で普通の木造家屋が、真美の云う「問題の家」だ。濃いレンガ色の屋根瓦とスレート葺《ぶ》きの壁。ガラス窓の枠も木製で、古びた感じの一軒家。狭い路地のような道に、黒い板塀が面している。

塀の下の方には板が張っていないから、道にしゃがみ込めば、そこからささやかな庭が覗き込める。実際、幸太は真美と二人、姿勢を低くしてその庭を覗いているのだ。シャツの下のダンボールがごわごわして座りにくいのだが、無理な体勢でしゃがんでいる。幸太が名前を知らない木や草が、低く生えている狭い庭だ。赤や黄色の、これも名を知らぬ小さな花が、ひっそりと咲いている一角もある。

「ほら、猫ちゃん、いるでしょ」

真美が、囁《ささや》くような小声で云った。云われなくても幸太にも見える。草木の合間を、白い猫が三匹ほど、ちょろちょろ駆け回っていた。どれも、まだ仔猫と云っていいくらいの大きさだ。猫たちは元気いっぱいに、互いの尻尾を追いかけあったり、くんずほぐれつじゃれつき合ったり、意味もなくぱたぱたと走ったり——眺めていて、思わず目を細めてしまうような光景である。

「見て、一階の窓、閉ってる」

仔猫観賞に頬を緩めていた幸太に、真美が小さく云った。

なるほど、真美の云う通り、庭に面した縁側のガラス戸は閉じており、その内側の障子も立て込められている。

「時間の読み、完璧ね。猫婆さんはこの時間、たいてい買い物に出かけてるの。いればあそこの障子が開けてあるから、今は留守のはず——チャンス到来」

満足そうに云う真美に、幸太は眉根を寄せて、

「でもよ、どうやって捕獲すんだよ。この塀の下、潜り込んでったら立派な不法侵入だぞ」

「そんな時のために、これ」

真美はちょっとうなずいて、ジーパンのポケットから何やらごそごそと引っぱり出した。派手なパッケージのビニール袋——猫用のおやつ、である。

「猫がおいしいフレッシュペット、スティックタイプ、ビーフ味」

テレビCMの口真似をしながら、真美は袋を開いた。やれやれ、準備のいいことだ。

細長いサラミソーセージみたいな猫用おやつを、塀の下の隙間から差し入れ、真美は鼠鳴きなどして云う。

「ほらほら、猫ちゃん、おやつだよ、出ておいで」

極秘作戦などと云っていた割には、随分賑やかだ。誰かに見咎《みとが》められないかと、幸太は心配になってきたが、幸い人通りはない。

「猫ちゃあん、ほうら、おいしいおいしいおやつですよ、いい子だから出てきてくださあい」

幸太などには向けたこともない甘ったれた口調で真美が呼ぶと、驚いたことにいともあっさり、塀の下から猫が二匹飛び出してきた。よほど喰い意地が張っているのか、無暗やたらと人懐っこいのか、二匹の猫は真美に擦り寄ってくる。

「ようし、いい子だね、おやつあげるからねえ」

真美が嬉しそうに云っている。

猫は、二匹ともきれいなまっ白で、ふさふさの毛並みの仔猫だ。お揃いの赤いリボンに鈴をぶら下げ、それをチリチリと鳴らしている。まっ白の体毛にリボンの赤が映え、とてもよく似合う。片方の猫がこちらを見上げて、

「にゃん」

と、短く鳴いた。

「かわいいでしょ、この子がゾウリちゃん、こっちがチビウマちゃん」

はぐはぐとおやつに齧《かじ》りつく二匹の白猫を交互に撫《な》でて、真美は本日初めての笑顔で云う。

「なんだよ、そういう名前なのかよ」

幸太も、ぴんと垂直に立った白いふかふかの尻尾を撫でながら聞く。

「この家の人がそう呼んでたのか」

「違う。私が勝手につけただけ」

「やっぱり――」

得心した。というのも、真美の命名センスはどうにも安直なのである。ゾウリちゃんと呼ばれた仔猫は、全身ほとんどまっ白だけど、片方の前足の先端に少しだけ、薄いグレーが混じっているのだ。ほんの数十本くらいだが、その色違いの毛の並びは、指の間から二股に分かれており、確かに草履の鼻緒のように見える。

「ここがゾウリ履いてるみたいだからゾウリちゃん、か――見たまんまじゃないかよ」

猫の小さな前足を軽くつまんで――ついでに肉球のぷにぷにした感触を楽しみながら――幸太は感想を述べる。

「相変わらず安易だよな――けど、こいつは何でチビウマなんだ？　別に馬面してねえぞ」

「そうじゃないよ、ほら、この子、ここが馬の鬣《たてがみ》みたいでしょ、チビ猫ちゃんのくせに立派な鬣――だからチビウマちゃん」

なるほど、真美の撫でている猫の後頭部から首筋にかけて、ちょぼちょぼと色変わりの毛が流れている。それは確かに馬ならば鬣に相当する部位である。

それにしても、またいい加減な名前を――チビウマちゃんのくりっとした丸い頭をつついて、幸太はそう思う。色違いの体毛は少し茶色がかっているだけで、到底、馬の鬣に喩《たと》えるほどに立派ではない。それに、チビウマという名前のせいではないだろうが、リボンについている鈴も、ゾウリちゃんのものより幾分小ぶりだし、これならいっそ素直に「チビちゃん」とでも呼んだ方がすっきりするというものだ。

「この二匹は仲よしなんだよ、いつも一緒にいるの。兄弟の中でも一番気が合うんだろうね」

「ふうん、仲よしなのか、かわいいな——って、いや、こんなことしてる場合じゃねえだろ」

仲よし兄弟白猫を撫でてすっかりご満悦の真美に、幸太は文句を云った。

「救出作戦に関係ない猫で和んでる暇なんかないだろうに。リボンの首輪してるから、こいつらどっちも違うんだろ」

「仕方ないじゃない、おやつで釣っといてあげないわけにはいかないもん、かわいそうだし」

真美は、眼鏡をちょっと指で押し上げて云う。猫用おやつを平らげたゾウリちゃんとチビウマちゃんは、その膝に両側から小さな頭をすりすりと擦りつけて甘えている。もっとおやつが欲しいのだろうか。二匹とも、喉がぐるぐると鳴っている。

「いいから早く誘い出せよ、目当ての猫を」

「判ってる」

真美がそう云って、新しい猫用スティックを出そうとした時、自転車が数台近付いてきた。

近所の中学生だろうか、幸太より年下の男の子達の自転車が五、六台連なってやってくる。中の一人はサッカーボールを抱えている。

自転車の集団がスピードを上げて通り抜けて行ったので、幸太と真美は慌てて立ち上がった。路地が狭いから、しゃがんだままだと邪魔になる。その勢いに驚いたらしく、ゾウリちゃんとチビウマちゃんは黒い板塀の下へ駆け込んで行く。

自転車の中学生達は、すれ違いざま、

「カップルだ」

「猫好きカップル」

「猫デートだ」

「デートだデート」

などと、口々に云い交わして行った。

たちまち不機嫌な顔に戻った真美が、ガキどもの背中を軽蔑の眼《まなこ》で見送りながら、

「デートなわけないっつうの、バカバカしい」

と、ひどくつれないことを呟いた。

そして、すぐにしゃがみ直し、猫誘導作戦を再開する。

「ほうら、出ておいで、おやつあげるよお、こっちへおいで」

がらりと口調を変えた猫撫で声で、真美は云う。

すると、また猫が一匹、這《は》い出してきた。まっ白な仔猫だ。

「あれ、フデコちゃんが来ちゃった。まあいいや、ほら、おやつあげましょうねえ」

幸太は一瞬、ゾウリちゃんかチビウマちゃんが戻ってきたのかと思ったが、真美が違う名前

で呼んだから、すぐに違いが判った。

「フデコちゃんって、里村、まさかその名前――」

新来の仔猫の、白いしなやかな尻尾を見て、少々呆れてしまった。ぴょこぴょこと動く尻尾の先っぽに、少しだけ黒っぽい毛が混じっている。

「うん、尻尾の先が筆みたいでしょ、だからフデコちゃん」

やっぱり安易な命名センスである。

兄弟とお揃いの赤いリボンの首輪をして、顔立ちも体つきもよく似たフデコちゃんは、真美の目の前で、ごろりんとひっくり返る。そして、背中を地面に擦りつけてぱたぱた四肢を動かす。この子も随分、人懐っこい。お腹の毛まで純白で、ふわふわの柔らかな毛糸玉みたいである。

真美が白い喉元を掻いてやると、リボンの鈴がリリリンと涼やかな音を立て、フデコちゃんは気持ちよさそうに全身の力を抜く。体をぺったんこの平らにして、後ろ足だけを嬉しそうにひょこひょこ動かす。

「この子はマイペースな性格。気分屋だけど、愛想のいい時は一番甘えんぼさんになるの」

真美がどうでもいい注釈を入れてくれる。

「ふにゃん」

と一声鳴いたフデコちゃんは、いきなり起き上がって座り込み、今度は前足を舐《な》め舐め顔を洗い始めた。

「ほらね、マイペースでしょ」

真美は笑い、スティック状の猫おやつを差し出した。

「ねえ、おやつあるよ、いらないの？」

フデコちゃんは首を伸ばして匂いを嗅ぎ、しばらくきょとんと不思議そうな顔をしていたが、やがて猛然とおやつに齧りつく。

「そんなに焦って食べなくても盗らないってば」

真美は苦笑して、フデコちゃんの頭を指で撫でた。そして、

「フデコちゃん構ってる場合じゃないよね、早く捕獲を――」

と、云いかけたが、どうしたことか唐突に立ち上がった。

「まずい、幸太、立って。通行人のフリして」

早口で云い、真剣な表情になっている。訳も判らず云われた通りにすると、硬い顔つきのまま、真美はゆっくり歩き出す。幸太も慌ててそれに倣《なら》った。

二人で近くの家の松の木など仰ぎ見ながら――いささかわざとらしい気もしたけれど――散歩でもしている風情を装った。真美がさりげなく気にしている視線の先を辿ってみて、ようやく幸太も事態を呑み込めた。一人の老婆がこちらへ歩いて来る――。

「あれが猫婆さん？」

小声で聞くと、真美は無言でうなずいた。

猫婆さんは痩せぎすで、堅く引き結ばれた唇と尖った顎の、どことなく気難しそうな顔立ち

をしている。手にスーパーのものと思しきビニール袋をぶら下げ、一歩一歩地面を踏みにじるみたいな足の運びも、何だか頑固そうに見受けられた。

ちょっと緊張しつつ、それでも何気なく歩きながら、幸太と真美は猫婆さんとすれ違う。狭い路地のこととて、ことさら無視するのも不自然なので、幸太は軽く目礼――しかし、完全に黙殺されてしまった。猫婆さんは表情を動かしすらしない。ガキなんぞ相手にしてやるものか――と云わんばかりだ。

うわ、シカトかよ、感じ悪う――内心ムカっとした幸太の気分を察したようで、

「ね、偏屈でしょ、いっつもそう。物凄く嫌な感じの婆さんだよね」

真美が囁き声で悪態を吐《つ》いた。

そして、猫婆さんを遣り過ごしてからそっと振り返ると、黒い板塀の横の玄関口から、婆さんは家に入って行くところだった。フデコちゃんが「うにゃあん」と鳴きながら、その後をついて行く。

それを見送ると、真美は俄《にわ》かに慌てだし、

「早くしなくちゃ。婆さん庭に出て来るかもしれない、その前に――ほら、早く」

「でも、里村、もう無理じゃねえのか、婆さん帰ってきちゃったんだぞ」

急《せ》かされた幸太は、やきもきして止めようとしたが、聞く耳持たない真美は、もう駆け出している。しょうがねえなあ、まったく――渋々と幸太も、それに従った。

黒い板塀の前に戻ると、タイミングよく猫が一匹、塀の下の隙間から顔を覗かせていた。

ゾウリちゃんやフデコちゃんに似たまっ白な仔猫——しかし、赤いリボンの首輪はしていなかった。猫の兄弟は四匹いるはずなので、これが最後の一匹——そして目的の猫に違いない。

他の三匹がかわいいリボンをしていたのを見ているから、何もつけていないその猫は、いかにも野良猫そのものに見え、貧相な印象である。態度も少しおどおどした雰囲気で、なるほど里村の云う通り、差別されてる感じだな——と、幸太は思った。

「不用意に近付かないでよ。この子、虐げられてるせいで臆病になっちゃってるの。急に近寄ると逃げちゃうから」

真美は小さな声でそう伝えてくると、ゆっくり慎重な動作でスティックおやつを差し出す。

「ほうら、恐がらないでね、救けに来てあげたからねえ」

注意深く、そろそろと猫に近付く真美を、幸太は固唾《かたず》を呑んで見守った。

白い仔猫は、ちょっと卑屈そうな目つきで真美の手元を凝視している。及び腰でびくついて、それでも逃げ出さないのはおやつに興味があるからか——一定の距離を保ちながらのっそりと塀の下から出てくる。

「片足、引きずってるな」

気がついて、幸太は云った。白猫は後ろの右足を、ぴょこたんぴょこたんと引きずりながら歩いているのだ。見るだに痛々しい。

「そう。云ったでしょ、昨日からこうなの——かわいそうに」

猫と向き合ったまま、真美は応じる。

「傷はないから、多分殴られたのか何かぶつけられたのか——あの婆さんならやりそうでしょ」

そう云われ、さっき見かけた猫婆さんの、陰気で気難しそうな顔つきを、幸太は思い出す。頑固そうに結ばれた唇をへの字にして、激高した婆さんが茶碗か何か投げつけ、それが仔猫の小さな足に当る——そんな場面を容易に思い浮かべることができた。

「ほら、おいでおいで、カタコリちゃん、おやつですよ」

真美が猫に呼びかけている。

カタコリちゃん——とはまたおかしな名前だ。そう思ってよく見ると、白い猫の両肩の肩胛《けんこう》骨《こつ》の辺りに点々と丸く、薄茶色に色が変わった部分がある。それはまるで、肩凝りの時に貼る磁気治療シールのよう——相変わらず安直なネーミングだ。

「なあ、こいつ名前のせいで差別されてんじゃないか。いくら何でもカタコリはひでえよ」

「私が勝手に呼んでるだけなんだから関係ないよ——ほら、来た来た、もう少し、こっちへおいで」

「おい、早くしろよ、婆さんに見つかるぞ」

幸太は気が気でない。

「大丈夫、もうちょっと——ほらほら、おいでおいで——よおし、捕まえた、捕獲成功」

猫との間合いを計っていた真美が、とうとうその背中に両手をかけた。

「幸太、早く箱、箱、保護箱」

「あ、ちょっと待て、まだ——」

急な展開で、幸太は慌てふためいてしまう。うっかりしたことに、畳んだダンボールはまだシャツの下だ。

「何やってるの、急いでよ、カタコリちゃん逃げちゃう」・

「判ってる、今やってるから」

幸太は、ダンボールをシャツから引きずり出そうと身を捩《よじ》ってもがいた。

カタコリちゃんは、いきなり捕まって動転したらしく、真美の掌の中で体をくねらせ暴れる。

真美はそれを宥《なだ》め、逃げられまいと必死の形相だ。

「早く早く、急いで、箱」

「判ってる、今出すすぐ出す」

「うにゃん、にゃおにゃん」

真美と幸太とカタコリちゃんは、揃ってじたばたした。

「急がないと見つかっちゃうってば」

「いや、なかなか箱にならなくて」

「にゃんにゃんにゃん」

なおもじたばたした挙句、今度はカタコリちゃんが素直に箱に入ってくれない。

「おい、里村、そっち持てよ」

「それよりこの前足おさえて」

「にゃあにゃう」

「何で暴れるんだよ、こいつは」

「いいからそこ押して」

「にゃにゃにゃん」

などと、さらにじたばたしていると――不意に背中に人の気配を感じた。

やべえ、猫婆さんに見つかったか――びくりとして幸太は振り向く。しかし、背後に立っていたのは、さっき見た老婆ではなかった。

やけに小柄な男だった。

黒い上着をぞろりと羽織り、ぼんやりと突っ立っているのは、年齢不詳の小男――。体格も小さいが顔も比例して小さく、長い前髪が眉の下までふっさりと垂れている。すべてが小作りな顔のパーツの中で、ぽかんと見開いた二つの目だけが、仔猫じみて大きい。そのせいで、全体的に何となく、黒い猫を思わせる人物だった。

しばし幸太は、その小柄な猫男と見つめ合ってしまった。きょとんとした、丸い仔猫のような瞳に見据えられる奇妙な間《ま》――。

それにしても、いつどうやって近付いて来たのか、まるで気がつかなかった。カタコリちゃんを捕獲するのにどたばたしてはいたけれど、足音すら微塵《みじん》も立てずに近寄ってくるとは、本当に猫みたいな奴である。

茫然としたまん丸い目の男は、やがてぽつりと呟いた。

「――猫泥棒」

いかん、思いっきり現行犯で見つかった――ひょっとしたら猫婆さんの家の人かもしれない。

幸太は大慌てで逃げようとしたが、真美はとっくに脱兎《だっと》のごとく走りだしている。

二人一緒よりバラけて逃げた方がいい――咄嗟《とっさ》に判断して幸太は、

「缶蹴り公園で」

駆け出している真美の背中に向かって、短く云った。真美はちょっとだけ振り向きうなずいて見せると、すぐに猛烈な速さでダッシュ――。幸太も後を追い、走った。

その混乱のさなか、カタコリちゃんもどこかへ逃げてしまっていた。

＊

幸太は走った。

真美とは分散し、路地裏へ駆け込んだ。

恐ろしいことに、あの仔猫の目をした小男が追いかけてくる。それも、凄まじい速さで――。

うわ、何なんだあいつ、勘弁してくれよ――路地を抜け、四つ角を折れ、横断歩道を突っ切り、死にもの狂いの全力疾走。

それでも小男は追ってくる。

必死で駆けても、引き離されることもなく、ぴったりと追いすがってくる。

だから幸太は、なおも走った。

走って走って駆け続けた。

小男はまだ追ってくる。逃げても逃げても追ってくる。

うひゃあ、しつこいよ、あいつ、たかが猫泥棒でどうしてこうまで追いかけてくるんだよ、だいたい何で里村じゃなくて、男の俺の方を追うんだ——走りながら時々ちらりと振り返っても、小男の追跡は続いている。

坂道を駆け上がった。

歩道の石段を駆け下った。

狭い道をジグザグに蛇行してもみた。

小男はまだまだ追ってくる。駆けても駆けても追ってくる。

幸太は走る。闇雲に走る。

息が苦しくなってきた。

けれど立ち止まることはできない。

小男が追ってくるからだ。

だから幸太は走った。

心臓が、肺が、脚が悲鳴をあげ始めている。

それでも、走る。

もうそろそろ振り切っただろうと後ろを見ても、小男はまだ追ってくる。

さらに驚くべきことに、小男は満面の笑みを浮かべている。あろうことかあるまいことか、走りながら笑っているのだ。楽しくて仕方がない、と云わんばかりに。まるで鬼ごっこに興じているかのように。物凄く嬉しそうに笑っている。

こ、これは恐い――。

どこの世界に猫泥棒を追跡しながら笑う奴がいる？　しかもあんなに楽しそうに――。あからさまにおかしい奴だ。ヤバい奴だ。明らかに異常な奴に、俺は今、追いかけられている――

その恐怖が、幸太に体力の限界を超えさせた。

すなわち――さらに逃げ続けたのだ。

幸太は走る。

しかし小男は追ってくる。

どこまでもどこまでも追ってくる。

見れば、ほとんど息を切らせている様子もない。いや、それどころか、追いついてしまわないように、一定距離を保ってセーブしているふうにも感じられる。その気になったら一気に捕まってしまいそうな――そんな余裕すら見て取れる。

何だよあいつの体力は、尋常じゃないぞ、未来から送られてきた殺人マシーンかよ、冗談じゃない、このままじゃ追いつかれちまう、って云うかその前にこっちが倒れて死ぬ、しんどいよお、もう死ぬ死ぬ、うわあ、やだやだ、助けてくれえ――泣きそうな気分で、汗みずくになりながら、もつれる足で、幸太は走り続けた。

さんざん町を駆け回ってから、幸太はゴールに辿り着いた。ぜいぜいと肩で呼吸して、ふらふらの足取りで――。

＊

ゴール地点は、家の近くの小さな公園である。

真美がすでに到着しており、ベンチに一人所在なげに座って待っていた。子供の時分、近所の仲間達とよく缶蹴りなどして遊んだものだ。だからさっき別々に逃げる際、一言伝えるだけで落ち合う場所の打ち合わせができたのだった。

幸太がよたよた歩いて行くと、真美はベンチから立ち上がり、

「どうしたの――大丈夫？」

「おう、ちょっと苦しいけど――あの変なおっさんに追いかけられた――いや、おっさんだか若いんだか知らないけど、とにかくもう平気だと思う、逃げてきたから」

へたり込みながら幸太が云うと、真美は「そう」とだけ素っ気なく云って、またベンチに腰を降ろした。そして、

「救出作戦、失敗しちゃった」

独り言のように云う。

「もう少しでうまくいくと思ったのに――」

「まあそうだけどよ、またの機会もあるじゃないか」

と、幸太は、まだ荒い息を整えながら、

「あんな邪魔が入らなきゃ今度こそ成功するって」

「そうだね――」

と、うなずきかけた真美の目が、突如として仰天したみたいに見開かれた。眼鏡の奥の瞳を唖然とさせて、幸太の肩越しに後ろを見ている。

幸太がつられて振り返ると、そこにはあの小男が立っていた。幸太の背後、すぐ近くに――。最前同様、一体いつどうやって湧いて出てきたのか、その気配すらまったく感じさせない唐突さ加減である。

幸太も真美と同じようにびっくりしたが、小男はにこにこ笑っている。ふさりと垂れた前髪に半分隠れた大きな目を柔和に和ませ、人懐っこい表情を湛えていた。

「――ど、どうしてここに――撒いたはずなのに――」

茫然と呟いた幸太の言葉に、猫みたいな目の小さな男は、

「いやあ、相手に気付かれずに後を追っかける手はいくらでもあるもんなんだよ。際限なく追っかけっこするのも楽しいけど、そろそろ飽きちゃったからね、それでちょいと軽くテクニックを使わせてもらっただけで――驚かしちゃったみたいですね、いや、失敬失敬」

律義なことに、ちゃんと返事をしてきた。どうでもいいけど、変な術を使う奴である。幸太が返す言葉を失っていると、小男はにこにこしたまま、さらに、

「それにしてもあれだね、人間切羽詰まると速いもんだね。いや、君の逃げっぷりときたら、なかなかどうして大したもんだよ。あの、顔が引《ひ》き攣《つ》ってるところなんざ、実になんともまあ、いかにも逃走してますよって感じで傑作だったね。ホラー映画の襲われる役の人も、あながちオーバーなわけじゃないんだね」

などと、くだらないことを云う。異様なほどの早口で喋る小男は涼しい顔をしており、あれだけ走った後だというのにけろりとしている。疲労は微塵も感じられない。やはり、尋常な体力ではない。

ただ、さっき追いかけられた時に感じた異常さは影を潜めていた。にこにこと人のよさそうな笑顔といい、少なくとも悪い人間には見えなかった。どうやら言葉は通じる相手らしい。公園の入り口は小男の後ろにあって、退路は断たれている形――それで、もう逃げられないと悟った幸太は、おずおずと聞いてみる。

「あの、えーと、あなたはあの家の人なんすか」

自然と、顔色を窺うみたいな調子になってしまったのは、猫泥棒を目撃された負い目があるからだった。

「あの家って――?」

小さな男は一瞬不思議そうに云ったが、すぐに心得顔で、

「ああ、君たちが猫を盗もうとしてた家のことか。それだったら違うよ。僕はただの通りすがりの通行人で――あ、申し遅れました、僕、猫丸といいます」

膝に手を当ててぺっこりとお辞儀をする。

「え――だったらどうして追いかけてきたんですか」

「だって君たちがいきなり逃げたから、それで何となく成り行きで――」

猫丸と名乗った小さい男は、てんで理由になっていないことを云う。やっぱり普通ではないのかもしれない。

「どうでもいいけどさ、あの猫はあそこの家の子なんじゃないのかい。黙って盗《と》っていくなんてのは、あんまり感心したこっちゃないと思うけどなあ」

「違います。私はあの猫を救《たす》けようとしただけです。悪いことしようとしたんじゃありません」

猫丸の言葉に、真美が決然と反論する。

「へえ、やっぱり何かわけがあるんだね、面白そうだから追っかけてきて正解だったな、こりゃ――。ねえねえ、君たち、できたら聞かせてくれないかな」

子供みたいに好奇心を顕《あら》わにして、猫丸は云う。おっさんじみた喋り方のせいで、やはり随分年上だと思われたが、大の大人のはずなのに、極端な童顔とその子供っぽい態度を見る限り、とうていそうは見えないのが不思議だ。

興味津々といった様子の猫丸は、大きな目をぱちくりさせ、幸太と真美を交互に見ると、

「君たち、高校生? だったらさすがにタカるわけにもいかないか――ねえ、君、あんなに走って喉渇いたでしょ、お兄さんがオゴってあげるから何か飲み物でも買ってきてくれないかな。公園の入り口のところに自動販売機があったはずだから――話をするには飲み物があった方が

いいしね。あ、僕は缶コーヒー、お願いね」

小銭を差し出してきて云った。幸太は、反射的にそれを受け取ってしまう。

こんな訳の判らないおっさんの云いつけに唯々諾々《いいだくだく》と従うのは癪だったけれど、どうやら真美は誤解されているのが我慢ならぬらしく、どうでも自らの正当性を主張するつもりらしい。話が長くなるかもしれず、実際喉が渇いていたのは事実なので、幸太は仕方なしに歩き出した。

公園の入り口脇にある販売機で飲み物を買いながら、何だか変なことになったな、とも考える。ガキの頃から馴染んだ公園で、見知らぬおっさんに猫泥棒の真意を語る――どこから見てもおかしな状況である。物凄くバカバカしいような気もする。昨夜、真美のメールを受け取った時には、こんなことになるとは思ってもみなかった――。

三人分の飲み物を抱えて公園内に戻る。

もう夕暮れが近付いてきて、空は夕映え色に染まり始めている。上空に広がるオレンジと赤が幾層もの階調をなし、西の空に浮かぶ雲も、茜《あかね》に色づいている。

「――だから、私はあの猫を救けようとしたんです。保護してあげないと、今に取り返しのつかないことになると思って」

ベンチに座った真美が、そう喋っていた。猫丸とかいう小男は、それに向かい合う形で子供用ブランコに腰掛け、話を聞いている。年齢不詳の童顔と小柄な体格のために、小さなブランコに座る姿が、この上なく似合っている。

「ふうん、そういう事情だったのか――差別されてる猫ちゃんの救出作戦ね――うん、なるほど、こいつは愉快だ、面白い面白い。――あ、買ってきてくれた、どうもありがとう、ご苦労さまでした」

幸太が缶コーヒーを手渡すと、猫丸はにっこりと笑う。少し意表を突かれて、幸太は狼狽してしまった。これほどまっすぐに礼を云う大人を見ることなど、滅多になかったからだった。

子供のように嬉しそうな顔で缶コーヒーを飲み始めた猫丸を横目で見ながら――やっぱり変な人だなあ――と思いつつ、幸太は真美の隣に腰を降ろした。真美にオレンジジュースを渡し、自分もコーラのプルトップを引く。

「里村君の話、とっても面白かったよ。何と云うか、こう、人はいかにして勘違いするかっていう、そのサンプルみたいで」

幸太達二人と向き合ってブランコに座る猫丸は、長い前髪をひょいっと指で搔き上げながら、そんなことを云いだす。

コーラをぐびりと飲んでから、幸太は、

「勘違い――？　何がどう勘違いなんすか」

「何がどうって聞かれてもなあ、もう最初っから最後まで、徹頭徹尾の勘違い」

「はあ――？」

何云ってんだよ、このおっさんは――幸太は思わず顔を顰《しか》めてしまったが、隣に座った真美は生真面目な表情で口を開く。

「あの、判ってもらえないんですか。私、真剣にあの子を救けようとしたんですけど」

「いやいや、君の親切心に水をさすつもりはないよ、充分よく判る。でもね、そいつがまるっきり見当違いの勘違いの上に成り立ってるわけだから、それがもう大笑い――いや、笑っちゃ申し訳ないか」

と、猫丸は、缶コーヒーを一口飲んで、

「まあ、楽しい話を聞かせてくれたし、久しぶりに本気の鬼ごっこに付き合ってもらったことだし――今度は僕がちょいと愉快な話をしてあげようかね。特に幸太君には、引き攣ったあの、普通は絶対見られないような人間の極限状態の顔なんかも見せてもらったことだし、そのお礼に」

のどかな口調で妙なことを云う。そして、

「あのさ、人間はよく勘違いをするものだろ。日常でも、ごく些細《ささい》なことを勘違いして色々失敗したりする――で、そいつがどうして起きるのかって話なんだけど、その要因としてまず、先入観ってやつがあるね。何か判断する時、どうしても人は先入観に引っぱられがちになる。それからもうひとつの要因として、早トチリってのもある。ついうっかり早呑み込みして、早合点したり思い込みの判断をしてしまうってことも、往々にしてあることだろう」

突然回りくどく喋りだして、ぽかんとしてしまった幸太と真美にお構いなしに、猫丸は続けて云う。

「あの猫――カタコリちゃんだっけ？　あの子の怪我を虐待のせいだと思った里村君の判断。この場合も、先入観と早トチリでそう思い込んじまった――そう考えてもいいんじゃないかと、僕は思うんだけどね。ほら、例のボウガン猫のニュース。あの先入観に囚われてたせいで、早トチリして判断力が曇ってしまった――こう解釈しても、ちっともおかしくないだろう。ただの怪我――どこかに自分でぶつけただけ、とか、ドジって高いところから落っこちただけ、とか色々可能性は考えられるんだからさ」

早トチリ――それに関しては、幸太は異論を唱える資格がない。なにしろ昨夜、たった一本のメールであれだけ勘違いして、散々舞い上がった前科があるのだから。

「違いますよ。普段から差別されてるのを見てたから、それで私、虐待だって判断したんですから」

真美はそう反駁《はんばく》したが、その口調は幸太がおやっと思うほど打ち解けた感じだった。ジュースを買いに行ったわずかな時間のうちに懐柔されたのか――この里村を一瞬で手懐《てなず》けるとは、猫丸とかいうおっさん、侮り難い。

「そうそう、それもあるんだね」

と、侮り難いおっさんは、屈託なく笑って云う。

「兄弟猫の中でカタコリちゃん一匹だけが差別されてるっていう勘違い――その先入観の上で怪我を見たから、虐待だと思い込んじまった――ボウガン猫の件と合わせて、勘違いの積み重ね、だね。かように、勘違いは別の早トチリを取り込んで次の思い込みを生むという、これはその好例と云えるだろうね」

「差別も私の勘違いだって云うんですか」

「うーん、差別か——まあ、そういうことはよくあることだし、人間の原初的な感情だから、永久になくなることのない業《ごう》みたいなものだけど——けど、今回の場合は、別に差別と決めつける必要もない気がするんだけどね。あ、そうそう、そう云えばこないだ、こんなことがあったんだけどさ」

脈絡のよく判らないことを云って猫丸は、ぶかぶかの上着のポケットから煙草を取り出した。一本くわえて火をつけると、深々と煙を吐いて、

「僕の友達に麻雀好きな奴がいるんだけどね、そいつの家に行ったら、麻雀の牌《パイ》がテーブルに出しっ放しになってたんだよ。そいつ、片付けがやたらと下手な男でね、何でもかんでも出しっ放しなわけなんだ。そりゃもうひどい散らかりようでさ、少しは整頓すりゃいいのに、あんなに部屋全体が散らかってたら牌の二、三個どっかに紛れ込んで無くなっても気がつかないだろうってくらいでね、その辺のこと全然気にしない大ざっぱな奴なんだよ。いやまあ、散らかってるのは関係ないか——とにかく麻雀牌が出しっ放しになっててね——僕は麻雀ってやらないからよく判らないんだけど、出しっ放しだったから何となく牌をいじってて、変なことに気がついた。ほら、麻雀牌って色々と絵が描いてあるだろ、鳥のマークとか一萬だの二萬だの、丸い印がいくつか並んでるのとか——その中でなんにも描いてないのが混じってたんだよ、模様も文字も何もなくて、ただまっ白な牌——。だから僕はてっきり、それが予備の牌だと思っちまってね、普通そう思うだろう、ごちゃごちゃ色々描いてある牌に混ざってなんにも描いてないのがあったら、ああこりゃ予備なんだなって。だから僕は聞いたんだよ。『なあ、このな

んにも描いてないのは、ぞろっぺえのお前さんみたいな輩《やから》が一個か二個牌を紛失した時に、後から無くした牌の模様を描き足して使うための物なんだろう』ってね。そしたらどうしたと思う？　大笑いされちまったよ。『それは元々そういう牌で、白《ハク》って云ってそのまま使う物だ』ときたもんだ。道理で予備なのに数が多いと思ったよ。でもな、まさか何も描いてないのをそのままゲームに使うたあ思わねえだろ、普通は。お陰でとんだ恥かいちゃったけど――まあ、これも勘違いの一種だね。ほら、そういうこともあるもんさね」

煙草を吹かしながら延々と猫丸は喋ったが、幸太も真美も無言だった。二人とも、共通の思いでいたはずである。それがどうした――と。

だが猫丸は、逆にきょとんとした顔で、

「あれ、反応鈍いね、判らなかったかな、同じなのに」

意味不明のことを云う。そして、ポケットから円形の携帯灰皿を取り出し、短くなった煙草を揉み消すと、

「まあいいや、それじゃ判りやすいように順ぐりに話そうかね。あのさ、猫はよく首輪に鈴をつけてるよね、漫画なんかでも猫が描かれてる時は大抵鈴をつけてる――あれってどうしてだと思う？」

「かわいいから――ですか」

真美が答える。

「うん、それもあるだろうけど――愛玩動物って云うくらいだから、できるだけかわいくした

いのは飼い主としても人情だ。それじゃもっと別に、実用的な意味ではどうだろう。他に答えは？」

「鈴は――音が鳴りますね」

「そうそう、それだ」

真美の回答に、猫丸は、まん丸の仔猫みたいな目を嬉しそうに見開いて、

「昔の日本家屋ってのは縁の下や屋根裏なんてのがあって、狭いところが好きな猫は床下へ這い込んだり天井の裏に登ったりで、しょっちゅう行方が判らなくなっちゃったりしたもんなんだよね。それで鈴をつけてその音がしたら、ああ今は縁の下へもぐり込んでるなって判るわけだ。君らの世代じゃ実感湧かないかな、縁の下や天井裏なんてのは――。とにかく、そういう伝統が今も受け継がれてて、猫には鈴をつけるもんだっていう慣習が残ってるんだと思うんだよ、僕は」

そう云って、缶コーヒーの最後の一口を飲み干した猫丸は、空き缶を足元にそっと置いた。コーラをとっくに飲み終えていた幸太も、その動作に倣いながら、真美と目配せを交わす――この人、どうしてこんな関係ない話をずるずると喋るんだろう――。

「でね、例えば、ここに白猫の四匹兄弟がいるとする」

こちらの気分を読み取ったのか、いきなり話を本題に戻して、猫丸は煙草に火をつけた。

「この四兄弟はまっ白で外見がよく似ていて、ぱっと見には区別がつかない。どの子が餌をもう食べたか、爪を切ってやってないのはどの子か、耳掃除はしてあげたか、体調の悪いのはど

の子か——かわいがって世話をしている人は、それぞれの個体識別をする必要がある」

「でも、あの猫たちだったら違いはすぐに判りますよ、みんな特徴があるし」

真美が、眼鏡の位置をちょっと指で直しながら、

「道草のついでに少し構うだけの私にも判るんだから、世話をしてる人なら簡単に見分けはつくはずです」

「その世話をしてる人って誰？」

「猫婆さん」

「ほら、それだ——」

と、猫丸は、火のついた煙草の先端を真美に向け、

「世話をしてるのは猫婆さん——つまり高齢の人だ。で、里村君はどこで四匹を見分けてる？」

「それは体の毛が——あ」

「ほらね、若い里村君にとっては簡単に判る特徴でも、高齢の人には判らなくってもおかしくないはずだ。年を取って視力が衰えることはよくあることなんだから」

くわえ煙草でさらりと云う猫丸の言葉に、幸太はぽかんとしてしまった。

確かに、あの猫たちは幸太が一瞬見間違えるほどよく似ていた。そして、真美が安直な名前をつける元になったそれぞれの特徴は、白い体毛にほんの少し薄い色の毛が混じっている程度だった。あれでは視力の弱い人ならば、一目では区別がつきにくいかもしれない。

「そりゃいくら四兄弟が似てても毎日世話をしてる人なら、撫でたり抱っこしてみたりすれば

違いはすぐに判るだろうね。けど、遠目に見た時にどの子か見分けがつかなかったら、それは何だか淋しいじゃないかよ」

　猫丸は、煙草の煙を吐いて云う。

「だから、多少離れてても個体識別ができるように、音を頼りにするのはなかなかいい考えだと思うんだけどね」

　猫に鈴をつけるのは音がするから――ようやく先ほどの話の意味が呑み込めた。そう云えば、ゾウリちゃんとチビウマちゃんとでは、鈴の大きさが違っていた――大きさが違えば、当然その音色も違うはず。その微妙な変化で個体識別をするのは、充分可能だろう。例えば、高い音をチリチリ鳴らしているのがチビウマちゃん、低い音ならゾウリちゃん、その中間の鈴の音を鳴らして近寄ってくるのがフデコちゃん――といった具合に。そして、庭を駆け回っているのに、何の音もしないのがカタコリちゃん――。

「ね、ちょいと面白いだろう。識別のためのマークがついていないこと自体が識別の目印になる――ほら、麻雀の白と同じだ、あれも何も描いてないことがマークになってるんだからね。あ、そうだ、ここにも勘違いの要因がひとつあるな。里村君がかわいいと思ったリボンの首輪は、あくまでも鈴をぶらさげるための道具でしかないってことだよ。リボンの首輪は一方にはかわいい装飾品に見えて、もう一方では便宜的な物でしかない――つまり、物事の片面からしか見ないことが、勘違いの原因になるわけだね」

　そう云って猫丸は、短くなった煙草を携帯灰皿に突っ込んだ。そして饒舌から一転、不意に押し黙ってしまう。大きな仔猫じみたまん丸い目で、こちらの反応を窺うように――。

しばらくの間、幸太は何も云えないでいた。真美も沈黙を保ったまま、じっと何やら考えている。

夕暮れの公園に、風が少しだけ吹いた。

ベンチとブランコに向かい合って座り、三人はしばし静けさの中に身を置いていた。

やがて、真美がゆっくり口を開く。視線を地面に落としたままで――。

「私、偏屈の気難し屋のお婆さんだと勝手に決めつけてた――物凄く失礼だったかもしれない」

「そうだねえ――目礼しても相手はよく見えてなくて、それで無視されたと勘違いしたって理由もあるんだろうけど、やっぱり早呑み込みで決めつけるのはよろしくないだろうね」

と、猫丸は煙草をくわえて云う。

「まあ、短慮や軽はずみは若さの特権みたいなものだからね、気にしなさんなよ、後でどう考え直すかの方が肝要な場合もあるし。そもそも若気の至りってのは、自分の思い込みで手一杯の若い人が、他人を思いやる余裕を失ってる時にやらかすもんだしね。人間、そういう時期もあるってことだよ」

やけにおっさんじみたことを云う猫丸であったが、呑気そうな口調のせいで説教くささはまったく感じなかった。

ああ、そうか――と、幸太は得心が行く思いだった。さっきからどうも、何だか不思議と素直に接することができる大人だな、と感じていたのだが、そのわけが少しだけ理解できた気がする。このおっさん、大人のくせにそれを振りかざして無意味に偉ぶったりしないからだ――。うまく云えないけれど、視線の高さが自由自在とでも云うか――。ただ、そうした大人は珍しい。珍しいから、やっぱり変な人にも見えるわけだろうか。

「まあ、色々判ってるみたいなことを云っちゃったけどさ、でも、僕のこの解釈が本当かどうかは保証しないよ」

猫丸は、座っているブランコを漕《こ》ぎながら、そう云った。子供用ブランコでゆらゆらと揺れる小っちゃい体は、本物の子供みたいである。やはりどう見ても大の大人には思えない――いや、俺、深読みしすぎか、この人はただ単純にガキじみた変な奴ってだけかもしれない――子供がブランコで遊んでいるようにしか見えないその姿に、若干の混乱を感じる幸太だった。

「君のいわゆる猫婆さんが、本当に視力が衰えてるかどうかなんて、僕は知らないしね。ひょっとしたら里村君が思った通り、陰険で意地悪で嫌な婆さんなのかもしれないよ――あのカタコリちゃんの怪我にしたって故意のものかもしれないし、あ、もしかすると、鈴の音のしないカタコリちゃんを暗がりでうっかり踏んづけちまったって可能性もあるか。まあ、そんなことはともかく――」

くわえ煙草でブランコを漕ぎ漕ぎ、猫丸は云う。

「僕の話はただ、こういう考え方もできるって一例でね――こんなふうに考えれば、差別されてるかわいそうな猫ちゃんなんて最初からいなかったんだよって、そういう一例――。たまたま元から臆病で他人に懐かない猫が兄弟猫の中にいて、それを虐待のせいで卑屈な性格になっちゃったと勘違いしただけの話、になるわけだよ。まあ、勘違いのうちでも罪のない部類だね、世の中には差別と区別の違いすら判らない奴もごまんといるんだから」

嘆息するように云う猫丸だったが、のどかにブランコを漕ぐ仕草は、やはり子供っぽかった。それをぼんやり眺めながら、幸太は別のことを考えていた。あの猫がいじけて見えたのも、猫婆さんが猫をいじめている様子を簡単に想像してしまったのも、真美の話をあらかじめ聞いていたから――これも猫丸の云う、先入観と早トチリということになるのかもしれない。

と、突然、真美が立ち上がり、宣言するみたいに、

「私、確かめに行ってくる」

眼鏡の奥の瞳に決意が漲《みなぎ》っている。

「戻って、ちゃんと丁寧に挨拶して、猫婆さんときちんと話してみる」

「そうだねえ、それもいいかもしれないね」

猫丸が、のんびりと応じる。

「もしなんだったら、カタコリちゃんを貰ってきちゃうのもいいんじゃないかな、これも何かの縁ってことでさ。君たち二人でかわいがって育ててあげるってのも手だよ、ほら、子は鎹《かすがい》って云うし――あ、こりゃ意味がちょっと違うか――でもまあ、お二人さん、お似合いだしね。二人で一匹の猫ちゃんを慈《いつく》しめば、絆も一層深まるって寸法さ」

おいおい、俺たちはそんな関係じゃないんだってば――幸太は反論しようとしたが、真美がおかしな目つきでこっちを見ているのに気付いて、口をつぐんだ。

「そうね――それもいいかな」

呟く真美が、何ごとか企む顔になっている。

あ、またこいつの悪い癖が始まるぞ――幸太は戦慄を覚えた。親父さんが動物嫌いで、家では猫なんか飼えないくせに、捨て猫を拾ってきては大騒ぎするという、ガキの頃からの悪癖。

ちょっと待ってくれよ、俺の家にはもう三匹も猫が――幸太の脳裏に、自宅で大きな顔をしてのさばっている猫どもの様子が浮かんできた。トラキチ、ヤサグレ、パンダ――という、実に安直な名前のついた三匹の猫。どいつもこいつも家の主のごとく振る舞い、でかい態度を決め込んでいる。

――いいじゃない、もう一匹くらい。

何も云わずに見つめてくる真美が、そうプレッシャーをかけてくる。

冗談じゃない、そう毎度毎度思い通りにさせてたまるか――と、真美の視線の圧力を押し返そうとしても、残念ながら、その抵抗が極めて弱々しいものでしかないことを、幸太は自覚していた。

見つめ合い、無言の攻防を繰り広げる幸太と真美だったが、それをどう勘違いしたのか猫丸は、

「いいねえ、若い者は」

仔猫じみた大きな目を細めて、満足そうに笑うのだった。

な、なつのこ

〈スイカ割り公式ルール〉

第一条（競技場）
一、スイカ割りは基本的にどこでも楽しめるスポーツです。しかし最も適しているのは夏の砂浜です。
二、競技フィールドは縦一〇メートル×横五メートルの長方形とする。
三、スイカと競技者の距離は九メートル一五センチとする。

第二条（用具）
一、棒は直径五センチ以内長さ一メートル二〇センチ以内の物を使用する。
二、棒は木製の物が望ましいがカーボングラスファイバー製の物も使用できる。
三、スイカは国産の物を使用する。

第三条（競技者）
一、スイカを割る者も見ている者も参加者です。参加者としての自覚を持ち周りの人の迷惑にならないよう心がけること。応援は節度を保って励ましのための声援の範囲で行うこと。
二、スイカを割る者は布製のアイマスクもしくはタオル手拭い等で目隠しをする。
三、審判員はその年のスイカを一〇個以上食べた者が務める。

第四条（競技の開始）
一、審判員による目隠しの確認の後、競技を開始する。
二、フォーメーションロール（スタート時の回転）は三回と三分の二回転とする。
三、競技者の持ち時間は一人三分とする。

第五条（判定）
一、割ったスイカの断面の美しさで判定する。均等にきれいに割れた者の勝ちとする。
二、審判員の判定に抗議することはできない。

第六条（後片付け）
一、後片付けは全員で協力して迅速に行う。
二、割ったスイカはみんなで仲良く食べましょう。

＊

な、なつ――夏だ。

眼前には、紺碧《こんぺき》の海が広がっている。

焼けた砂、波の音、空の青さはどこまでも高く、雲ひとつない上天気。

まだ午前中の早い時間だが、灼熱の太陽はすでに凶暴なまでに猛り狂っている。

さらさらの砂に座りこんだまま、新井《あらい》雅春《まさはる》は、ぐいと腕で額の汗を拭った。

白い砂浜と、コバルトブルーの海。

浜辺には、朝早いにもかかわらず、海水浴を楽しむ人達の姿がちらほら見える。遠い沖の波間に、遠泳に興じる人の頭が、ぽっかりと小さく浮いている。狭い浜だが、近所の人達には手頃な海水浴場なのだろう。確かに、穴場と云っていいのかもしれない。もう少ししたら、もっと混みあってくるに違いない。

暑い――雅春はもう一度、額の汗をぐいっと拭う。とにかく、暑い――。

しかし、不快な暑さではない。都会のあの、湿気が体中にのしかかってくるみたいな暑さに較べたら、この暑さは楽園の心地よさである。

海風が、剝き出しの足を、腕を、くすぐって吹き抜ける。拭った汗の水分がたちまち蒸発する。

ああ、気持ちいいなあ――。

砂の上にのびのびと足を伸ばし、上体を反らせて深呼吸。潮の香り、松林の揺れる音、空が晴れ晴れと大きく、青い。

寄せては返す単調な波音を聞いているうちに、少し眠気が差してきた。無茶な早起きをしたせいでもある。東京から、この千葉の海辺の町まで、朝っぱらからドライブしてきたのだ。眠くなっても無理はない。

うはあおう、と大あくび。

さっきまでは大型のクーラーボックスを椅子にしていたけれど、今ではずり落ちて、背もたれ代わりにしている。砂浜に直接座った方が気持ちいい。

底抜けの解放感にひたりながら、雅春は目を閉じた。ちょっとうたた寝しようか――そう思った矢先、瞼《まぶた》の向こうで日が陰ったのを感じた。

ん？　雲なんか出てないはずだけど――不思議に思って目を開けると、目の前に誰かが立っていた。その体が、日差しを遮っているのだ。

「随分大きなテントを立てましたね」

逆光でまっ黒な影になったその人物が、声をかけてきた。

「ビーチパラソルくらいならよく見ますけど、こんな立派なテントを立てる人は、この浜では珍しいですよ」

咎めているのではなく、呆れているみたいな口調だった。

目が慣れてくると、声をかけてきたのが若い男だと判った。自分と同じくらいの年だろうか——雅春はそう判断した。逆三角形の見事な体格で、隆々とした筋肉が白いTシャツを盛り上げている。下半身にぴっちりと密着したブーメラン形のビキニパンツから伸び出た足が、飴色に日焼けしている。Tシャツの袖にぶら下がっている腕章には『遊泳監視員』の文字。どうやら、この海水浴場の安全監視員らしい。

でも、体格のよさなら俺だって負けねえぞ——と、意味もなく対抗意識を燃やして、雅春は思わず胸板と肩に力を込めてしまう。

「こんな大きなテントを立てて、何か大会でもあるんですか」

監視員に問われて、雅春は背後を振り返った。

「ああ、これが気になりますか」

雅春の後ろには、大きなテントが立ててある。テントと云っても、キャンプに使うようなちゃちな物ではない。本当にデカいのだ。運動会で来賓席の屋根にするような、もしくは町内会のお祭りで焼きソバやタコ焼きを作るような、大きな四角いテントである。実際、屋根には太く黒い字で『北町商店街』と、バカみたいにでかでかと書いてある。

こんな物を海水浴場の浜辺に設営していたら、監視員が不審に思うのは致し方ない。

布のテントは四周を覆い、中に何があるのか判らないのも、不審の原因だろう。テントのまん中にある入り口も、カーテンみたいな布で目隠しされているので——雅春がクーラーボックスを置いて陣取っているのは、この入り口の前だ——中の様子はまったく見えない。

「気にしないでください。ちょっと私的な集まりがあるだけですから」

雅春は、笑ってのんびりと答えた。こんなのどかな朝の浜辺だと、不審の目を向けられたくらいでは、腹も立たない。

「サーフィンとかジェットスキーとか、そういう危ないことは絶対にしませんよ。ちょっと砂浜で遊ぶだけで」

「ああ、そうですか、それなら結構です」

監視員は、日焼けした顔に白い歯を見せる。

「ここの浜、サーフィンは禁止なんですよ。でも、時々都会から、それを知らない人がサーフボード抱えてやって来て、トラブルになったりするものですから」

「それは大変っすね。けど心配しないでくださいよ、俺らはそんな勝手なことしないです」

雅春も負けずに、爽やかな笑顔を返してやった。

監視員はそれで納得したらしく、がっしりとした背中を見せて、雅春とテントから離れて行った。

砂浜を歩いて行った彼は、やがてテントから少し離れたところで立ち止まった。そこに、高さ一メートル半くらいの、コンクリートの固まりが立っている。監視員はそのコンクリートの上に、ひょいと身軽によじ登った。なるほど、あそこから海の安全を監視するわけか――ガタイのいい兄ちゃんが高いところに乗っかっている姿は、いささか滑稽だが、雅春は妙に得心した気分になった。あの壁には、ああいう使い道があるんだな――。

監視員の兄ちゃんが座ったコンクリートの固まりは、元々は壁のように連なった物だったらしい。それが今では、一部しか残っていない。ちょうど東西冷戦終結後のベルリンの壁のごとく、点々と、壁の一部が残っているのだ。海岸線と平行に、砂浜のまん中辺りを突っ切って、ずっと壁の名残《なごり》が並んでいる。雅春も、今朝ここへ来た時には何かと思ったのだが、どうやら昔の防波堤の跡のようだ。高さ一メートル半、厚さ二十センチほどのコンクリート製防波堤。その一部が撤去されずに、点々と、ある部分は短くある部分は長く、少しずつ残っているわけだ。監視員が海を見守るのに、ちょうどいい高さなのだろう。実は、雅春のテントも、その一部をすっぽり覆う形で立ててあるのだが――。

雅春は、背もたれにしていたクーラーボックスの蓋を開いた。

監視員と話したせいで、眠気がなくなってしまった。ボックスの中には缶ビールもあるけれど、何となく、ミネラルウォーターのボトルを手に取った。こうして、夏の浜辺でぼんやりしていると、何だか健康的な気分になってくるから不思議だ。アルコールは、今は要らないか、という気になる。

クーラーボックスの蓋を閉め、砂の上に座り直す。ボトルのキャップを捻ると、まずは頭から水をかぶってみた。

冷えた水が髪を濡らし、頬をつたい、顎からしたたり落ちる。

うほほほ、気持ちいいや――頭を振ると、水しぶきが、眩《まばゆ》い太陽の光にきらめく。シャツに染みた水も、あっという間に乾くだろう。

お、どうでもいいけど、今の俺、物凄くカッコよくなかったか？　雅春はそう思った。夏の浜辺で、頭にかぶった水を振り払う俺。ＣＭの映像みたいだぞ――そう思い、もう一度やってみる。頭から水をかぶり、髪のしずくを振り落とす。水滴がきらきらと飛び散る。おお、やっぱりカッコいいじゃん――雅春は大いに満足した。

そしてボトルに口をつけ、水を飲んだ。

暇、だな――。

ふうっと一息つき、また正面の海を眺める。

波の間に、泳いでいる人の姿が見える。

子供達が、波打ち際で走り、はしゃいでいる。

沖の方を、白い船がゆっくり進んで行く。

女の子、一人もいねえな――雅春は、ちょっと肩をすくめた。海外のリゾート地じゃないんだから、仕方ないのかもしれないけど、水着の女の子がまるっきりいないのはどういうことなんだろう。やっぱり、こんな片田舎の海水浴場には、水着のねえちゃんは来ないのか。

いや、しかし――と、雅春は気を取り直す。

もう少し待てば、ルリ子さんがここへ来てくれる。そう、そうだ、今日はルリ子さんに会えるのだ。うう、ルリ子さん、早く来ねえかなあ。夏の海辺なんだから、水着とか着ちゃうのかな。おお、ルリ子さんの水着姿！　どんな水着なんだろ、まさかビキニってことはないだろうな。彼女、おっとりした感じだから、割と地味目な選択しそうだし、ここはおとなしく、ワンピースタイプって線だろうか。いやいや、ひょっとしたらひょっとするぞ。夏の海で開放的になっちゃうってこともあるだろうし、こんなビキニで、こんなふうに大胆に！　うぐう、たまんねえよなあ。きっと似合うぞ。かわいいから、何を着ても似合いそうだし。美人には夏の海のイメージがぴったりだしな。ああ、夏の天使、浜辺のビーナス。畜生、たまらん、どうしよう。もう、早く来ないかな、ルリ子さん——。

などと、くだらない夢想と戯れている雅春の近くに、子供が三人ばかり寄ってきた。

三人の男の子は、地元の小学生だろうか。海水パンツひとつの裸で、もしかしたらこの格好のまま、家から来たのかもしれない。三人とも、国籍が不明なほどまっ黒に焼けている。休日の午前中から海水浴に来たようで——いや、彼らはもう夏休みだろうから、休日も平日も関係ないのか。海辺の町の子供達ならば、そりゃ毎日泳ぎに来ることだろう。

そんなことを雅春が考えていると、少年の一人が、おずおずと話しかけてきた。

「あのさ、お兄さん、これからビーチバレーの大会があるんか？」

「いや、そうじゃなくて——」

雅春が答えようとする前に、もう一人の男の子が、先の少年に異を唱えて、

「違うよ、ドッジボールだよ。ネット張ってないんだから、ビーチバレーのはずないけろ」

「大人がドッジボールなんかするわけねえけろ。ビーチバレーだよ」

三人目の男の子が、口を挟む。

「バカこけ、ネットなくてビーチバレーはできねえっぺ」

「ネットはこれから張るんだけろ、きっと」

「砂浜でやるのはビーチバレーに決まってるっぺ」

「でもよ、ネットなんかどこにもないけろ」

「テントの中にあるに決まってるっぺ」

三人で、雅春をそっちのけにして議論を始めている。

まあ確かに、この少年達がビーチバレーとカン違いするのも、判らないではない。テントの前の砂の上には、十メートル×五メートルの競技用フィールドが描いてあるからだ。おまけにこうして運動会みたいなテントを立ててあるのだから、見ようによってはビーチバレー大会に見えるだろう。

「おい、そっち入ったらダメだっぺ。お兄さんの陣地だけろ」

少年の一人が、競技フィールドに足を踏み入れようとした友達を窘《たしな》めている。

「そうだっぺ、よその人の陣地を踏んじゃいけないんだぞ」

もう一人の少年も云う。砂の上に線を引いただけのものだが、そうすることでそこが他人の〝陣地〟になるという捉え方が、子供らしくて微笑《ほほえ》ましい。

「いや、別に入るくらい構わないよ。競技はまだ始まらないから」

雅春が鷹揚《おうよう》に笑って云ってやると、少年達もはにかんだような笑顔を向けてきた。そして、

「あのさ、お兄さん、ビーチバレー大会に俺らも出られんか?」

「今から参加できんかな?」

「急に云ってもダメかな?」

期待に満ちた眼差しで見られてしまった。しかし、困ったな——と、雅春は頭をかいて、

「残念だけど、今日は大人だけの大会なんだよ」

「そうか、そりゃ残念」

「それじゃ仕方ないっぺ」

「うん、仕方ないけろ」

三人の少年はうなずき合い、急速に興味を失ったみたいに背中を向けて駆けだした。競技用フィールドの〝陣地〟を避け、海へ向かって一目散に駆けて行く。あれよあれよという間もなく、三人の姿は波間に消えていった。

悪いことしちゃったかな——雅春は、男の子達が飛び込んでいった海を見やりながら、独り言で呟いた。多分このテントを見て、好奇心にかられて近寄って来たのだろう。本物のビーチバレー大会ならば、地元の子供達の飛び入り参加くらい、認めてあげるのもやぶさかでない。けど、本当のことなんか、みっともなくって云えないよなあ——雅春は、苦々しくそう思った。きっと、子供にだって鼻で笑ってバカにされるに違いない。もし、この大会の正式名称を記した幟《のぼり》か何かがここに立っていたら、俺、恥ずかしくて一人で場所取りなんかできないだろうし——。

と、そこへ、雅春に単身の場所取りをさせた張本人が戻ってきた。後藤田《ごとうだ》支部長だ。

後藤田支部長は、首にぶら下げたタオルでせかせかと、てかてかに脂ぎった顔を拭っている。

いい年をして派手なアロハシャツ――ペイズリー柄なのかゾウリムシ模様なのか判然としない――を、ビール腹が目立つ上半身にまとっている。

「いやいや、新井君、やっぱりダメでしたよ。店なんかどっこも開いてない。根気よく見て回ったんだけどね、いやもう全然ダメ。全部カラ振り」

「当り前っすよ、こんな朝っぱらから。開いてる店なんかあるはずないって云ったでしょうに」

雅春は、顔をしかめて文句を云った。それでも後藤田支部長は、どこ吹く風で、

「いやあ、一軒くらい開いてると思ったんだけどねえ」

「無理ですって、何時だと思ってるんですか」

「無理かねえ――いや、暑い暑い、汗かいてしまったよ」

生返事で後藤田支部長は、クーラーボックスから水のボトルを、せわしなく取り出している。生《なま》っ白《ちろ》くて脂肪太りした丸い顔に、汗をしたたらせながら、ビール腹に水分を流し込む。

「うひい、冷たい冷たい。ああ、生き返るねえ」

呑気なおっさんだよ、まったく――雅春は呆れた気分で、丸い顔の汗と脂を水で洗い流している後藤田支部長を眺めるしかない。

このおっさんは――これでも一応支部長らしいが――夕方の打ち上げ会場を探しに、町まで行ってきたのだ。こんな朝から予約を受け付けてくれる店なんかあるはずがない、そもそも居酒屋など開いていない、という雅春の提言には、耳を貸そうともしなかった。とにかく、せっかちなのである。このせっかちのせいで、朝っぱらからここで場所取りをしているこっちの身

にもなってほしい。退屈でしょうがないではないか。競技開始は午後からだというのに。

「さてさて、新井君、どうかね、景気付けに一発、素振りでもしとこうか」

薄い髪が簾《すだれ》みたいに張りついた頭を上げて、後藤田支部長は云う。

「打ち上げ会場はいいんですか」

「ま、後でいいでしょ。それより素振り素振り」

皮肉を云っても聞きやしない。行き当りばったりもいいところである。

テントの入り口の、カーテン状の布をぺらりとめくり、後藤田支部長は中へ入って行く。いそいそと嬉しそうなその後ろ姿に、やれやれとため息をついて雅春も従った。

テントの布地が厚くても、中は暗くない。真夏の炎天下では、厚手の布をものともせずに、太陽光が透過してくる。明るさは、外とあまり変わらない。

しかし、中は異様な光景である。

テントのまん中にある入り口を入ると、そこはただ、だだっ広い空間――だが、正面の奥に、異常な雰囲気を醸《かも》し出す御本尊が並んでいる。

後ろの壁に接するようにして高い段があり、そこに並んだスイカ――。

スイカ。

緑に黒の縞々模様のスイカ。

丸々として、身がぎっしり詰まっていそうな、よく熟《う》れたスイカ。

そいつがずらっと十数個、並んでいる。

横一列に並べられたスイカ、スイカ、スイカ――。

奥の壁際の段の上に、スイカが並べて安置してある。

まるで、スイカの祭壇だ。

実にバカバカしい眺めと云える。

このスイカの祭壇の台になっているのは、例の防波堤の跡――コンクリートの壁の一部だ。ベルリンの壁の名残みたいに、砂浜に点々と残った防波堤跡。高さ一メートル半、厚みが二十センチほど。横の長さは場所によってまちまちだが、ここにあるのは割と長めで、ちょうどテントの横幅と同じくらいだったから、それをすっぽり覆う形でテントを立てた。

コンクリートの壁の下、手前側の平地部分も、平坦なコンクリートになっていたので、着替えなどする時に砂よけになってお誂《あつら》え向きだ――と、こういうセッティングにしたわけである。

そのために、テントの奥の壁沿いに、コンクリート製の祭壇が出来上がってしまった。

そこに競技用のスイカをずらりと並べて置いたから、ますます祭壇じみてきた。

なにもそんなところに並べなくても――雅春はそう思ったのだが、支部長のおっさんが面白がり、喜々として並べてしまったのだ。そのせいで、スイカを御神体と崇《あが》め奉る珍奇な宗教の道場みたいになった。

「いやあ、これだけ並んでると、やっぱり壮観だねえ」

呑気な後藤田支部長はスイカの祭壇に近づくと、満足げにその一つをぽこぽこと叩いた。叩かれたスイカがぐらりと揺れ、落っこちるのではないかと、雅春はひやひやした。どうでもいいけど、スイカの位置はちょうど支部長が仰ぎ見るみたいな角度にあって、後ろから見ると、ますますスイカ宗教の信仰者みたいに見えてくる。

「あのさ、後藤田さん。それ、冷やしとかなくていいの？」

雅春は、敬虔《けいけん》な信徒の後ろ姿に話しかけた。テントの中は熱気が籠もり、むわっとして蒸し暑い。立っているだけで汗が噴き出してくる。

「何で？」

きょとんとした顔で、後藤田支部長は振り返る。

「何でって——それ、こんな暑い中に置いといたら、茹《ゆ》でスイカになっちゃいますよ」

「別に構わないよ、茹でスイカでも」

「けど、後でみんなで食べるんじゃないの？　ルールの紙にもそう書いてあったけど」

「まあ、食べたい人は食べるでしょ。私にとってはどっちでもいいんです。どうせ割るだけの物だから」

支部長のくせに、ルール無視かよ——。どうやら、このスイカ教信仰者には、あまり御神体への愛着はないようである。

「うふふふ、ああ、早く割りたいなあ。あのね、新井君、こいつがぐしゃっと割れる感触がたまらんわけですよ、ぐしゃっと。ふふふふふ」

狂信者じみた笑い方をして、後藤田支部長は簾頭の汗をぺろりと撫で上げる。

「その話、朝からずっと聞いてますよ、何度も何度も」

「いやいや、何遍云っても云い足りない。うふふふ、いいもんだよ、こう、ぐしゃっと割れるのがね、ぐしゃっと」

「ぐしゃっと、ですか」

「そうそう、ぐしゃっと、最高なんですよ、うんうん」

一人ご満悦の体《てい》で、後藤田支部長は入り口の方へ歩いていく。そして、入り口の脇の砂地に何本も突き刺してある木の棒から、一本を抜き取った。やおらその棒を振り回し、

「こいつでね、こうして、ふんっ、とね、叩き潰すわけなんだよ。こうやって、むんっ、とね。こうして、ふんむっ、と、どりゃ、ほりゃ、そやっ、ほっ、ふっ、むっ、とおっ。むふふふふ、いい感じだ、とりゃあっ」

ビール腹に簾頭のおっさんが、棒っきれを振り回して一人ではしゃいでいる姿は、我が目を疑うか相手の正気を疑うかするには充分な光景だった。

「よしよし、今日は絶好調だぞ、どりゃっ、そりゃっ、ふんっ、ふんっ、むんっ、そやっ、どりゃあああ、せやっ。うん、いい感じいい感じ」

「後藤田さん、その棒――」

雅春がかけた声は、支部長の裂帛《れっぱく》の気合いにかき消され、

「うりゃああっ、あのね、とうっ、新井君、むんっ、私のことは、今日はっ、支部長と、ふんむっ、とりゃあ、呼んでくれたまえと、ほりゃあっ、云った、ほやあっ、はずだよせいやっ」

「ああ、はいはい、支部長。それで、その棒、随分太いんですね」

「お、気がついたかね、新井君、君なかなか目が高いじゃないか」

後藤田支部長は、棒っきれをぴたりと上段に構えてポーズを取った。腕も胴回りも脂肪でぶよぶよしているから、あまりサマになっていない。

「この棒は天然理心流《てんねんりしんりゅう》に則った仕様なんですよ、ほら、あの新撰組の。こう見えても、私も奥多摩の生まれでね、近藤《こんどう》や土方《ひじかた》と同郷なわけですよ——どりゃあああっ。うう、楽しみだね、新井君、早くカチ割りたいもんだよ、せいやあっ」

また棒っきれを振り回し始めた。

ホントにもう、呑気なおっさんだ——雅春としては、やはり呆れるしかない。しかし、この呑気なおっさんに誘われて、のこのこついてきた自分も悪いのだが——。

＊

「スイカ割り、ですかあ?」

思わず、声が裏返ってしまった。

行きつけの、近所のスナックで、同じ常連客仲間のおっさんに誘われたのだ。

週末に海辺でイベントを催すから参加しないか——そう誘われて、スイカ割り大会だなどと思う奴がこの世にいるだろうか。意表を突かれて声が裏返った雅春の反応は、決して間違っていないと思う。

「ほほう、新井君もあれか、スイカ割りが子供の遊びだと軽く見ているクチか。いかんねえ、そりゃ、認識が甘いよ、うん、甘い甘い」

後藤田のおっさんは、カウンターに隣合った雅春を、哀れむような目で見てきた。ちょっと不愉快である。

「あのね、新井君、スイカ割りは古式床しい日本の伝統競技なんですよ。古くは居合術の修行にも使われた技でね、武士の精神鍛練として受け継がれてきたんだ。昔は本物の真剣を使ってね、気を集中してスイカを一刀両断――精神がブレてたら、きれいにまっぷたつにならないわけ。そういう、昔の侍が剣術の訓練としてやっていた技術なんです、ね、新井君、判るかね」

判るかと云われても、返答に困る。

雅春はカウンターに肘をついて、グラスを口に運んだ。どんなに能書きを垂れようが――その能書きからして眉唾だし――スイカ割りはやっぱり、たかがスイカ割りじゃないのか。

「それでまあ、この週末に大会があるんだよ。千葉の海に穴場があってね、こぢんまりした海水浴場なんだけど、まあ、海って云っても湘南だの江の島だのはこの時期、芋を洗いに行くようなものだからね。でもそこは割と人も来ないし、あまり混まないそうなんですよ」

簾頭にビール腹、ぶよぶよとした生っ白い顔の後藤田のおっさんは、熱心に語りかけてくる。

「それにしても意外っすね、後藤田さんにそんな趣味があったなんて、俺、知りませんでしたよ」

雅春が、お義理に調子を合わせると、後藤田のおっさんは、

「新井君には云ってなかったかな、こう見えても私は〝全日本スイカ割り愛好会・東京西地区〟支部長を拝命しとるんですわ」

胸を張って答えた。胸を張って、と云っても、外見上はビール腹を突き出したようにしか見えなかったが。

「西地区ってことは、東もあるんですか」

今度は少々本気で驚いて――変わった趣味の持ち主は、世の中案外多いのか――尋ねると、後藤田のおっさんは、さらに腹を突き出し、

「もちろん、西もあれば東もある。全国に二十三の支部があるんだよ。つまり、支部長は日本中に二十三人しかいない――何を隠そう、私もその一人でしてねえ」

「へえ、凄いんっすね」

ちっとも凄いとは思えないけれど、一応、礼儀としてそう云っておく。

「あ、そうか、去年のシーズンの頃は、新井ちゃんはまだウチの常連さんじゃなかったもんね」

と、カウンターの中から、ちょび髭のマスターが口を挟んできて、

「毎年夏になると、後藤田ちゃんってば、人が変わっちゃうのよね。去年のその姿、新井ちゃんは見てないわけね」

「ええ、去年はまだ社会人一年生で、俺、自分のことで手一杯でしたから」

なぜかおネエ言葉で喋るマスターに、雅春はそう答えてうなずいた。

「それなら是非、今年は参加したらどうかね」

と、後藤田のおっさんは、話の軌道を無理やり修正して、

「いや、実にいいものだよ、スイカ割りは。今の季節には欠かせない競技だ。砂浜の青い空の下でね、波の音をバックに精神を集中する――その緊張感から一転して、スイカがぐしゃっと割れる時の、あの解放感――あの心地よさは、他ではなかなか味わえないな。実にすがすがしい。心がね、こう、ぴりっと引き締まるというか、気分がね、すかっとするんだ、すかっと。初心者にはよくこう云うんだよ、イヤな奴の頭だと思って、思いっきりひっぱたけ――ってね。口うるさい上役や嫌いな奴の顔を心の中に思い浮かべて、スイカをそいつの頭だと思って、こう、ぽかっとね、うん、すかっとすっきり、ストレス解消にもなる。どうだ、いいだろう」

「はあ――で、後藤田さんは、誰の顔を思い浮かべるんですか」

おっさんの長話に辟易しながらも、雅春は話を合わせる。

「私くらいの上級者ともなれば、そんなヤボなことはしないさ。無念無想の境地で、スイカの割れる感触そのものを純粋に楽しむんですよ。目隠ししているから、どうしても雑念や邪念が湧いてくる、それを意思の力で振り払って、無我の境地に達するんだ。明鏡止水の心境で、スイカを割ることだけに集中する――スイカ割りの極意、ここにあり、だな、うん」

たかがスイカ割りに、大仰なことを云うおっさんもいたものである。

「とは云え、初心者にはそこまで求めやせんよ。なあに、初心者には初心者なりの楽しさもある。とにかく、あの手応えがね、こう、ぐしゃっと割れる感触、あれが楽しいんだな。目隠ししているから見えないんだけどね、それだけに割れる感触がダイレクトに伝わってくる。どま

ん中を捉えた時なんか、そりゃもう最高だよ。ばこっとね、中心にきれいに力が入ってね、すこーんっと割れるわけですよ。その感触が、もう凄いんだ、気分よくてね、うん。一度味わったら病み付きになること請け合いだ」

後藤田のおっさんは、丸っこい顔を紅潮させて、一人で延々と喋り続ける。

小さな町工場を経営しているとかで、どこにでもいそうな呑んだくれの親父だと思っていたのだが、まさかこんな変テコな趣味を持っていたとは——雅春は、顔には出さずに、内心で呆れ返っていた。

顔に出さなかったのは、常連客同士の礼儀ということもあるのだけれど、実はそれとは関係なく、雅春には下心がある。

下心——。

後藤田のおっさんは、時々この店で酔い潰れてしまい、その際にあの人が迎えに来ることがあるのだ。

「帰りが遅いと思ったら、やっぱり酔っぱらってる——ほら、お父さん、帰りますよ。もう、仕方ないわね、こんなになるまで呑むんだから——あ、すみません、お父さんがご迷惑おかけしちゃって」

そう云ってこちらを見るその人の、いやもう、かわいいの何の——雅春は、一瞬でめろめろになってしまったものだ。

その人の名は、ルリ子さん。

まだ正式に紹介してもらったわけではないが——何せ、おっさんは潰れているし——マスターがそう呼ぶから、名前を知った。

年齢は雅春より少し下——二十歳くらいだろうか、すらっとした体つきで、若干ソバージュがかかった髪が肩に柔らかくかかり、何より印象的なのは、長い睫ときらきらした大きな瞳。ちょっとだけ下ぶくれ気味のぽっちゃりした頰に、得も云われぬ愛嬌《あいきょう》がある。

とにかく、かわいい。

本当に、かわいい。

最高に、かわいい。

どうにかしてお近づきになれないものかと、常々機会を窺っている雅春なのである。

だから、この後藤田のおっさんには、あまり邪険な態度を取るわけにはいかない。長話に調子を合わせるのもそのためだ。何と云っても、未来の義父になるやも知れぬおっさんなのである。好印象を持たれて損はない。

従って、このスイカ割り大会のお誘いに関しても、雅春は、口実を設けて極力やんわりと断るしかなかった。

「そうか、仕事の予定があるなら仕方がないな。せっかく楽しい大会なのに。支部長直々《じきじき》に新入会員を勧誘するなんて、あまりないことなんだがなあ」

恩着せがましく云うおっさんに、雅春は殊勝に頭を下げる。

「すみません、どうしても外せない予定があって」

「同好の士もたくさんできて、楽しいのにな」

要らんよ、そんなアホな士は。

「残念だね、女房も娘も来るんだが」

娘。

ルリ子さんも行くというのか。

ルリ子さん↓スイカ割り↓海↓水着↓小麦色の肌。

とたんに、雅春の脳裏に、極めて短絡的な思考が、電流のごとく走る。

「後藤田さん、いえ、支部長。俺、参加します。いや、参加させてください」

「あれ？　新井君、仕事の予定があるんじゃないのかね」

「いやあ、考えてみれば、休日出勤するほどの用事じゃないんすよ、ははは。お手伝いなら何でもしますから、若い者はどんどんこき使ってください。いや、支部長のお話を伺ってるうちに、急に興味が出てきちゃいましたよ、スイカ割り」

＊

「とお、よほ、やは――ひい、ふう」

極太の棒っきれを振り回していた後藤田支部長の、かけ声が弱々しくなってくる。息が上がってきやがった。

「ふう、ひぃ——ああ、くたびれた。いやあ、新井君、ここは暑いねえ」

当り前だ。この陽気にテントの中でそれだけ暴れたら、体力を消耗するに決まっている。

「こう暑くっちゃ気合いも入らんな、うん、外出ようか」

そう云って後藤田支部長は、入り口の脇の砂地に突き立ててある棒のところへ、太い棒を戻した。

二人でテントの外へ出ると——正面には大海原。

心地よい海風が、肌を撫でる。

眩い太陽の光に、波が白く砕ける。泳いでいる人の数も、さっきより増えているように見える。ビーチパラソルがいくつか、砂浜に花を咲かせ、向こうの海の家からは、トウモロコシでも焼いているのか、こうばしい香りが漂ってくる。

「さてと、新井君、飲み物でも買ってこようか」

派手なアロハに包まれたビール腹をぽんと叩いて、後藤田支部長は云う。

「飲み物ならまだありますよ」

雅春は足元のクーラーボックスを顎で示したが、後藤田支部長は、

「いやいや、みんなの分だよ。間もなく会員諸君も集まってくるから、クーラーボックスは満タンにしといた方がいいだろう。みんな喉が渇いてるだろうしね。氷ももっと買っとかないと、これじゃすぐ溶けてしまう」

「はあ——二人で行くんすか」

「たくさん買うんだから、一人じゃ持ちきれんだろう」

「でも、大会は午後からなんだし、そんなに慌てなくても」

「善は急げ、だよ、新井君」

「――せっかちですねえ、後藤田さんは」

「何事も早手回しに手を打っとくものだ、そうすれば後で困ることもない。これが私の人生哲学ですよ。それから、何度も云うけど、支部長、だからね」

「はいはい――それじゃ、ついでに昼飯も買ってきましょうか、今のうちに」

雅春は、いささかげんなりして云った。調子に乗って、何でも手伝うなどと口走ったことが、今さらながら悔やまれる。早朝から、おっさんと二人きりのドライブに駆り出され、テントとスイカの運搬作業に従事した。しかも車は軽トラだ。そんな冴えない車で海へ来るって、どうなんだろう。まあ、こんなデカいテントをバラして運ぶんだから――おまけに大量のスイカもあるし――仕方ないのかもしれないけれど。

ちなみに、この大テントは、海の家を使ったら無駄に金がかかる、という支部長の経済観念から、近所の商店街の物を借りたのだそうだ。このセコさも、おっさんの人生哲学なのだろうか。

「昼飯くらいちゃんとしたもの食いましょうよ、朝はコンビニのサンドイッチだけだったんだから」

雅春は、海の家から漂ってくる焼きトウモロコシの匂いに気を引かれつつ、云った。テントの設営という力仕事をしたせいで、実際、腹も減っている。

「ああ、それだったら心配いらんよ、昼飯のことは気にしなくていい」

後藤田支部長は事も無げに云う。

「女房が弁当を持ってくるからね、娘も手伝うと昨夜から張り切っていたしな」

弁当——ルリ子さんも手伝う——おお、手作り弁当！

ルリ子さんが、あのほっそりした指で料理をするのか。煮たり焼いたり蒸《ふか》したり。それを包んで弁当にするのか。ああ、手作り弁当。暖かい愛情がたっぷりの、温《ぬく》もりいっぱいの昼飯。

「さあ、支部長、買い出しに行きましょう。みなさん汗だくで到着するでしょうからね、冷たい飲み物、たくさん用意しておかないと」

ころりと上機嫌になる自分もどうかと思う——。

というわけで、二人で近くのコンビニまで買い出しに行くことになった。海の家で買うと割高だから、少しだけこの場を離れることになる。

荷物は軽トラに置いてきたし——どうせ着替えくらいしか入っていないが——財布と携帯電話は、短パンのポケットに突っ込んである。少しくらい不在にしても、別に問題はないだろう。クーラーボックスだけは一応、テントの中に入れておく。入り口にカーテン状の目隠しが張ってあるから、これも大丈夫だろうと判断した。スイカの祭壇は——いや、まあ、これも平気だと思う。冷えてもいないスイカなんか、わざわざ盗っていく奴もいないだろう。

などと思ったのが間違いだった。

＊

両手いっぱいに飲み物の入った袋をぶら下げて、雅春は後藤田支部長と共に、テントまで戻ってきた。

「いやあ、重かった暑かった」

後藤田支部長はお気楽な声を張り上げると、飲み物のビニール袋をテントの前の砂地に放り出した。そして、入り口に張ってある布をぺらりとめくって、テントの中へ入って行く。とたんに、

「のうわおわっ」

と、意味不明の絶叫が、テントから聞こえてきた。意味は判らなくとも、驚きの声であることは雅春にも理解できた。

「どうしたんですか」

慌てて支部長の後を追い、雅春もテントに飛び込んだ。こもった熱気が、むわっと身を包んできたが、それどころではない。

中はエラいことになっていた。

「な、何だ、こりゃ――」

雅春も、驚愕の声をあげてしまう。

テントの中の惨状――。

スイカが割れている。

それも、一つや二つではない。

スイカが、いくつも割れているのだ。

しかも、地面に転がって。

あるものはバラバラに砕け、あるものはまん中でぱっくりと半分に、またあるものは下部がぐしゃりと潰れた形で――。

防波堤跡のコンクリートは、平らな地面にも広がっている。そこに叩きつけられたかのように、いくつものスイカが、割れて転がっているのである。

驚きに目を見張ったままで、視線を上げると、スイカの祭壇みたいに防波堤跡に載せておいたスイカが、ごっそりとなくなっていた。しかも、まん中辺りだけ――。どうした訳か、両脇のスイカだけは残っている。コンクリートの祭壇に載っかって、いくつかはちゃんと鎮座しているのだ。右脇に四つ、左にも四つ――支部長が面白がって載せた時のまま、両端だけは手付かずで残っていた。

それはともかく、地面は惨憺《さんたん》たる様相を呈している。

誰かが一個一個、祭壇から降ろして、地面のコンクリートに叩きつけた――という感じで、スイカがごろごろと割れていた。まっ赤な汁が辺り一面に飛び散って、大量殺害現場もかくやという有様――と云っても、まあ、被害者はスイカなんだけど。テントの中いっぱいに、青くさく強烈な匂いが充満して、ちょっと気分が悪くなってくる。

「こ、こ、これは一体どうしたんだっ」

後藤田支部長が、愕然として叫んだ。

「な、何があったんでしょうね、こんなにたくさん」

と、雅春もうろたえながら、地面で割れているスイカを数えてみた。その数は、七個。七個のスイカが割れている。半分近くの数だ。しかも、祭壇のまん中辺りに安置してあったものだけ――。

「これは支部長、あれっすよ、俺達が買い物に行ってる隙に、きっと誰かがここに入り込んだんですよ」

雅春があたふたと云うと、後藤田支部長は茫然としたままの目を向けてきて、

「誰かって、誰だ？」

「そんなこと俺も知りません。とにかく、何者かがこっそりテントへ入ってきて、スイカを七個も割っていった――と、それくらいしか判りません」

「くそっ、誰がそんな無茶苦茶しやがった。スイカを割るのは私だ、私が割るスイカなんだぞ、畜生、許せん」

感情的になってきた後藤田支部長は無視して、雅春は足元に転がったスイカのひとつを調べてみた。そのスイカはぱっくりと、まっぷたつに割れている。

ん、練習したみたいに見えるぞ、これ――そう雅春は気がついた。何者かが、一個ずつスイ

カを下に降ろして、スイカ割りの練習をしたら、こんなふうになるのではないか？　祭壇の上に奉ってあるスイカは、棒で叩き割るには位置が高すぎるし。

雅春は、テントの入り口の横にまとまっている棒っきれを調べてみた。しかし、砂に突き刺してあるそれらには、異状は感じられない。七個ものスイカを、スイカ割りの要領で破壊したのなら、汁の一滴くらいついていないのはおかしい。棒はどれも、きれいなままである。

いや、ひょっとしたら――と雅春は考える――使った棒は当人が持ち去ったのかもしれない。そう思いつき、聞いてみた。

「後藤田さん、この棒って、何本ありましたっけ」

「ん、棒か、確か七本あったはずだ。しかし、誰がやったんだ、こんなこと。私が割るはずのスイカを、私がカッコよく一刀両断するはずのスイカを、こんなにしやがって」

相手にせずに、棒を数えると――ちゃんと七本ある。さっき後藤田支部長が振り回して遊んでいた極太の物も含めて、棒は一本もなくなっていない。ということは、スイカ割りの練習をしたわけではないのか。

少し混乱してきた雅春に、後藤田支部長は興奮も冷めやらず、

「お、おい、新井君、こりゃ誰かがスイカを食ったんじゃないかな」

「食った――？」

「ああ、こっそりここに忍び込んだ誰かが――いや、誰かじゃない、犯人だな、犯人――そいつが、スイカが並んでいるのを見て、これ幸いとオヤツにしたんだ」

「でも、これ、食った跡なんかないっすよ」

雅春は、転がっているスイカを示して云った。割れているスイカは、中身が飛び散っているものも多いが、どれも砂まみれになっていて、到底食えるとは思えない。まん中できれいに二つに割れているものは、赤い断面と種の粒々がよく見えるけれど、やはり食った形跡など見当らない。

「だいいち、これだけ蒸れ蒸れのテントの中なんだから、温まってるし、食ってもうまくないっすよ、こんなスイカ」

「だから犯人は、冷えたスイカを探して、次々とスイカを割ったんじゃないか」

「まさか──全部同じように並んでるんだから、条件は同じでしょう。一個か二個割ってみれば、みんな同じ茹でスイカだと判るはずですよ」

「それはそうだが──それじゃ、食おうとしたんじゃないのか」

と、後藤田支部長は、イライラした様子で腕組みすると、

「だったら、ただのイタズラだ。犯人の奴、イタズラで面白半分にこんなことしやがったんだ」

「でもね、後藤田さん」

「支部長、だ」

「──支部長。俺、ちょっと気になるんですよ。どうしてこんな中途半端なことしたんでしょうね。半分だけ壊してくなんて、イタズラにしても、何だか半端な感じじゃないですか。それに、ほら、並んでるスイカの両脇だけ残して、まん中にあった七個だけ割ってあるっていうの

も、何となく変ですよ。どうせイタズラするんなら、全部割るんじゃないかな」

雅春は、さっきから不思議に思っていることを口にしてみた。そう、十五個並べて置いてあったスイカのうち、犯人が割ったのはまん中の七個だけ——祭壇の左右には四個ずつ、何事もなく残されているのだ。物凄く中途半端な気がする。何か意味があるのだろうか。

「そんなことはどうでもいい、意味なんかないんだろう」

しかし、支部長はニベもない。

「大方、途中で飽きたんだろうさ。くだらんイタズラするような奴に意味なんぞあるものか。くそっ、犯人の野郎、見つけたらタダじゃおかんぞ。とにかく、新井君、犯人を探すんだ。犯人探して、ぎったぎたにやっつけてやろう」

「探すって、どうやって？」

「うん、どうやって見つけてやろうか——おお、そうだ、新井君、目撃者だ、まずは目撃者を探そう。犯人の奴がここへ入って来るところを、見た人がいるかもしれん」

「目撃者って云っても、こんな浜辺で——あっ、監視員」

後藤田支部長の無理な要求にうんざりしかけた雅春だったが、唐突に思い出した。

さっき一人で留守番をしている時に、安全監視員と出会ったではないか。あのマッチョ男は、防波堤跡のコンクリートの上に乗って、監視活動をしていたはずだ。彼ならば、不審な人物がここへ近づくのを、見ているかもしれない。

それを告げると、後藤田支部長は、

「よし、そうかっ」

脱兎のごとく、テントから飛び出して行く。雅春もそれに従い、外に出る。スイカの水っぽい匂いと蒸し風呂みたいな熱気の中に、これ以上いる気にはなれなかった。

コンクリートの台の上で、姿勢よく監視活動を続けているマッチョの元へ、後藤田支部長は砂を蹴立てて駆けて行った。

大きな身振り手振りで何事か伝えていたけれど、やがてすごすごと引き返してきた。

「どうでした、目撃情報は？」

雅春が聞くと、後藤田支部長は憤然と、

「海ばかり見てたから、こっちの方のことは知らない、とさ。くそっ、役立たずの監視員めが、何のために監視してやがるんだ」

もちろん海の安全のためである。

後藤田支部長はヤツ当りに、砂の上の貝殻を思いきり蹴飛ばしている。

そこへ、のっそりと男が一人、近づいてきた。背だけがひょろひょろと高い、何だか不健康そうな痩せ方をした男だった。

「支部長、どうも」

痩せこけた男は、消え入りそうな声で、ぼそぼそと云った。

「おお、柳下《やなぎした》君か、早い到着だね——あ、紹介しておこう、彼は新入会員の新井君だ。こっちは〝全日本スイカ割り愛好会・東京西地区支部〟の正会員、柳下君だ」

後藤田支部長は、少しぞんざいな口調で、男を紹介してくれた。

別に俺、入会した覚えはないんだが——そう思いながらも雅春は、痩せた男と挨拶を交わした。

「どうも」

と、柳下という正会員は、けだるそうに頭を下げる。

それにしても、物凄く不健康そうだ。年齢は雅春と大して変わらないだろう。しかしながら、若さがまったく感じられない。それどころか、生気がない。ひょろひょろと枯れ枝みたいに全身が痩せていて、どうにも陰気な感じがする。何だかこいつの周囲だけ、気温が二、三度下がっているみたいな気さえする。ぼさぼさの長い髪で、顔面の左半分が隠れているのも、見るからに鬱陶《うっとう》しい。名前の通り、柳の下にでも立たせておけば、胆試しにはうってつけの人材だろう。それくらい、陰気な感じだ。もっとも、長時間木の下に立っていたら、本人が貧血で倒れるだろうが。

もしかすると、こいつもルリ子さんが目当てなのか——。雅春は、思いっきり邪推した。そうでなくては、こんな奴が〝全日本スイカ割り愛好会〟なんかに入らないだろう。夏の太陽の下で、陽気にスイカ割りに興じる——そんな健全さは、微塵もないのだ。

「荷物、中へ」

ぼそぼそと、柳下は呟く。荷物をテントの中へ置いてきます——とでも云いたいのだろうが、瀕死の病人みたいな柳下は、言葉を発するエネルギーさえ節約したいらしい。

絶対にそうだ、こいつもルリ子さん目当てだ、この野郎、俺のルリ子さんに手を出す気だな——雅春が横目で睨みつけるのに気づかず、柳下はひょろひょろと、風を受ける柳のごとく陰気な風情で、テントの中へ入って行った。

しかし、すぐに出てくる柳下。あのスイカの大量破壊現場を目撃したせいだろう。

「支部長、あれ、何です?」

生気のない柳下は、大して驚いたふうでもなく、陰気に尋ねる。対して後藤田支部長は胴間声で、

「ああ、誰かにイタズラされたんだ。許せんだろう、柳下君。私が華麗な剣舞で割るスイカを、あんなにしやがった奴がいるんですよ」

「イタズラ、誰、です?」

「知らんよ、そこまでは。今この新井君と、犯人を突き止めようと算段しとったところだ。なあ、そうだろ、新井君」

「はあ、それはそうですけど——でも、イタズラにしては中途半端じゃないっすかね。どうしてあんなふうに、半端な数だけ割ったんでしょう」

と、雅春は、先刻の疑問をもう一度繰り返してみた。しかし後藤田支部長は、面倒くさそうに、

「君はまだそんなことを気にしてるんですか。さっきも云っただろう、だからあれは、要するにあれだよ、途中でやめたんだ」

「途中でやめた――？　やっぱり途中で飽きたと云うんですか」

「いやいや、もっと具体的な理由があるぞ」

後藤田支部長は、薄い頭に噴き出した汗と脂をずるりと拭って、

「イタズラしていた犯人は、私達がテントに戻ってくるのに気づいて、それで途中でやめて逃げ出したんだ。どうだ、これなら筋が通るだろう」

「でも、犯人はどうやって俺達が戻ってきたのに気がついたんですか。ほら、テントの入り口はこの通り、布で塞がってますよ。俺らの姿が見えるはずないでしょう」

「いや、まあ、そりゃそうだが――」

後藤田支部長は口ごもる。そこへ陰気な柳下が、鬱陶しい長髪をかき上げながら、ぼそぼそと、

「イタズラ、で、なければ、嫌がらせ――」

「嫌がらせ？」

鸚鵡《おうむ》返《がえ》しに雅春が聞くと、柳下は生気のないとろんとした目を向けてきて、

「そう、嫌がらせ、妨害」

「妨害って、こんなのどかなスイカ割り大会なんか、どこのどいつが妨害するって云うんだよ」

柳下は答えずに、青白く不健康そうな顔をのったりと、無言で後藤田支部長に向けた。そしてそのままじっと黙って、暗い目つきで支部長を見つめる。これはちょっと恐い。

「な、何も知らんぞ、私は」

後藤田支部長は、少し上ずった声で、

「東支部の連中とは、このところ良好な関係が続いている。嫌がらせなんかされる覚えはないよ。それに連中がわざわざ、こんな遠くまで追いかけてくるはずないだろう」

どうやらこのおっさん、他の支部と何かトラブルの火種を抱えているらしい――雅春はそう察したが、それを追及するのはやめておく。イタズラだろうと嫌がらせだろうと、数が中途半端だという問題に、説明がつかないのは同じことなのだ。それに、嫌がらせならば尚のこと、全部のスイカを破壊して行くだろう。ついでに云えば、未来の義父の機嫌を損ねてもつまらない。

「風で、落ち、た？」

また柳下が、ささやくように云った。この真夏の浜辺には、そぐわないことこの上ない陰々滅々とした声のトーンだ。不愉快なほどの陰気さ加減ではあるけれど、後藤田支部長は、さっきの気まずさを取り繕うように、

「風でスイカが落ちたんじゃないか、と云いたいのかね。でも柳下君、そりゃ無理だ。テントの中には風なんか吹かんよ」

「では、地震――」

「地震？　地震で落ちたのか。地震なんかあったのかね」

「いえ、私、電車。知り、ません」

どうやら、自分は電車に乗っていたから地震などあったかどうか知らない、と云いたいらし

い。柳下の体力節約話法は、聞き取りづらくてイラつかされるが、意味だけは何となく通じるから不思議だ。

「新井君は知ってるか、地震なんかあったかな」

後藤田支部長に問われて、雅春は即座に首を振り、

「なかったと思いますよ。それに、地震だったらまん中の七個だけ落ちてるのは、やっぱり変です。まん中辺りにあったのだけが落ちて、両脇の四個ずつは無事だなんて、そんな器用な地震があるわけないでしょう。それから、あのスイカが割れていた位置は、台の真下じゃなかったし、ただ転がり落ちたにしては落下点が離れすぎてます」

そう、スイカは転がり落ちたようには見えなかった。コンクリートの祭壇からは少し離れて、七個が入り乱れるようにして、ぐしゃぐしゃになっていた。落下地点が、祭壇から少し距離があって、なおかつまちまちの場所だったからこそ、さっき発見した時も、誰かが一個ずつ台から降ろして改めて下に叩きつけた、という印象を持ったのだ。

確かに、スイカはどれもよく熟れていたので、あの高さからコンクリートの床に落ちれば、バラバラに砕けることもあるだろう。だが、地震などで落ちたのなら、あんな具合にあちこちの場所に散乱するはずはないのだ。自然落下などでは、断じてない。

「だったらやっぱりイタズラだ、うん、そうに違いない」

と、後藤田支部長は、決めつけるように云った。そして、ひょいと柳下に向き直り、

「ところで柳下君、君はいつここへ着いたんだ」

「今、さっき」

顔も上げずに、ぼそぼそ答える柳下。

「一人でかね」

「ええ、一人」

「ふうん、そうか。もしかして、私と新井君が買い出しに行っている間に、一度ここへ来た、なんてことはないだろうね」

「ありま、せん」

「ほお、さっき来たのが初めてなんだな。その割にはこの場所がすんなり判った様子だったね」

「テント、目立つ、から」

後藤田支部長は、露骨に柳下を疑いだしている。柳下は気を悪くしたようでもなく──と云っても、陰鬱な無表情はずっと変わらないままだから、当人がどう思っているのか計り知れないけれど──ぼそぼそと小声で返事をするばかりだ。

何の根拠もないらしいので、理不尽な疑いと云う他はないが、雅春は、柳下を擁護する気にはなれなかった。ルリ子さんにちょっかいを出そうとしている不届きな男なのだ。そんな横恋《よこれん》慕《ぼ》野郎を援護してやる筋合いなど、微塵もない。

「とにかく、みんなが揃う前に新しいスイカを用意しなくちゃならんな。あれだけじゃ足りない」

後藤田支部長は、柳下を追及するのは諦めたようで──元々理由のない云い掛かりだから当

然だが——ビール腹ごと体をこっちに向けてきて、

「新井君、スイカを買ってきてくれないかね。この先の商店街に八百屋があったはずだ」

「え、俺がっすか」

「うん、頼みますよ、私は飲み物をクーラーボックスに入れとくから」

後藤田支部長の勝手な云い草に、雅春はむっとして押し黙る。テントを張る時といい、俺にばっかり労働を押しつけやがって——。こちらの不満を気にかけもせず、後藤田支部長はテントに戻りながら独り言を呟く。

「まったくとんだ災難だ、会員達に合わせる顔がないな。これではせっかくの大会が台なしだよ、娘も楽しみにしてるのに」

「支部長、俺、行ってきます。スイカ買い出し班、新井、行きまーすっ」

ルリ子さんの、がっかりした顔なんか見たくない。

＊

しょぼくれた商店街である。

櫛《くし》の歯が抜け落ちたみたいに、そこここの店のシャッターは降りたままだ。どのシャッターも錆《さ》びついて薄汚れている。午前中だからまだ営業時間前なのか、それとも本当に潰れてしまったのか、一見しただけでは判らない。

ビーチサンダルをぺたぺたいわせながら、雅春は、その寂れた商店街を歩いていた。

冷静に考えれば——と、歩きながら思う——スイカくらい割られたってどうってことないんだよな。後藤田のおっさんにつられて、つい焦っておたおたしちゃったけど、別に俺、スイカ割りに思い入れがあるわけでもないし。まあ、割られた数が中途半端だっていうあの問題は気になるけど、あんなにムキになる必要なんかなかったんだよ。スイカくらい買えばすむ話だ。どうせその辺で簡単に買える物だ——。

と、歩いている途中、変な人物に気がついて、雅春は足を止めた。

変な人物——。商店街を、ふらふらとうろつく、挙動不審な奴がいる。

無暗に小柄な男だ。

体も小さいが顔も小さい。

ただ、目だけがくりんと大きくまん丸で、仔猫みたいな顔立ちをしている。長い前髪がふっさりと、眉の下まで垂れており、その童顔と相まって、何だか年齢不詳な小男だった。腕も足も、少年みたいに華奢《きゃしゃ》だから、穿《は》いている短パンが半ズボンみたいに見える。

年齢不詳の小男は、何をしているのやら、やたらとうろうろ歩き回っていた。閉じたシャッターに書かれた文字を見てにやにやと笑い、電柱の住所表示を見上げて物珍しげに目を見張り、民家の庭に生えている木を眺めて感心したようにうなずき、何だかやけに楽しそうだ。

だが、目的が判らない。あっちへふらふらこっちへうろうろ、まるで一貫性のない動きをしている。猫が散歩をしながら、あちこちの匂いを嗅いで回っている——強いて云えば、そんな印象だ。しなやかな身体つきも、どこか猫を思わせる。

どちらにせよ、妙な奴に変わりはない。

関わり合いになるのは御免だ——雅春は、猫みたいな小男を無視して、また歩きだした。おかしな奴なら間に合っている。支部長だの柳下だので、お腹いっぱいだ。これから会員が集まってくれれば、もっと変な奴と遭遇することになるのだろう。

うんざりしながら、雅春は、うらびれた商店街を歩いた。

いや、しかし、変な奴ばかりじゃないぞ、ルリ子さんがいる——と、ビーチサンダルをぺたぺたさせて歩きながら、雅春は思った。

そう、もうすぐルリ子さんが来るのだ。しかも、手作り弁当持参で。それを考えると、割れたスイカのことなど、ますますどうでもよくなってくる。ルリ子さんの手作り弁当。そっちの方が、俺にとっては数千倍も大事なことだ。

うう、手作り弁当。中身は何かな。やっぱり定番のおにぎり、おかずは卵焼きに鶏の唐揚げって線かなあ。おお、おにぎり。ルリ子さんが握ってくれたおにぎり。あのほっそりした手で直接、米を！　たくさん食べてくださいね、なあんて云って差し出してくれるんだぞ、きっと。うくう、たまんねえよなあ。にっこり微笑んで、遠慮しないでくださいね、なんて云ってくれて、男の人がもりもり食べてくれるのって見ていて気持ちがいいですねえ、とかね。それでもって俺が、いやいや作ってくれる人によりますよ、あなたが作ってくれたお弁当だからおいしくていくらでも入ります、なんて云っちゃったりして。ルリ子さんは頬を赤らめて照れちゃうんだよな、水着のパレオの裾を翻して、あらイヤだもう知らない、なあんちゃってね。うう、水着。ルリ子さんの水着姿。畜生、どんな水着かな。ビキニかな、それともやっぱり清楚なワンピースか。いやいや、大胆に背中がぐっと剝き出しのデザインだったりして。おお、たまらんぞ。スタイルいいから、何でも似合うだろうしなあ。ルリ子さんの水着姿。うぐう、早く拝みたいよお、浜辺のビーナス、海の妖精、ああ、ルリ子さん。

とか何とか悶々としていたら、危うく八百屋を通りすぎるところだった。

八百屋は開店したばかりのようで、禿《は》げた頭まで赤銅色に日に焼けた親父が、黙々と野菜を並べていた。

新鮮そうなトマトやキュウリやホウレンソウなどに混じって、スイカもたんまり積み上げてある。緑に黒の縞々模様もつややかで、上等そうなスイカだった。

よしよし、これを買っていけば文句は出ないだろう――雅春は、禿げた親父に声をかける。

「おじさん、スイカくだ――さ――」

仰天して、言葉が途中で止まってしまう。

目を剝いて、値札を見直す。

な、何だ、これは――一玉、八千円だと！

スイカ一個が八千円。何だ、このふざけた値段は。銀座の高級水菓子店じゃないんだぞ。

値札の横には、ダンボールの切れっ端にマジックで『すいかわりにどうぞ』と、稚拙な字で書いてある。これは完全に足元を見ている。海水浴客用の値段だ。多分、ご近所の普通の客には、適正価格で売っているに違いない。

そそくさとその場を離れ、雅春は短パンのポケットから携帯電話を引っぱり出す。八百屋に背を向けて、こそこそとボタンを押した。

『はい、後藤田です』

「あ、支部長、俺っす、新井です」

『ああ、新井君、八百屋は見つかったのかね』

「見つけましたけど、大変なんすよ、聞いて驚かないでくださいよ。八百屋の奴、ぼったくるつもりです、一玉八千円って書いてあります」

『――――』

後藤田支部長は、聞いて驚いたようだった。電話の向こうで絶句している。

「どうしますか、そんな高いスイカ、買いますか」

『――新井君』

「はい」

『できるだけ値切ってください』

「やってみますけど――あのさ、支部長、とりあえず俺が立て替えますけど、あとでちゃんと金、払ってくださいよね」

『判ってる。領収書、もらってきてください』

「了解」

『新井君、頼んだよ、強引にでも値切るように』

支部長は、苦渋の決断をしたようだった。

電話を切り、雅春は再び八百屋の店先に向かった。

可能な限り善良そうに見える笑顔を作り、八百屋の親父に話しかける。

「こんにちは、おじさん、ちょっと伺いたいんですけど、この辺に他の八百屋さんはありませんか」

「他の八百屋？　いやあ、ないねえ、この近所に八百屋はウチ一軒だけだけろ」

禿げ頭まで日に焼けた親父は、この上なく人のよさそうな笑顔で答えてくれた。

ダメだ、ここで買うしかなさそうだ——雅春は意を決した。

「スイカが欲しいんですけど、ここに出てるのしかありませんか」

「うん、ないね」

「八千円、なんですね」

「そうだね、見ての通りだっぺ」

親父は、限りなく朴訥《ぼくとつ》そうな微笑でうなずいた。

「いやあ、今年は作物の出来が悪くってね。仕入れ値が跳ね上がってるっぺから、この値段じゃないとおじさんも干上がっちまうけろ」

嘘つけ。今年は六月くらいから毎日バカ暑だったじゃないか。農作物が育たないわけがないけろ。

この親父、純朴そうな顔の下で、舌を出して笑っているに違いない。雅春みたいな都会の人間は、ネギを背負った鴨くらいにしか見えていないのだろう。もしかして、この親父がスイカを法外な値段で売りつけるために、テントのスイカを壊したんじゃあるまいな——思わず疑いの眼差しを向けてしまう雅春だった。

結局、負けた。

いや、親父がまけてくれたのではない。値引き交渉に、雅春が敗北したのだ。親父は終始穏やかな物腰だったが、頑として引かず、値段を下げるくらいなら売ってやらねえけろ、という態度を貫いた。敵ながらあっぱれ。どうしてもスイカを手に入れなくてはならない雅春は、折れるしかない。

六個のスイカを購入し、しっかり領収書をもらった。代金は雅春の財布から出した。ひょっとしたらルリ子さんと意気投合して、帰りは二人っきりになるかもしれない——そう思って、多めの軍資金を用意してきたのだ。でも、これでカラっけつ。早く精算してもらわないと、懐中が寒々しくて仕方がない。

禿げた親父は、スイカを一個ずつビニール袋に入れてくれて、

「ほれ、持ちやすいようにサービスしとくっぺ、毎度ありい」

と、のたまった。雅春にしてみれば、何が毎度だ二度と来るか、という心境である。

スイカを持って戻ろうとして——ちょっと困った事態に陥っていることに気がついた。スイカを六個も、どうやって持っていくんだ、俺は。重いし、持ちにくい。無理をすればどうにか

ならないこともないけど、さすがに重くてキツいだろう。

仕方がない、もう一度電話して、あの陰気な柳下にでも来てもらおう。助けを呼ぶみたいで少々癪だが、この際贅沢《ぜいたく》は云っていられない。

そう思って雅春が、携帯電話を取り出そうとした時、後ろから誰かが声をかけてきた。

「重そうですね、それ。よかったら持ちましょうか」

振り返ると、男が一人立っていた。

無暗に小柄な、まん丸い無邪気な目をした男——さっき見かけた、猫みたいな男だった。小さい身体に小さい顔。目だけが仔猫のようにまん丸で、長い前髪がふっさりと、眉の下まで垂れている。子供じみて華奢な足のせいで、短パンが、やっぱり半ズボンに見える。

何だ、こいつ、まだこの辺をうろちょろしてやがったのか、変な奴はもう充分だってば——と、雅春は警戒したが、猫みたいな小男は、案外理知的な口調で、

「海へ行くんでしょう。僕も行くところですから、どうせついでです。半分持ちますよ、重いでしょ」

にこにこと、愛想よく笑った。何とも人懐っこく愛嬌のある笑顔で、こうして間近に見れば、危険な意味での変な奴ではなさそうだった。ただ、年齢不詳なのは、よく見ても変わらない。童顔のくせに、全体的な雰囲気はどこかおっさんじみているし、どうにも摑みどころがない印象である。

ひょっとして、俺よりずっと年上か、いや、でも、見ようによっては高校生くらいにも見え

るし、一体いくつくらいなんだろう——。一瞬、躊躇《ちゅうちょ》したけれど、雅春は、

「そうっすか、すみません、じゃ、お願いしようかな」

小男の申し出を受け入れて、スイカを三個手渡した。得体の知れぬ猫男だが、危ない奴ではなさそうだし、あの陰気で不気味な柳下に援軍を頼むより、多少はマシだろう。

「海はこっちの見当でいいんでしょうか——それじゃ、行きましょう」

猫男は、スイカを三個ぶら下げて、とっとこ歩き出す。体が小さいから、スイカがやけにでっかく見える。

「いやあ、友人達とみんなで揃って東京から来たんですけどね、この辺りは海水浴場の穴場だって聞いたもんですから。こう毎日暑くっちゃ、海にでも飛び込みたくなるってもんですよ。それでまあ、車で来たんですけど、運転手役の男がどうにもこうにも要領の悪い男でしてねえ、駐車する場所を探して滅多やたらに右往左往しやがるもんだから、僕、痺《しび》れを切らして降りちゃったんですよ、車を。外で煙草も吸いたかったしね。で、一服してる間に見事にはぐれちまいまして——細い道に一人で入っちゃった僕もいけないんですけど、歩いてるうちに、どっちが海の方角か判らなくなって、それで困ってるところへあなたがいるのを発見したもんですから、ちょうどいいから一緒に海まで連れてってもらおうって思いましてね。ちょっと途方に暮れてたところに、あなたが通りかかってくれて助かりましたよ、あのまま誰とも行き会わなかったらどうしようかと思ってたとこで——いやあ、いい年して僕、迷子なんです」

猫男は、屈託なく笑った。

さっきうろうろと挙動不審な動きをしていたのは、あれは迷子になっていたのか。どう見ても、猫の散歩にしか見えなかった。

どうでもいいけど、聞かれもしないことをどうしてこうぺらぺらと喋るんだ、こいつは——雅春は、ちょっと呆れながら、そう思った。高校生めいた童顔なのに、喋るとやっぱりおっさんじみてくる。ますます摑みどころがない感じがしてきた。

「まあ、どうせ浜辺で合流できるだろうし、僕は一人でのんびり歩いてたんですけどね。向こうは今頃、迷子の僕を探してもっと途方に暮れて右往左往してるかもしれないなあ——ま、いくらでもうろうろしやがれ、ですね。僕を迷子にしたバチだ」

猫男は愉快そうに、にんまりと笑った。

おいおい、一人で勝手に車を降りたあんたが悪いんじゃなかったのか——。

悪びれもせずに、猫男はなおも一人で喋り続けて、

「お、潮の香りが近づいてきましたねえ、海が近いみたいだ。こいつはいいや。夏は海に限りますよ、健康的で大いに結構——あ、申し遅れました、僕、猫丸といいます」

唐突に立ち止まった猫男は律義にも、スイカを一旦地面に置いてから、やけに丁寧な態度で膝に手を当てぴょっこりとお辞儀をする。

「あ、どうも、新井です」

ついペースに乗せられて、雅春はこちらも自己紹介する。

そうか、猫みたいな奴だと思ってたけど、やっぱりそういう名前なのか、大きい丸い目が仔

猫みたいだから猫丸とは、よく出来てるな——と、納得しかけたけれど、考えてみれば、名前と外見は関係がない。名が体を表しすぎて、やはり変な奴だと思う。

「ところで、随分たくさんスイカを食べるんですね。よほどの大人数なんですか」

猫丸と名乗った小男は、きょとんとした顔で聞いてきた。目が大きいせいか、表情が豊かだ。

「いや、まあ、大人数は大人数なんだけど、別に食べるわけじゃ——」

言葉がしぼむ雅春に、猫丸はさらりと、

「ああ、それじゃスイカ割りですか」

「ど、どうしてそれを——」

ちょっと動揺してしまった。もしかすると、こいつも全日本スイカ割り愛好会・東京西地区支部の正会員なのか、おかしな奴だし、資格は充分にありそうだ——そう思ったが、違うようだった。

「だって、食べもしないのに、冷えていないスイカを六個も買って海に持って行くんなら、スイカ割りと考えるしかないでしょう。これからこの数を冷やすのは大変だし」

「ああ、確かにそうだね」

恥ずかしい秘密を簡単に見破られて、雅春はかえって気が楽になった。

「ご明察の通り、スイカ割りなんだけどさ、これから大会があるんで、俺はその手伝い。別に俺の趣味じゃないんだよ、俺はただ手伝いに駆り出されただけで——」

「スイカ割り大会って、これからですか」

猫丸は、人の話を半分しか聞いてくれない。

「――そう、午後から」

「いいなあ、スイカ割り大会。面白そうですねえ」

大きな目を好奇心できらきらさせながら、猫丸はこっちを見てくる。

「ねえねえ、新井君、僕もどうにか参加できませんか、スイカ割り大会。やってみたいな、スイカ割り」

「やりたいの？　なんで？」

こんなに身を乗り出しておねだりするほどのことではないと思うのだが。

「だって、夏の浜辺でスイカ割りなんて、本格的じゃないですか。こんなチャンス、めったにあるこっちゃないですよ。やりたいやりたい、スイカ割り」

「――でも、友達の人達と合流するんじゃないの」

「うん、そりゃそうだけど、みんなと海で遊ぶのは来週にだってできるでしょ。けど、スイカ割りの大会に正式に参加するなんて、今日しかないじゃないですか。それとも毎週やってるの？」

「やってたまるか、毎週なんて」

「でしょ、だったら混ぜてよ、スイカ割り。やらせてやらせて、スイカ割り」

「――まあ、そんなに云うんなら、多分構わないと思うよ。俺も飛び入り参加みたいなもんだし、頼んであげるよ」

「うわあい、やったやった、スイカ割りだ。いやあ、面白そうだなあ、わくわくしちゃいますよ」

猫丸は小躍りして喜んでいる。どうやら重度のお調子者らしい。

＊

猫丸を連れてテントに戻ると――道中、海が見えたと云っては喜び、砂が熱いと云ってははしゃぎ、波がきれいだと云っては大騒ぎするお調子者の相手にくたびれ果てたけれど――テントの中では、後藤田支部長と陰気な柳下が、難しい顔を突き合わせていた。

「ああ、買ってきてくれたか、ご苦労だったね、新井君」

後藤田支部長は、物凄くあっさりと云った。

「あれ、もう始まってるんですか、スイカ割り」

床に散乱したスイカの残骸を見て、猫丸は不思議そうに云った。残っていた二人は、片付けすらしてくれなかったようだ。

よっこらしょっと、買ってきたスイカを降ろすと、雅春は、後藤田支部長に猫丸を紹介する。

「こちらは猫丸さん、親切にスイカを運ぶのを手助けしてくれました。それで、この人も大会に参加したがってますけど、どうでしょうか」

「ああ、構いませんよ、初心者の参加は大歓迎だ」

後藤田支部長の許しを得て、猫丸は「うわあい」とまた、ひとしきり大喜びして見せた。

「それから、支部長、領収書をもらってきたんで精算を――」

と、雅春が云いかけたのを、横から猫丸がしゃしゃり出てきて妨害した。

「あの、支部長さん、初心者がつまらない質問するみたいで気がひけるんですけど、ひとつ教えていただけませんか」

「うん、何です」

後藤田支部長は、領収書が目に入らないかのように、猫丸の方を向く。

「どうしてこんなふうに、テントの中でスイカ割りをするんですか。普通、外の砂浜でやると思うんですけど、もしかして、これが本式のルールなんでしょうか」

「まさか、そんなルールはありゃせんよ。スイカ割りは青空の下でのびのびとやるもんだ。これは誰かにイタズラされたんですよ。新井君が目を離した隙にやられたんだ」

ちょっと待ってくれ、俺一人の責任かよ、二人で買い出しに行こうと云ったのはおっさんじゃないか――雅春が不平を云おうとする前に、またもや猫丸が、

「へえ、イタズラですか、随分ひどいことをする人がいたもんですね。そのイタズラをした人はどんな人なんです」

「犯人が判ってるんなら苦労はせんよ」

「はあ、そうですか、まだ見つかっていないんですか――えーと、足跡はどうかな、犯人がこのテントの中に入ってきてスイカを破壊して行ったんなら、足跡が残ってるかもしれませんよ」

「ああ、それは今、柳下君とも話していたところなんだ」

と、後藤田支部長は、自分の足元を指さして、

「しかし、見てくれ、これじゃ足跡は残らんだろう」

つられた雅春は、自分も足元を見てみた。地面の半分はコンクリートだが、そちらにはスイカが潰れて散らばっているし、手前の砂地は、すでに支部長達が踏み荒らした後だ。これでは犯人の痕跡など、探しようがない。

猫丸は、長い前髪をさらりとかき上げ、ちょっとつまらなそうに、

「ふうん、乾いた砂の上って意外と足跡は残らないものなんですね。なるほど、これじゃ足跡は無理か。せっかく足跡辿って犯人のところまで行けると思ったのに——ちぇっ、残念」

コントみたいな展開を期待していたらしい。能天気な奴だ。

それはともかく、男四人で蒸れたテントの中にいると、いくら広くてもやっぱりむさ苦しい。雅春は外へ出ようとしたが、後藤田支部長に呼び止められてしまった。

「それでね、新井君。柳下君と話してたんだが、さっきの話の続きだ。壊されたスイカが七個という半端な数だったのはどうしてか——君はそれを気にしてただろう」

「ええ」

雅春はうなずく。

「その答えが判ったかもしれないんだ」

「へえ、本当っすか。どんな答えです?」

少し興味をひかれて雅春が尋ねると、後藤田支部長は、ぺったりと頭に張りついた薄い髪をぺろりと手で撫で上げ、

「犯人がイタズラをしたのは、新井君が飲み物を買いに行っている間だった——それは間違いないだろう」

「ええ、正確には、俺と支部長が、ですけど」

雅春の訂正はあっさりと無視された。

「犯人はイタズラの途中で逃げたのではないか——さっき私はそう云ったな」

「はい、でも、俺達が買い出しから戻って来たのに気づいて途中で逃げた、ってのはダメですからね。テントの入り口にはこうして布の目隠しがありますから、中にいる犯人には俺達が帰ってくる姿を見ることはできないんですから」

「それは判っとるよ、さっきも聞いた。だから、その逆を考えたんだ。犯人は途中でやめたわけではない——つまり犯人は、もう目的を達していたんじゃないか、ということだ」

「目的を達した？」

「そうだ、一個ずつスイカを壊して、七個壊したところで目的を遂げた——だから残りの八個は壊す必要がなかったんだな。私達が戻って来た時には、犯人はとっくに逃げた後だったんだよ」

「何ですか、それ。よく判りませんよ、スイカを七個だけ壊す目的って何なんっすか」

雅春が疑義を呈すると、突然、横から柳下が、

「隠し物」

　ぼそりと云った。不健康そうにげっそりと痩せた柳下は、幽鬼のごとく、上体がゆっくりゆっくり揺れている。気色悪い奴だ。

「何だって？」

　気味の悪い男に雅春が聞き返すと、

「スイカ、中に、何か」

　ぼそぼそとした答えが返ってきた。

「つまりこういうことなんだよ」

　と、後藤田支部長が補足する。

「ここに並んでいたスイカの中に、何か隠してあったんだ。犯人はそいつを探していた。そして、このテントに誰もいない時を見計らって、こっそり忍び込んだんだな。後は判るだろう、一個ずつスイカを壊して中身を確認して、七個目でとうとう目的の物を発見できた、ということだよ。目的のブツを手に入れた犯人は長居は無用と、雲を霞《かすみ》と遁走した——というわけだ」

「なるほど、確かにそれなら数が半端だったことには説明がつきますね」

　雅春は、とりあえずうなずいたのだが、

「でも、何が隠してあったんですか、スイカの中なんかに」

「そんなことまで私は知らんよ」

　後藤田支部長は、物凄く無責任なことを云い出す。

「知らんって、そんないい加減な。そこが一番大切なとこじゃないっすか」

「文句を云われても知らんものは知らんよ。私が考えたのはここまでだ」

「それこそ中途半端ですよ、尻切れトンボもいいとこです」

「私は最初から、ただのイタズラだと云っておるだろう。それなのに新井君が変なところにこだわってるから、私も一所懸命に考えてやったんじゃないか。文句を云われる筋合いなんかないぞ」

後藤田支部長がビール腹を突き出してむくれると、また柳下が陰鬱な声で、

「くすり」

「え――?」

薬を呑む時間なのかと、雅春は思った。この不健康体を改善するには、さぞや多種多様の薬品が必要だろう。しかし柳下は、上半身をゆっくりゆっくり揺らしながら、

「スイカ、の中、薬、隠す」

「スイカの中に薬が隠してあったと云うのかね、そりゃ何の薬だ?」

後藤田支部長は、器用にも翻訳して尋ねる。柳下はぼそりと答えて、

「違法ドラッグ、とか」

「ドラッグ――というと危険な麻薬か、それは本当かね、柳下君」

「知り、ません、でも、犯人、逃げ、ました、多分、犯罪絡み、取り引き、かも」

バカバカしい、それじゃアクションスパイ映画の筋書きだよ――雅春は、返す言葉を失った。

どこの世界に、スイカの中に薬を隠して取り引きなんぞする犯罪組織があるものか。ひょっとしたらこいつ、自分が危ない薬を欲しいという願望を口走っただけなのかもしれない。

半ば本気にしそうになった後藤田支部長も、バツが悪いのか咳払いして、

「とにかくだ、もう細かいことはどうでもいいだろう。意味のないことをぐずぐずほじくっても仕方がない」

「でも支部長、気になりませんか。数が半端だったことも、もうどうでもいいんですか」

雅春は云う。自分がとても気になっていたからだった。

なぜ犯人は、スイカを半分だけ壊したのか？　しかも、並んでいるスイカの、まん中辺りの物ばかり——左右両脇の四個ずつは無事で、まん中の七個だけが割られている。どうしても、この不自然さが納得できない。

十五個並べてあったスイカのうち、まん中の七個だけを割った理由——その犯人の意図が、まるで判らないのだ。

「まだそんなことを云ってるのか、新井君もしつこいねえ」

と、後藤田支部長は眉をしかめて、

「君は細かいことにこだわりすぎだよ。これはただのイタズラだと、何度も云ってるだろう。イタズラに深い意味なんかないんだから、それでもういいじゃないか」

「でもね、支部長、単なるイタズラにしては、やっぱり変っすよ。どうして犯人はこんな中途半端なことをしたのか、俺は凄く気になりますけどね」

雅春が少し意地になって主張すると、意外なことに、柳下までぼそぼそと、

「ええ、不思議、です、私も、気に、なります」

「ああもう、面倒くさいな、君達は——イタズラで気に入らないなら、泥棒だ、泥棒。スイカは泥棒が割っていったんだ」

後藤田支部長は、こちらも幾分ヤケ気味に、イライラと云う。

「泥棒、ですか」

「そうだ、泥棒だ。泥棒が何か盗もうとしてこのテントの中に入ってきて、だが金目の物がなんにもないから、腹いせにスイカを壊して行った——な、どうだ、これでいいだろう。七個壊したところで気が済んで、それで残りの八個には手を出さなかったんだ。ほら、ちゃんと説明がつくじゃないか」

「けど、支部長、それでもやっぱり変ですよ」

と、雅春も、依怙地《いこじ》になって云い返し、

「それだったら、端のスイカから壊しそうなものじゃないっすか。どうしてまん中のだけ割るんです？　それに、ここにはあのクーラーボックスがありました。泥棒だったら、念のためにあれを開けているはずでしょう、中に財布とか隠してあるかもしれないんだし。でも、俺達が戻ってきた時、あの蓋は閉ったままでしたよ、泥棒が物色した跡なんかなかった。だから泥棒ってことはありません」

「だあっ、もう、面倒だっ」

せっかちな後藤田支部長が、とうとう爆発した。

「くだらんことをいつまでごちゃごちゃ云ってるんだっ、君達は。泥棒だろうがイタズラだろうが、どっちだって構やせん。私は犯人が判りゃそれでいいんだよっ。犯人をとっ捕まえてお仕置きして、弁償させればそれで済む話だろうがっ。それを君達は、重箱の隅を突っつき回して、些細なことをぐずぐずと――」

「だから俺も、犯人見つけるために、気になることを考えてるんじゃないっすか」

「やかましい。ヘタの考え休むに似たりだ。そんな屁理屈《へりくつ》を捏《こ》ねていてもラチが明かん。単刀直入に聞くぞ、おい、柳下君、君がやったのか」

後藤田支部長は、物凄くストレートに疑惑をぶつける。どうやらまだ、柳下に対する疑いを捨てていなかったらしい。この二人、何か確執でもあるのだろうか。

「どうして、私が」

柳下は、顔の左半分を隠した鬱陶しい長髪をぞろりと揺らして、

「私は、やりません、スイカ割り、楽しみに、してた」

「だが君、やけに早く来たじゃないか、そこからして怪しい」

「それは、スイカ割り、楽しみで――支部長、誤解、です、私じゃ、ない。スイカ割りを、愛する、私には、こんなこと、できま、せん」

ぼそぼそと、感情と生気がまったく感じられない小声ではあるが、柳下は云い募る。

「だったら、新井君、君か。君が犯人か」

支部長の鉾先《ほこさき》が、いきなりこっちに向けられた。びっくりするほど唐突だ。

「な、何云ってるんですか。俺がやるわけないでしょう」

あまりの脈絡のなさに、雅春は仰天しながら、

「だいたい俺にはアリバイがありますよ、そうでしょう、支部長と一緒に飲み物を買いに行ってたじゃないっすか」

「いや、判らんぞ、何か仕掛けをしたのかもしれんしな」

「何ですか、仕掛けって」

「飲み物を買いに行く前、君は一人でここにいた。その時に何か細工をしたんだ。時間が経てばスイカが割れるような仕掛けを」

「どんな器用な仕掛けですか、それは」

「そんなことは知らんよ。だが、ほら、あれだ、クーラーボックスには氷が入っていた。推理小説でよくあるだろう、氷を使った仕掛けが。そういうのを利用したんだな、きっと」

「バカ云わんでください、少年物推理漫画じゃあるまいし」

「バカとは何だ、バカとは」

「バカはバカでしょう、いい年して、たかがスイカ割りのことでムキになって」

「たかが、だとっ」

後藤田支部長が、丸い顔に血を上らせてまっ赤になると、柳下までうっそりと、にじり寄ってきて、

「スイカ割りを、たかが、とは、どういう、意味、ですか」

目が据わっている。悪い霊でも使役しそうで、ちょっと恐い。

「や、やかましい。そんなひょろひょろした腕で、何がスイカ割りだ」

それでも雅春は精一杯、虚勢を張る。こいつ、ルリ子さん目当ての横恋慕野郎のくせして、生意気な。

「〝全日本スイカ割り愛好会・東京西地区〟支部長として聞き捨てならんぞ。たかが、とはどういうことかね、えっ、新井君」

「うるさいよ、たかがをたかがと云って何が悪い」

「取り消したまえ、撤回したまえ、謝罪したまえ」

「スイカ割り、軽視、するのは、許しま、せん」

「陳謝したまえ、謝りたまえ」

「ええい、鬱陶しい」

三人で争っていると、そこへ、至ってのどかな調子で、

「まあまあまあ、大の大人が三人揃って何やってるんですか。小学生じゃないんだから、言葉尻捕えていがみ合ってるんじゃありませんよ。みっともないったらありゃしません、よしてくださいな」

猫丸が割って入ってきた。

何だ、こいつ、まだいたのか――。

さっきから黙っていたけれど、一人で何をしていたのだろう。

「まったくもう、イタズラだの泥棒だの提灯《ちょうちん》だのって、見当違いなことばっかり云って騒いでるんだから、困った人達ですねえ」

猫丸はそう云って、仔猫みたいなまん丸の目で、雅春達三人を見回してきた。そして、にんまりと、人懐っこい笑みを浮かべ、

「あのね、ちょいと思いついたことがあるんですよ。みなさんがモメる原因になってることに、僕はひとつ、愉快な解釈ができることに気がついたんです。まあ、そいつが当ってるかどうか保証の限りではありませんけど、聞いてみて損はないと思いますよ。僕の解釈が的を射ていたら、イタズラでも泥棒でも、ましてや新井君や柳下君が犯人でもなくて——ある意味、誰も悪くないってことになるんですが——なかなか面白いお話ができると思うんです。どうです、聞きたいですか」

仔猫じみたまん丸い目で見つめられて、雅春は何となくうなずいてしまった。ある意味誰も悪くない、というのがどういうことか、それが気にかかったからだった。後藤田支部長も丸い頭を捻って、

「私のスイカを七個も割っておいて、誰も悪くないとは、何だね、それは。いや、とりあえず、その君の解釈とやらを聞かせてもらおうじゃないか」

促されて、猫丸はまた、にっこりと笑った。

雅春も、もう一度うなずく。いいだろう、一時休戦だ、面白いお話というのがどんなものか、

聞いてやろうではないか。

柳下だけは相変わらずの無表情で、貧血でも起こしたかのように、上体をゆっくりとふらつかせている。それでも黙って、猫丸の方へ青白い顔を向けているので、話を聞く気になっているらしい。

そんな三人の反応を見て、猫丸は満足げに、ひとつうなずき、

「さて、このスイカ大量損壊事件に対して、僕はひとつの解答を得ました」

幾分堅い口調になって、喋りだす。少しカン高いが、よく通る声だった。

「その際、ある物の存在がヒントになってくれたのですが、そのある物とは――あの棒です。スイカ割りに使うんですよね、あそこに何本も突っ立っています」

入り口の脇に、棒が七本、砂地に突き刺さって立っている。

「あの棒は、あんな具合に何本も、随分目立つところに置いてありますよね。他に大した物は置いていないこのだだっ広いテントの中では、イヤでも目に入ってくる物です。でも、ちょいと気をつけて見ると、おかしなことに気づくはずですよ。あの棒には、スイカを壊すのに使われた形跡が、まったく残ってないんです。汁の一滴も、種の一粒も、全然、まるっきり付着していない。とは云うものの、これだけ乱暴にスイカを破壊した犯人が、わざわざ棒だけきれいに拭ってから逃走したとは、到底思えません――そんなことをする理由なんかありませんものね。汚れた棒を放っておいても、犯人に不都合が生じるとは思えないし、まさか、スイカ壊された程度の被害で警察沙汰になって、指紋を採取されるとも思わないだろうし――棒がきれいなま

まなのは、犯人が拭いていったわけではなさそうなんです。そう、つまり早い話が、棒は使われていないんですよ」

それくらいのことは、雅春だって最初に気づいていた。誰かがスイカ割りの練習をしたのではないかと思い、棒が何本あるかまで確かめたのだ。結果的には、練習などではないと結論を下したのだけど——それが一体どうしたというのだろうか。

雅春の内心の疑問には無関係に、猫丸は続けて、

「僕にはそれが不思議に思えたんです。スイカを壊すのにあんなにうってつけの道具があるのに、犯人はあれを使っていない。これはどうしたことでしょうね。スイカを壊すつもりなら、一個ずつあの壇から降ろすより、棒持って暴れた方がずっと早くて効率的なのに——それでも犯人は棒を使っていないんです。なぜでしょうか」

なぜと聞かれても、返答に困る。

「その疑問が、ヒントになってくれました。あんなに目につく棒なのに、テントの中へ一歩でも入ってくれれば誰でも目に留めるはずなのに、それでも犯人は棒を使っていない——どうしてなんでしょう。その解答はひとつしかありません。それはすなわち、犯人が棒を見つけられなかったからに違いない——そう僕は考えました」

「おいおい、ちょっと待ってくれたまえ、それは変だろう。たった今、君は、棒は目立つから誰でも目に留める、と云ったばかりだろうが」

後藤田支部長が、不満そうに口を挟んだ。雅春も同感である。ほんの一秒前に云ったことと

矛盾している。こいつの記憶力はゼロなのか――。

しかし、猫丸は涼しい顔で、

「ええ、云いましたよ。でも、僕はこう云ったはずです――テントの中へ一歩でも入ってくれば誰でも目に留めるはず――ってね。ほら、ちっとも変じゃないでしょ。一歩入れば目に留まるはずだけど、犯人は見つけられなかった――これはつまり、犯人はテントの中に入っていない、という事実を意味するんですよ」

「はあ――?」

雅春は、思わず間の抜けた声をあげてしまう。何を云っているんだこいつは、テントの中に入らなくて、どうやってスイカを壊したんだよ――。このおかしな猫男、頭の中身が残念なことになっているんじゃなかろうか。

雅春が感じた疑念を、後藤田支部長も感じたらしい。露骨に、気の毒な子供を見る目になっている。柳下は相も変わらぬ無表情だが、内心で呆れたらしいのは、陰気な視線が猫丸から外れたことで、何となく判った。

そんな冷淡な聴衆の反応にお構いなしに、猫丸は、のほほんとした態度で短パン――というか半ズボンというか――のポケットから煙草を取り出し、ゆったりと一本くわえて火をつける。そして、

「ところで、スイカの特徴といったら、何を思い浮かべますか」

全然繋がりのない問いを発してきた。こんな無意味な質問、答えるだけ時間の無駄ではない

のか——雅春はそう思ったが、猫丸は重ねて、

「どうです、みなさん。スイカの特徴、まず何を連想しますか」

「甘い、食べ物」

柳下がぼそりと、律義にも返事をした。雅春も渋々付き合って、

「果物、だな。いや、正確には野菜に分類されるのかもしれないけど、とにかく農作物だろう」

「いや、何といってもスイカ割りの標的だ。棒でぐしゃっと叩き割る、あの感触がたまらんのだよ」

と、後藤田支部長は〝全日本スイカ割り愛好会・東京西地区支部長〟らしいことを云う。

「なるほど、そんなとこですか——では、外見の特徴はどうです？　スイカの見た目の特徴といったら、何を思いつきますか」

猫丸の意味不明の質問に、うんざりしながらも雅春は、スイカの祭壇の両脇に残ったスイカに目をやって、

「縞模様だろうね、緑と黒の縞々。スイカの一番の特徴はそれだからな」

「じゃ、スイカが見えなかったら？」

「え——？」

猫丸の問いかけは、どんどん意味を喪失してくる。禅問答だよ、これじゃ——雅春は答える気力を失ってしまったが、後藤田支部長は、

「スイカが見えないということは、目隠しするという意味か？　目隠ししてスイカを割るなら、

そりゃやっぱりスイカ割りだろう」

「少しはそこから離れてくださいよ。支部長さんってば、スイカ割りのことしか頭にないんですねえ」

と、猫丸は楽しそうに笑って、

「あのね、せっかくだから、みなさんにいいこと教えてあげますよ。スイカってのはね、丸いんですよ」

丸いって、当り前だろそんなこと——。

「いいですか、忘れないでくださいよ、スイカは丸いんですからね」

と、当然のことを念押しして猫丸は、ゆったりと煙草の煙を吐く。そして、少し口調を改めると、

「さて、さっき僕は、犯人はこのテントの中に入っていないんじゃないか——そう云いました。それでは、どうやって犯人は七個ものスイカを壊したのか、そいつをちょいと考えてみましょうや。中で割ったんじゃないんですから——簡単なことですよね、外から割ったと考える他はないでしょう」

「外からって、そんなことどうやって——あっ」

雅春は、はたと手を打った。外からスイカを割る方法に気がついたのだ。

首を巡らせて、スイカの祭壇を見る。

コンクリートでできたスイカの祭壇——それは、テントの奥の壁際に立っている。壇の上に

並んだスイカも、もちろんテントの壁沿いにずらりと鎮座している。

そうだ、そういう手があったか——気づいてみれば、本当に簡単な方法だ。これほど単純なことに、どうして今まで気が回らなかったんだろう。

風や地震でスイカが落ちた、などと的外れな意見を交換した時にも、よく熟れたスイカならば、あの高さからコンクリートの床に落ちたら、バラバラに壊れることもあるだろう、と考えたはずだったのに——。

茫然とする雅春に、猫丸は仔猫みたいな丸い目で、にんまりと笑いかけてきて、

「ね、簡単でしょ。ほら、スイカはああやって、テントの後ろの壁のすぐ近くに並んでいます。壁といっても、テントは布ですからね、外から押せば、テントは布ごとこっち側にへこむわけですよ。中に入らなくても外側から、テントの中にあるスイカに触《さわ》れるって寸法です。あっちの裏側から、テントの布ごとスイカを押せば、スイカは壇から転がり落ちて、コンクリートの床に叩きつけられ、哀れぐしゃりと潰れてしまう——ってな按配です。どうですか、こんな簡単な話はないでしょう」

「ああ、そうか——スイカ割りと同じだったんだな」

と、後藤田支部長が、派手なアロハのビール腹を、ぽんと叩き、

「見えなくても、スイカが割れる感触は楽しいものだ、それがスイカ割りの醍醐味《だいごみ》だからな。犯人は、スイカが落ちて割れる気配と音を楽しんだわけか。そうだろう、猫丸君。見えてなくても、スイカの割れる感触ほど愉快なものはない——そう云いたいんだろう、猫丸君は。だか

ら犯人は、面白がってスイカを壊したんだ。うん、そうだ、そうに違いない」

「いいえ、僕はそうは思いません」

猫丸は、至極あっさりと、後藤田支部長の考えを否定した。

「なぜだ、これは歴然としたイタズラだろう。君は違うと云うのかね」

「ええ、違いますね。イタズラじゃないと思いますよ」

「だからなぜなんだ。スイカの壊れる気配と音を面白がってやったんだから、それはイタズラと云うしかないだろう。君が違うと云い張る根拠はどこにあるんだ?」

「だって、数が中途半端だったからですよ。それが根拠です。列のまん中辺りの七個だけが割れていて、両サイドのスイカが残っていますから――そう、最初から新井君がずっと気にしていたように、割られ方が中途半端だった――それが、イタズラだと思わない僕の根拠なんです」

と、猫丸はまたもや、繋がっていないことを云いだした。後藤田支部長は反論する言葉を失い、黙ってしまう。

相手のそんな沈黙を気にもせず、猫丸は短くなった煙草を、名残惜しげに吸う。そして、短パン――というか半ズボンというか――のポケットから懐中時計の親玉みたいな物を出して、その蓋を開いた。携帯式の灰皿らしい。ほとんど吸う部分のなくなった煙草を、携帯灰皿で揉み消すと、猫丸は口を開き、

「さあ、ここでちょいと整理整頓してみましょうか――。僕は、スイカ割りの棒が使われていないことから、犯人がテントの中に入って来なかったんじゃないかと思いました。そして、テ

ントの中へ入らずに、外からスイカを壊す方法も提示しました。犯人は、テントの裏からスイカを押して落としたのではないか、ってね。もし、その方法が正しいとするのなら――」

「あの、少し、待って、くだ、さい」

いきなり、柳下が猫丸の言葉を遮った。のっそりと、生気のない足取りで一歩前に進み出た柳下は、

「話の、腰を折り、申し訳、ない、です、が。今の、話、少し、おかしい、です」

「えーと、どこかおかしかったですか。僕、何か間違えましたかね。ご意見があれば、いくらでも聞きますよ」

猫丸は、途中で話を止められたことなど気にしない様子で――柳下の不気味な喋り方もまるで気にならないらしく――普通の口調で促す。

「はい、では、私の、考え、少し」

と、柳下は云う。顔面の左半分を覆った気持ち悪い長髪を、鬱陶しそうにかき上げる仕草は見慣れたものだったが、この後柳下は、彼にしては驚異的な長台詞《ながぜりふ》を喋った。

「猫丸さん、この現場をよく見ていただければ判ると思うのですけど、このスイカの壊れ方は外から押されて落ちたという感じではなく、あのコンクリートの台とスイカの落下位置の関係を考えると少し離れすぎていると思えますし、先ほど支部長や新井君と話し合った時にも地震か何かで落ちたのではないかという仮説が出たのですけれど、自然落下でスイカが転がり落ちたにしてはやはり落下点が台と離れすぎているのではないかという私どもなりの結論を得たわ

けでして、そうしますとテントの外側から押されて落ちたと考えるには落下地点の問題からどうしても不自然な感は否めず、私としては猫丸さんの唱える説には首肯し難いと思わざるを得ないのですが、猫丸さんにおかれましてはその点については如何《いかが》ご解釈されているのかご教示頂ければ幸いと存ずる次第ですが如何でしょうかどうでしょうか」

とにかく、物凄く喋った。

何かが、柳下のどこかのスイッチを押したらしい。そのきっかけが何で、何のスイッチを押されてしまったのかは、さっぱり判らないけど。

雅春と後藤田支部長は、呆気に取られて、柳下の様子を窺う。こいつ、長広舌の反動で本当に貧血でも起こしてぶっ倒れるんじゃないか——。

しかし当人は相変わらず、ただ青白い不健康そうな顔で、ふらりと立っているだけだった。

猫丸も呑気な顔で、新しい煙草をくわえて、至って簡潔に、

「ああ、そりゃ突いたんでしょ」

「突い、た?」

柳下の喋り方は、元に戻っている。

「ええ、突いたんですよ、きっと。僕は便宜上、押して落としたと云いましたけど、正確には、テントの外から思いっきり力を入れて突いたんじゃないか、と思うんです。駅のホームで、入線して来る電車の前に人を突き落として殺すみたいな要領で——って、ちょっと喩《たと》えが変でしたかね。とにかく、テントの外からスイカを力いっぱい突きとばしたら、どうなると思います

か」

「少し、離れて、落ちて、コンク、リート、の床に墜落、割れる——ああ、本当、です、ね」

柳下は、陰気に口元を歪《ゆが》める。どうやら納得できて微笑したらしい。猫丸の喩え話が気に入ったのかもしれない。こいつが表情を動かすのを、初めて見た。

それはともかく、雅春も納得していた。

確かに猫丸の云うように、力を込めて突き押せば、スイカの飛距離は稼げる。力の入れ加減とその角度にバラつきがあれば、七個のスイカそれぞれの落下地点も変わるだろう。落下点が違えば、スイカはあちこちでバラバラに壊れ、今のこの惨状が完成する——それは判った。だが、何のためにそんなことをしたのだろうか。そんなことをする必要が、あるとは到底思えない。やはり支部長の云う通り、面白がってやったとしか考えられない。

雅春が、その疑問を問い質《ただ》すと、猫丸は煙草の煙をゆっくりと吐いて、

「ええ、その辺のことを解明するために、整理整頓してみようと思ったんですよ。だからそいつを続けてみましょうや。えーと、どこまで話しましたっけね——とにかく、例の棒から推論を立てて、犯人はテントの中へは入って来なかったんじゃないかと、僕は思ったんです。そして、今云ったように、外からスイカを思いっきり突いて、落として割った——と、ここまでが間違っていないとしたのなら——さて、今度はちょいと犯人の立場に立って考えを進めてみますよ。犯人は、テントの裏からスイカを押したわけなんですね。とすると、犯人はスイカを直接には見ていない道理になると思いませんか。犯人は、スイカをテント越しの感触でしか触れ

ていないんですからね。そんな犯人に、スイカを見ることができなかった犯人に、テントの中にある物が、スイカであったと確信できたかどうか——僕はそこが、はなはだ疑問だと思うんですよ。だって、このテントの周りにはどこにも、ここがスイカ割り大会の会場だと示す表示が出ていないんですから」

ああ、云われてみれば、そうかもしれないな——と、雅春は得心した。テントには『北町商店街』としか書いていないし、あの監視員にも、何のイベントがあるのか不審がられたのだ。もしスイカ割り大会の表示があったら、恥ずかしくて、一人で場所取りなんかできやしない——実際に雅春は、そう思った覚えがある。確かに、どこにも表示はない。きっと部外者には、何のテントか判らないだろう。

「で、さっき、スイカの特徴について話をしましたよね」

猫丸は、くわえ煙草のままで云う。

「その時僕は、スイカは丸いという極めて当り前のことを強調しました。どうですか、みなさん、スイカは丸いんですよ。テントの外側から触った犯人には、ただ、そこにある丸い物の一部——それしか感知できなかったはずなんです。いくらテントが布だからって、そうそう弾力があるわけじゃありません。とてもじゃないけど、テント越しにスイカ丸ごとを触れるわけはないんですね。だから犯人が触ったのは、スイカのごく一部——つまり、丸い物の表面の一部分しか認識できなかったはずなんですよ」

煙草の煙を吐きながら、少し早口に、猫丸は続ける。

「犯人は、一体どう感じたことでしょうかね。スイカを直接見ていない犯人がどう思ったのか、とても興味深いポイントだと僕は思います。このテントは四方に壁があって、入り口もあんな具合に、カーテンみたいな布で隠されています。だから当然、中のスイカは見えないんです。そして、この周囲にはどこにも、スイカ割り大会という表示は出ていない。おまけに外の砂浜には、競技用フィールドが描かれています。あのフィールドを見て、よもやスイカ割り大会だと思う人はいないんじゃないでしょうか。支部長さんには失礼ながら、あんまり大々的に催されるイメージはありませんもんね、スイカ割り大会は——。だとすると、何か別の競技だと誤解する可能性は大きいんです。そんな状況下で、テントの布越しに触ってみれば、丸くてつるつるした物が並んでいる——まるで、ボウリング場のボール置場みたいに、ずらりと丸い物が——。そして犯人は、その丸い物の表面のごく一部しか触れなかったんです。どうですか、これだけ条件が揃ったこの状況なら、犯人がスイカをボールだと思い込んでしまっても、少しも不自然ではないと思いませんか」

ボール？

犯人は、ボールとスイカを間違えた、と云うのか。まさか、そんなバカなこと——雅春は、ただただ驚愕して、猫丸の仔猫じみたまん丸の目を見返していた。

妙なことを考える奴もいるものだ。この猫男、よほど素っ頓狂な頭脳をしているに違いない。

だが、確かに、状況だけを取り出して冷静に見れば、素っ頓狂な猫男の云うように、そんなカン違いが起きてもおかしくはない。それは事実だ。

それを認めざるを得ないと悟って、雅春は自分の頭の中にまで、猫丸の珍妙な発想が侵食してきているように感じた。脳ミソが猫に侵される感覚——変な感じである。

雅春は、その奇妙な感覚に戸惑いながらも、

「でも、猫丸さん、理屈はまあ、それで通ってるのは判んないでもないけどさ、それが何の関係があるのさ。スイカを突いて落としたことと何か関連があるんすか？　スイカなんか落としたって意味はないのに」

さっき思った疑問を、再び蒸し返してみると、猫丸は煙草の煙を静かに吐いて、

「もちろん関連大ありだよ、今はその話をしてるんだから。いいですか、犯人の主観では、突きとばして落としたのは、あくまでもスイカじゃなくてボールなのではないか——その可能性を検討していることを忘れちゃいけませんよ。テントの外からボールを突いた——その後のことを想像してみてくださいな。あの壇の上に乗っているボールを、思いっきりこっち側、正面に押し出せば、ボールはどうなると思います？」

火のついた煙草の先端で、祭壇と地面を示して云う。雅春は、その様子を想像してみた。ボールは落ちて転がる。テントの中を横切って、その先にあるのは——入り口だ。テントの入り口は、祭壇の正面にある。そこを塞いでいる布は、カーテン状になっていて、ぺらりとめくれるようになっている。勢いがついたボールの妨げにはならないだろう。ボールはそのまま、入り口のカーテンを、ぺろっとくぐって、テントの外へ出て行く——。

雅春達三人の視線が、入り口の外へ出て行ったのを確認したようで、猫丸は何だか嬉しそう

に、

「ね、どうですか。あのスイカの両側が残っていたのは、そういうわけだったんですよ。入り口に向けてボールを転がしても、角度の問題で、うまく出て行かないかもしれない。角度が悪いから、犯人も諦めたのかもしれませんね。だからああして、両脇の四つばかりは残っていたんでしょう」

そうか、入り口はテントの中央にある。正面にあるボールならば、まっすぐに転がって入り口に直行するはずだ。だが、脇のボールは斜めの角度になって、入り口から転がり出させるのは難しい。ボールをテントから出そうとするのなら、まず、祭壇に並ぶボールの、まん中辺りの物から試みるのが自然なのだ。

それでまん中のスイカだけが中途半端に落とされていたわけか——雅春は、ずっと気にかかっていたことに説明がついて、胸のつかえがすっきりと降りた気分を味わうことができた。

「多分、犯人は、入り口からボールがうまいこと転がり出てこないのは、単に失敗したと思い込んでしまったんじゃないでしょうかね。押す角度が悪くて、入り口まで到達しなかった——そう思ってしまったんでしょう。だから何度もチャレンジして——まあ、本当はボールじゃなくてスイカなんだから、何遍やっても成功するはずないんですけど——それで七個もスイカを落としたんじゃないかと、僕はそう思うんですよ」

そう云って猫丸は、吸いつくした煙草を、携帯灰皿に押し込んで消した。

後藤田支部長が、薄い頭にぺったりとくっついた髪をぺろりと撫で上げて、

「うん、そこまでは判った、悪くない解釈だと思いますよ。だがスイカ——じゃなくてこの場合ボールか——ボールを入り口から出して、犯人はどうするつもりだったのかね。猫丸君、それも君は考えついているのか」

「そりゃもちろん、遊ぶんでしょ」

と、猫丸は、さも当然と云いたげに、

「夏の海水浴場でボールを欲しがったんですよ。遊ぶに決まってるじゃないですか、例えば、ビーチバレーか何かして」

あ、あの子達だ——雅春は仰天して、口をあんぐり開けてしまう。

あの三人組の、まっ黒に日焼けした地元の子。あの子達はビーチバレーをしたがっていた。ここで行われるのがビーチバレー大会だと、あの子達はカン違いしていたではないか、猫丸の云った通りに——。

雅春は、そのことを猫丸に告げた。鼻で笑われそうだったから本当のことを云えず、誤解を解かないような中途半端な受け答えをしたことも——。

「ははあ、なるほど、その〝陣地〟って発想は、いかにも子供ならではですねえ」

と、猫丸は楽しそうにうなずいて、

「でも、そんな判りやすい容疑者候補がいることを黙ってるなんて、新井君も存外、気が利かない人なんですね。そういう子供達がいたのを知ってれば、僕の話ももう少し簡潔にできたはずなのに」

呆れたように文句を云われてしまった。今さらそんなことを云われても困る。こっちはあんたみたいな素っ頓狂な頭脳を持ってるわけじゃないんだぞ——雅春は反論したかったが、考えてみれば猫丸の云う通りだった。あからさまな容疑者候補と出会っていながら、何ひとつ思いつかなかったのは、明らかに雅春の気が利いていない証拠だ。

何も云い返せなくなった雅春に、猫丸はにんまりと、人の悪そうな笑みを見せて、

「恐らく、その子達はこう考えたんでしょうね——このテントはビーチバレーのお兄さんの“陣地”だから、中へ入ってはいけない、けど、そこから転がり出てきたボールだったら、ちょっとくらい借りてもいいだろう——ってね。きっとそう思ったんですよ。ビーチバレー大会に参加したかった彼らは、新井君に断られて一度は諦めたものの、それでも後になってやっぱり諦めきれず、未練たっぷりにこのテントの周りをうろついていて、そこでテントの中にあるボールを発見したんでしょう。地元の子達なら、ここにこういう防波堤の残骸があるのは、よく知ってるでしょうし、テントの外から手探りすれば、その上に何か丸い物が載っているのも判ります。三人いれば肩車でもして、あの壇の上にも手が届くでしょうしね。まあ、ボールがテントの中で転がっても、それほど迷惑をかけるわけでもないだろうし、お兄さんは買い物にでも行ったらしく誰も中にはいない様子だし——そう考えて、ボールを外へ出そうとしたんでしょう。でも、いくつか突き落としてもボールは転がり出て来ないし、何度かチャレンジしているうちに、ひょっとしたらさっき支部長さんが云ってたみたいに、スイカの潰れる音が聞こえたのかもしれませんね。それまで波の音や人の歓声にかき消されていた音が、七個目でやっ

と聞こえて、ボールじゃないことに気がついたんじゃないでしょうか。だからまあ、そこでようやく、ヤバいことしちまった、ってんで一目散に逃げちゃった。と、そういう経緯だったんじゃないかって、僕は思うんですよ」

そう云って猫丸は、眉の下までふっさりと垂れた長い前髪を、ひょいと細い指で撥ね上げる。そして、仔猫みたいな愛嬌のあるまん丸い瞳で、雅春達を見回して、

「とまあ、僕が思いついた解釈ってのは、こんな感じなんですけどね――どうですか」

どうですか、と云われてもなあ――と、雅春達三人は、顔を見合わせる。何だか、毒気を抜かれてしまった心持ちだ。

もし、猫丸の解釈が正しいのならば、子供達に悪気があったわけでもなさそうで、確かに、ある意味誰も悪くない、と云えるのかもしれない。

 悪気のない子供相手に怒る気にもなれないし、弁償を迫るのも大人げない。これはどうしたものだろうか――雅春は、途方に暮れた気分になっていた。

後藤田支部長と柳下も、どうやら同じような心境らしく、どちらもすっかり脱力した顔つきをしている。もう云い争う気も殺《そ》がれてしまい、怒りの持って行き場を失って、困惑しているようだった。

「ほらほら、みなさん、外へ出てきてくださいよ」

いつの間に出て行ったのか、テントの外から猫丸の上機嫌な声が聞こえてきた。

「いつまでもそんな暑苦しいところに籠もってないで、とりあえずこっちへ来てくださいな。

壊れちゃったスイカのことなんか、もう気にしてても仕方ないでしょう。割れたスイカは盆に返らずって、諺《ことわざ》にも云うくらいだしね」

天真爛漫な声に誘われて、雅春達はぞろぞろと、テントの外に出る。

外は――夏の海だ。

青い空に輝く太陽、波の音、足裏をくすぐる焼けた砂、やんわりとした海風が心地いい。

「ほらね、いい気分でしょ。せっかくこんな気持ちいい夏の砂浜にいるんだから、カリカリしてたらつまんないですよ。愉快にやらなきゃ損ってもんです、みんなで楽しくスイカ割りしましょうや」

まん丸い仔猫みたいな目を、柔和に和ませて、猫丸は云う。そして、小さな体を精一杯伸ばして伸びをする。その仕草もどこか、優雅な猫の姿を思わせた。

ひょっとしたら、こいつ――と、雅春は、その仔猫じみた小柄な男の横顔を見ながら考えていた――こいつ、もしかすると、舌先三寸の方便で俺達を煙に巻いたんじゃなかろうか。イライラして云い争う俺達を諫めて丸め込もうと、〝悪意〟が存在する可能性を排除して、この場を穏便に収めるために――。

そう勘繰《かんぐ》ってはみたものの、雅春はもう、どうでもよくなっていた。実際、この気持ちいい真夏の太陽の下にいると、さっきの話が真実だろうが嘘八百だろうが、どっちでもいい。まあ、猫丸の口車に乗せられてやっても、別に構わないか――そう思って雅春は、夏の潮風を胸いっぱいに吸い込んだ。

ああ、本当に、いい気分だ――。

燦々《さんさん》と照りつける太陽も、目に眩《まぶ》しい。

そこへ、誰かが近づいてきた。

テントの方へやってくるのは――おお、ルリ子さんだ。

雅春の心臓が、びくん、と跳ねる。

美しい――。

ルリ子さんは、レモンイエローのワンピースの裾を海風に翻し、大きな麦藁帽子《むぎわらぼうし》をかぶっている。

ああ、夏のビーナス、海の天使。浜辺の女神の降臨だ。何と可憐で美しいことか。水着じゃないのがちょっと残念だけど――それともこれから着替えるのだろうか――それでも本当に、真剣に、完璧に、ルリ子さんはかわいい。

もう、スイカ損壊事件のことなど、本気でどうでもよくなった。

柳下の様子は、と見てみると、陰気な不健康男はルリ子さんには目もくれず、スイカ割り用の棒っきれを、海に向かって構えている。青白い不気味な顔に薄笑いを浮かべ、うっとりと目を閉じ、棒っきれを木刀みたいに持ってポーズを取っている。全身から妖気を発し、怪しげな暗殺剣の使い手みたいだ。漫画ならば、「ゆらあり」と擬音がつきそうである。どうやらこいつは、本当にただのスイカ割り好きの変人らしい。ルリ子さん目当てではなかったようだ。

猫丸も、海を眺めて心地よさそうに目を細め、のんびりと煙草をくわえている。

ライバルはいない！

よし、俺一人の勝負だ。

勝つ、絶対に勝つ――雅春は、心の中で己に気合いを入れた。

すると、今度は一人の小さな女の子が、後藤田支部長のところへ駆け寄ってきた。四、五歳くらいだろうか、胸に大きなヒマワリのアップリケのついた赤い服を着ている。

「お父さーん」

少女は体全体で、後藤田支部長に飛びつく。

「あのね、お父さん、あのね、ミミちゃんね、お弁当のお手伝い、ちゃんとしたよ。おいしいお弁当、たくさんたくさん作ったよ」

「おお、そうかそうか、偉いねえ、ミミちゃん、よしよし」

後藤田支部長は、相好《そうごう》を崩して少女を抱き上げている。そして、こちらに向き直り、

「新井君は初対面だったな。紹介しておこう、女房と娘だ。こう見えても一応〝全日本スイカ割り愛好会・東京西地区支部〟の会員なんだよ」

「あら、いやだ、お父さんったら。私もミミちゃんも、そんな会に入会した覚えはありませんよ」

ルリ子さんが、支部長の傍らで、ころころと楽しそうに笑った。そして、雅春の方を見ると、

「初めまして、お世話になっています」

輝くような笑顔のままで、頭を下げた。

初めまして、って、あのスナックで何度も顔を合わせているはずなのに――俺の顔を覚えていないのか！　俺の印象度、ゼロなのか。

いや、そんなことより、今おっさんは何と云った？　女房と娘、だと。女房、娘――よもやこの幼女が女房ってことはないはずだし、ってことは、女房というのは――。

顔面から、血の気が引くのが、はっきりと判った。

「お父さん」という呼びかけは、日本の家庭でありがちな、あの子供中心の呼称なのか――。

おいおい、一体いくつ年の差があるんだよ。ほとんど犯罪だぞ、これは。

雅春は、天を仰ぐ。拳を握りしめる。奥歯を食いしばる。

俄然、やる気が湧いてきた。畜生、スイカを割らせろ。俺にスイカを割らせろ。割らせてくれ。

イヤな奴の顔を思い浮かべて、スイカをそいつの頭だと思って、思いっきりひっぱたけ――確か、支部長はそう云ってたはずだ。

今ならできる。スイカを、後藤田支部長のスイカ頭に見立てて、力の限りぶちかましてやれる。

早くスイカを、スイカを俺に割らせろ。

うう、太陽が眩しくて、目にしみるぜ。

［スイカ割り公式ルールは『日本すいか割り協会』のルールを参考にしましたが、『全日本スイカ割り愛好会』は架空の団体です］

魚か肉か食い物

携帯電話が鳴った時、吉川明日香《よしかわあすか》はお昼ごはんを食べ終えたところだった。

メニューは簡素に、サンドイッチと缶ジュースだけ。それも、キャンパスの中庭に面したベンチにたった一人で座って——という、いささか侘《わび》しい状況で、だった。

中庭のまん中に聳《そび》える大きなモミジの樹は、目にも鮮やかな真紅に染まっている。風もなく穏やかな、晴天の午後。木漏《こも》れ陽《び》はあくまでも柔らかく、青い空はひたすらに天高い。時折、モミジのまっ赤な葉が一枚二枚、と音もなく降ってくる。

昼休みも終わろうかという時間帯ではあるけれど、大学構内は静かだった。人影はまばらで、講義棟へ向かう学生の姿も、ちらほらとしか見られない。

この季節は、学生が弛《たる》む時期らしい。前期試験などは夏休み前の遠い記憶となり果て、年度末の後期試験まではまだたっぷり間がある。ましてや、こんな気持ちのいい気候ともなれば、お気楽な学生にサボるなと云う方が無理な話なのかもしれない。

明日香が一人淋しくサンドイッチを齧っていたのも、そのせいだった。いつも一緒に昼食に出かける友人知人が、みんな自主休講を決めこんでいるのだ。

まったくもう、揃いも揃って怠慢なんだから――グチる明日香自身、前期にサボりすぎて出席日数稼ぎに来ているわけで、他人のことをとやかく云えない。それでもやっぱり、一人きりのごはんは味気ない。

おまけに、午後一番の授業がない。次の講義までの暇潰しに、誰でもいいから友達を誘ってお茶にでも行こうかと思っていたのに――。

時間が余った。だから明日香にとって、その電話は渡りに舟だった。しかも、ディスプレイに表示された発信者は米森早苗《よねもりさなえ》。

楽しいことになりそうな予感に、たちまち機嫌を直しながら、明日香は通話ボタンを押した。

『あの――明日香ちゃん、あのね、もし、よかったらでいいんだけど――これから時間、あるかな。私、我慢できなくて――』

いつもながら遠慮がちな、早苗の声だった。予感は当った。

「うん、大丈夫大丈夫、ちょうど暇してたとこだから。早苗は今どこ?」

快活に尋ねる明日香に、早苗は遠慮がちな口調で、

『えっと、学校、来てる――』

「それじゃ校門で会おうよ。私、今日はバイクで来てるからちょうどいいや。で、場所は?」

『ええと、神楽坂――』

「近いね。じゃ、すぐ行く」

『うん――あの、明日香ちゃん、ごめんね、急に。私、どうしても辛抱しきれなくなっちゃっ

て――』

「いいのいいの、気にしないで」

電話を切りながら、もう明日香は歩きだしていた。ジュースの空き缶を、近くのゴミ箱に放り投げる。すこんっと音を立て、缶は見事にゴミ箱に入った。

神楽坂だったら早稲田通りを右折して大久保通り方面へ抜けてから左へまっすぐ行けば――多分、十分もかからないだろう――道の段取りを頭の中で整えながら、明日香は駐輪場へ急いだ。

愛車の赤い二百五十ccのロックを外し、シートの下の収納ボックスから予備のヘルメットを取り出した。こんなこともあろうかと、早苗用のヘルメットも用意してある。専攻が違うから教室で顔を合わせることはないけど、校内で待ち合わせをするのは、よくあることなのだ。

明日香は愛車を押して――構内でのバイク移動は禁止されているので――校門へと歩いて行った。

門に近づくと、早苗が待っているのが見えてきた。カーディガンに地味なブラウス、という相変わらず飾り気のない出立《いでた》ち。

しかし、早苗は一人ではなかった。傍らに、男が一人立っている。男は、明日香や早苗と同じ年くらいだろうか――何やら盛んに、早苗に話しかけている。

「今さら東京見物ってのも変だけどさ、けど、早苗ちゃんはまだあちこち見て回ったことないよね。お台場とか六本木とか、そういう定番のスポット、行ってみたくない？　時間ある時でいいからさ、たまには出かけようよ」

　明日香が近寄って行くのに気づかないらしく、男はしきりに云い寄っているふうだった。

「あ、それからさ、前にも云ったけど、姉貴がデパートで化粧品の販売員やってるって話ね。冬の新作がもうすぐ出るみたいだし、まだ市販されてない新色とか、お客さんより早くまた手に入るらしくてさ、早苗ちゃんもたまにはおしゃれとかしてさ、出かけるのも悪くないんじゃないかな」

　全体的に、もっさりとした印象の男だった。明日香は知らない顔だけど、何だかヤボったく、ぱっとしない感じの野郎である。こんな冴《さ》えない奴がおしゃれだの何だの、片腹痛い。どっちにしろ、まっ昼間からナンパというのも頂けない。

　一方、早苗はというと——例によって、もじもじしているだけで、困惑の体である。

　とっととときっぱり断らんかい——と、明日香は思ってしまう。

　とにかく早苗は、こういう時に、はっきりした態度を取れない。いつでもハンカチを片手に握り締めて、下を向いてもじもじと、自己主張しない——そんな感じだから、カン違いした男どもが、扱いやすかろうと付け上がって寄ってくる——そういうタイプだ。危なっかしいったらない。

　ただし、この内気で引っ込み思案な早苗に、意外な特技があることを、明日香の他に知る者はいない。背も高くないし痩せていて、ちっぽけな感じの肉体に、恐るべき秘密が隠されていることを——。

「ナンパの途中でお邪魔して悪いんだけどさ——」

と、明日香は、もっさり君と早苗の間に割って入った。

「早苗は私と約束があるの。デートのお誘いならまた今度ね。それじゃ」

もっさり君をさらりとあしらい、明日香は早苗を促して、校門から外へ出た。

予備のヘルメットを早苗に渡しながら、

「今の男の子、誰? 私は見たことないけど、同じ学科の子?」

尋ねる明日香に、早苗は俯き加減でもごもごと、

「うん、同じクラス——」

「どうでもいいけど、しつこくされたらちゃんと断らないとダメだと思うよ」

「——うん、判ってる」

あまり判っている様子ではない早苗だった。

まあ、いいか——明日香はこの話を打ち切ることにした。新作の化粧品とやらには興味がないでもないけれど、今はファッションやデートなんかより、もっと面白いことがある。

「それで、場所は神楽坂だったよね」

明日香が話題を変えると、とたんに早苗は顔を上げ、

「うん、そう——これ見てたら、私、我慢できなくなっちゃって——」

大ぶりのトートバッグから、丸めた雑誌を引っぱり出した。早苗の愛読するグルメ情報誌だ。

開いたページを見てみると、店の名前は『宝華園』。どうやらラーメン屋さんらしい。簡単な

地図も載っている。

「よしよし、これならすぐ着くね。早苗、乗って」

地図の場所を確認し、バイクに二人乗りで出発した。

この季節は、バイクにちょうどいい時期でもある。

風を切って街を疾走すれば、柔らかな空気の流れが、頬に心地いい。

都心の道は、相も変わらずごみごみと混雑しているけれど、そこは二輪の機動性が物を云う。車の隙間をすいすい擦り抜け、明日香はスロットルを開く。渋滞気味の車の群れを次々と追い越せば、気分もすっきり。ぬくぬくとした陽光も優しく、実にいい陽気。その上、これから楽しいことがある。タンデムシートに乗る早苗の重さを頼もしく感じて――いや、重さと云うか、実際は物凄く軽いんだけど――明日香はご機嫌だった。

思った通り、十分もかからずに目的地に着いた。

『宝華園』は、あまり大きくはない店だった。ラーメンの専門店のようで、屋根にでかでかと「ラーメン」と書かれた看板が掲げられている。

それを見上げた早苗は、

「明日香ちゃん、ここだよ、ここ。わあ、雑誌で見た通りだあ」

嬉しそうな声で云った。店の前に来ると、異様にテンションが上がるのは、毎度のことである。

入り口には、白い暖簾《のれん》が掛かっていた。バイクを店の前に停め、明日香は早苗と連れ立って、暖簾をくぐる。店内は清潔な印象で、古びた木目のカウンターも、よく磨き込まれていた。

オフィス街の昼休みが終わった時間で、客の姿は少ない。明日香と早苗は、テーブル席に座ることができた。

「へい、らっしゃい、何にしましょう」

店主らしき中年のおじさんが、元気よく、水のグラスを持ってきてくれる。

早苗に目配せを送っておいてから、明日香は店主のおじさんに、丁寧な口調で、

「すみませんけど、実は私はただの付き添いで、何も頼まないんです。ごめんなさい」

店に入っておきながら注文しない非礼をきちんと詫びた。そして、

「その代わり、彼女がこれに挑戦します。これをひとつ、お願いします」

メニューの最後のページを開き、おもむろに宣言した。

そこには、さっき雑誌で見た通りの内容が記されていた。

『限界に挑戦！

大盛りチャレンジメニュー！

超特盛りジャンボラーメン！

三十分以内に食べれば

賞金五千円　進呈！

（ただし残した場合は実費として五千円頂きます）』

おじさんが一瞬息を呑み、目を丸くした。

待つことしばし――。

出てきたラーメンを見て、今度は明日香の目が丸くなる番だった。

とにかく尋常な量ではない。

大盛りとか特盛りとか、そういう次元を突き抜けている。一体、何人前の食材を盛ってあるのやら、ちょっと想像できないほど。

そもそも、ラーメン用の丼に入っていない。ひと抱えはあろうかという巨大な擂《す》り鉢《ばち》を器にしている。そこに、こんもりと盛り上がった大量の具材――。まず、茹でもやしが小山を形成している。山崩れを起こしそうなほど、てんこ盛りに積み上げられた多量のもやし。その上に、輪切りのネギがさらにひと固まり、危ういバランスで載っかっている。その様はまるで、冠雪時の富士山をジオラマにして再現してみました、と云わんばかりの勢いだ。もやし富士の横には、これまた大量のメンマが鎮座している。明らかに普通のメンマより太いことが一目で判る極太のそれが、富士山ばかりが山でないことを、独自に主張している。その二つの巨山の周囲を彩るのは、輪切りのナルト。こちらは通常の大きさの物を使っているようだけど、もやしやメンマの量との対比で、赤い渦巻きがやけに小さく見える。小さな渦巻きがいくつもいくつも数十個、ぐるぐると並んでいる。目が回りそうな光景だ。並ぶナルトの外周には、さらに煮夕マゴが置いてある。半分に切って、とろりと艶やかな黄身の断面を上に向けた半熟タマゴが八つばかり、擂り鉢の縁《ふち》から落ちそうになっている。タマゴの反対側の縁に突き刺さっているのは焼きノリ。画用紙みたいにデカいから、多分、業務用のサイズなのだろう。そいつが三枚ほど、擂り鉢からはみ出して黒々と、片翼のカラスの羽のごとく広がっている。そして、圧巻なのがチャーシューだ。いや、これはもはや、チャーシューと云うより肉の固まりと呼んだ方が妥当かもしれない。一応、包丁の切れ目は入っているものの、切る前の姿そのままに、ごろりと豪快に転がっている。大人の握り拳ほどの大きさ。無暗にデカい。ヤケを起こしたとしか思えない。で、肝心の麺はと云うと、それは見えない。それはそうだろう。これだけ大量の具材がどっさりと山盛りに載っかっていれば、いかに擂り鉢が巨大だろうと、表面は完全に隠れてしまっているのだから。スープだけはかろうじて、器の縁《へり》すれすれに、なみなみと張ってあるのが、具の隙間から垣間見える。だけど、麺は見えない。ただ、具がこうして山脈を成しているのを見れば、土台部分が麺で作られていることは予測がつく。まさか、器が上げ底になっているはずもないだろうし、麺は擂り鉢いっぱいに詰め込まれているに違いない。具の山を支える擂り鉢いっぱいの麺。一体、どれほどの麺が埋もれていることか。考えるだに恐ろしい。

とにかく、そういうとんでもないシロモノが、テーブルにどんっと置かれたのである。

四人がけのはずのテーブルは、それだけで占領されてしまった。見るだけでげんなりしてしまう有り様だった。

明日香は、思わずのけぞってしまう。

しかし早苗は反対に、身を乗り出した。

しかも、あろうことか、「おいしそう」と、一人言で呟いたのだ。こういう時、明日香は自分の友人をちょっと恐いと思う。

店主のおじさんは、早苗の一人言が聞こえなかったらしく、薄ら笑いを浮かべて、

「ほらね、ウチのはよそより多いんだ。お嬢ちゃんには無理だよ。やめといた方がいいんじゃないの」

早苗の痩せっぽちの体型を見て、侮っているのがありありと判る態度だった。

「大丈夫かな、お嬢ちゃん、三十分以内に全部食べ切らないと駄目なんだからね。延長はないんだよ。残したら罰金もらうんだから。女の子だからって甘く見たりしないよ」

にやにやと、見下したような笑い顔のまま、おじさんはカウンターから時計を持ってきた。大きな目覚まし時計だった。その針を、きっかり十二時に合わせながら、

「ちゃんとカウントしてるからね。まあ、いつギブアップしてもいいけどさ。そんな細っこい体で挑戦しようなんて、どだい無茶な話だしねえ」

揶揄《やゆ》するように云う。蔑んだみたいな薄笑いのままだった。

今に見てなさいよ、このおっさんは、いつまでもそんな顔させとかないからね――明日香が、ぐっと拳を握ってエールを送ると、早苗はにっこりと微笑んだ。ついでに、舌なめずりをひとつ――。

「それじゃ、始めるよ。用意、スタート」

おじさんが時計をテーブルに置き、早苗のチャレンジが始まった。

「いただきます」

小さく云って、早苗は割り箸を割る。

まず取りかかったのは、煮タマゴだった。

箸を伸ばして、半分に切られたタマゴをつまむ。そして、ひょい、ぱく、ひょい、ぱく、ひょい、ぱく、と、まるでピーナッツでもつまむみたいな気軽さで、次々と口の中に放り込んでいく。

もちろん、ちゃんと嚙んでいる。

しかも、味わってさえいる。

恐るべきスピードでタマゴをつまみながら、目を細め、二度三度とうなずき、味を楽しんでいる。あたかも、ケーキを一口だけ味見してみたら思ったよりおいしくてラッキー、というような雰囲気で——。

あっという間に煮タマゴを片付けた早苗は、次にナルトに取りかかった。

ナルトを二、三枚ずつ、箸でつまんで、ひょい、ぱく、ひょい、ぱく、ひょい、ぱく、と、これも豆菓子でもつまむような速度で、瞬く間に嚥下《えんげ》していく。

そして今度は、もやしとネギの山を切り崩し始める。

こんもりと盛り上がったもやしの中腹に箸を突き入れ、ごっそりと摑んで口に運ぶ。しゃり、しゃり、しゃり、と小気味いい咀嚼音《そしゃくおん》を立て、凄まじいスピードで呑み込んでいく。さながら、宅地造成のために山林を切り拓くブルドーザーの映像を——しかも早回しにして——見ているみたい。

しゃく、しゃく、しゃく、と、もやしとネギをやっつけながら、合の手を入れるようなタイミングで、メンマにも箸を伸ばす。

小さな顎を小刻みに動かし、木の実を齧るリスを思わせる速さで、繊維質の多いはずのメンマを噛む。しゃりしゃりこりこり、しゃりこりこり、と、リズミカルな音が響けば、最前まで威容を誇っていた二大山脈が、たちまち縮んで平らになっていく。

これでも早苗は、がっついているようには少しも見えない。慌てている様子も、焦っている風情もない。むしろ淡々と黙々と、正確な機械のような静けさで、ただ箸と口を動かしているのみである。速さが並大抵でないだけなのだ。ハンカチを握った片手を膝の上に置いたままの、お行儀のいい姿勢も、一切崩すことはない。それでも、早苗の食べるペースは速い。しゃりしゃりしゃりこり、しゃくしゃくこりこり、と、息もつかずに食べ続ける。

驚嘆すべき速度で山盛りもやしが消えてしまうと、やっと麺が姿を現した。思った通り、擂り鉢いっぱいに詰まっているのが見える。

しかし、早苗はまだそちらには目を向けない。

どてんと横たわる肉の固まり——チャーシューに手をつけたのだ。

箸でつまんだ、でろりとした大きな肉片を、小さい口に近づければ、それは魔法のごとくつるりと吸い込まれてしまう。ゼリーでも啜《すす》るみたいな手軽さで、脂っこい肉片を次々と平らげる。

「うわあ、柔らかいチャーシュー——嬉しいなあ」

今回の挑戦中、唯一早苗が言葉にした感想がそれだった。

特大肉を片付けた早苗にとって、焼きノリなど、もはや物の数ではない。全貌を顕《あらわ》にしたスープに浸し、柔らかくなったところをくるくると丸めて口に放り込む。ノリは三枚あるから、この動作を繰り返すこと三回——ものの五秒もかからない。

こうして、すべての具材が早苗の胃の腑《ふ》に納まった。チャレンジ開始からここまでの所要時間、わずか八分。

驚異のスピード。そして胃袋。

けれども早苗の胃袋は、こんなことでは満足しない。すぐさま麺に取りかかる。

巨大擂り鉢の表面に現れた麺を、箸で掬《すく》って口元に運ぶ。つるつる、つるつる、つるつるる——ここでも早苗は、がっついたところを見せない。あくまで綺麗《きれい》に、そして優雅とさえ思える動きで、麺は口に吸い込まれていく。一定のペースで、正確無比な機械みたいに、つるつる、つるつる、つるつるる——箸を持つ早苗の右手は止まらない。

大量の麺が一本に繋《つな》がっているように見える。途切れることなく、本当に消えてしまっているかのように、魔術みたいに——つるつる、つるつる、つるるる——見ていて惚れ惚れするほどの食べっぷり。麺の方から自発的に早苗の口に飛び込んで行っている——そんな感じで、つるつる、つるつる、つるつつる——と、早苗は麺を啜る。淡々と、静かに、スピードを落とすことなく、啜り続ける。く。麺は見る見る減っていく。顔色ひとつ変えずに麺を啜り込む早苗とは対照的に、店主のおじさんの顔つきが変化していくのが見物だった。

当初のにやにやした笑いが、次第に、口をあんぐり開けた間抜け面に変貌していったのである。

今やおじさんは驚愕に目を見開き、顎もがっくりと下がっている。愕然、という言葉を見事に体現した情けない表情。明日香は吹き出しそうになるのを堪えるのに、苦心しなくてはならなかった。

開始から十七分経過して、とうとう麺を啜る音が止まった。

早苗は、未練たらしく、スープの中を箸で探っている。だけど、箸に引っかかる固形物は、すでに擂り鉢の中にはない様子だった。スープの大海には、もやしとネギの切れっぱしが、ほんのちょっと浮かんでいるだけ。

何だか物足りなそうな顔を上げると、早苗は遠慮がちな声で、店主のおじさんに云う。

「あの——ちりれんげ、いただけますか」

悪夢でも見ているかのような顔つきで、おじさんは、白い陶器のれんげを早苗に手渡した。

箸をれんげに持ち替えると、早苗はスープを攻略し始める。掬っては呑み、掬っては呑み、またもやリズミカルな動作で、早苗はスープを減らしにかかった。

男の人なら、ラーメンのフィニッシュには丼ごと捧げ持ってスープを呑み干す、という構図になるのだろうけれど、さすがにこの擂り鉢を抱えるのは無理だと思う。ましてや早苗の細腕では、このデカぶつを持てるはずもない。

だからひたすら、掬っては呑み掬っては呑み、その繰り返しになる。片手を膝の上に添えたいつものお行儀のいいスタイルで、ただ淡々と、黙々と、掬っては呑み、を繰り返す。速度はまったく衰えない。最初に煮タマゴをやっつけた時と変わらぬスピードで、ひたすらにスープを呑む。掬う、呑む、掬う、呑む、掬う――平然とした顔で、汗ひとつかかずに、早苗はスープを呑み続ける。

掬う、呑む、掬う、呑む、掬う、呑む、掬う――。

そして、開始から二十二分。

「ごちそうさまでした、おいしかったです」

早苗は、れんげを擂り鉢の中に置くと、ようやく満足そうに顔を上げた。

もちろん、擂り鉢には、何も残っていない。

完食。

あの、冗談みたいな大質量を誇っていた巨大擂り鉢ラーメンが、きれいさっぱりなくなっている。具の多さもさることながら、麺なんて一体何玉分あったことだろう――しかし、それも昔日《せきじつ》の夢。すべては早苗のおなかの中である。まさに食欲の秋。

店主のおじさんは愕然とした表情のままで、早苗の口元を見て、テーブルの下を覗き込み、もう一度早苗の顔を眺め直した。テーブルの下に大量のラーメンがこぼれていないか、確認せずにはいられないらしい。どうやら、自分の目が信じられないみたい。

明日香にしても、今でも信じられない気分は同じこと。だけど現実に、あの巨大ラーメンは早苗が食べつくしてしまったのだ。

この細身のどこに入っていったのやら、いつものことながら、明日香は呆れる。早苗はけろっとしているし、体型も、ほんの心持ち、おなかがぽっこりしたように感じられるくらいしか変わらない。それも、よくよく注意して観察すればそんな気がする、という程度に。「私、食べても太らない体質みたいなの」とのことだけど、ダイエットに悩む身としてみれば、羨ましいと云うか何と云うか——。

でも、まあ、豪快な食べっぷりは、今日も見ていて気持ちがよかった。ここまで凄まじいと、大喰らいも芸のうち。充分、観賞に値する、と明日香は思う。結構な芸を見せていただきました、と、ありがたみを感じるくらい。拝観料を払わないのが申し訳ない、と思うほどだ。

「まいった、俺の負けだ。こんな喰いっぷりは初めて見た」

店主のおじさんが、真顔で頭を下げた。早苗を見る目に、敬意がこもっている。この顔を見るのも、明日香の楽しみのひとつなのである。

追い打ちをかけて、明日香はおじさんに掌を差し出す。

「賞金、いただけるんですよね。確か、五千円でしたっけ」

＊

そして『宝華園』を出たところで、早苗が遠慮がちに切り出してきた。

「ねえ、明日香ちゃん、あの――もし、よかったらでいいんだけど、まだ少し、時間、大丈夫かなあ」

「うん、少しなら平気だけど、どうしたの」

尋ねる明日香に、早苗はおずおずと、

「あの、ね――どこかその辺で、パフェでも食べてかない？」

甘い物は別腹らしい。

＊

新宿『ひろしま亭』
ジャンボお好み焼き（直径三十五cm・ヤキソバ三玉入り）×三枚
制限時間　なし
三十八分　完食
賞金一万円　獲得

池袋『竜王苑』
カルビ三kg（大盛りごはん・キムチ大皿付き）
制限時間　なし
三十二分　完食
料金無料

神田『うどん　めんくい屋』
讃岐うどん十五玉
制限時間　十五分
六分　完食
料金無料

品川『万林飯店』
一升チャーハン（丼スープ付き）
制限時間　六十分
二十六分　完食
賞品　お食事券一万円分　獲得

恵比寿『カリーハウス　インド屋』
超特大チャレンジカレー（ライス二kg、カレールウ一・五kg、計三・五kg）
制限時間　三十分

二十一分　完食
賞金二万円　獲得
下北沢『天来軒』
餃子百個
制限時間　三十分
十九分　完食
賞金一万円　獲得
目黒『パスタの店　ルーブル』
三色パスタ特盛チャレンジ（特大パスタ一kg）×三種
制限時間　三十分
十七分　完食
料金無料
新橋『魚屋すし店』
寿司百個
制限時間　三十分
二十四分　完食
賞金五千円　獲得

これまでの早苗の戦果を、ざっと挙げるとこういう具合になる。

完食連勝。

ただし、銀座のホテルでの『食べ放題・ケーキバイキング』だけは、途中で丁重に追い返された経験がある。色とりどりのケーキに目が眩んだ早苗が調子に乗って、つい最初から飛ばしすぎたのがいけなかった。生真面目そうな支配人さんが涙目で「すみません、もう勘弁してください。他のお客様が召し上がる分がなくなります」と、平身低頭するから、さすがに申し訳なくなって引き下がったのだ。これが唯一のリタイア記録。まあ、元は充分取ったから構わないのだけれど――。

大喰いチャレンジ企画をやっている店は、探せば案外いくつも見つかるものである。

客寄せの話題作りのためか、はたまた店主が酔狂なのか――。とにかく、非常識な――もしくは、非人間的な――量の食事を、時間内に食べ切れるか否か挑戦させて、成功すれば賞金をくれるゲームである。もちろん非人間的な量だから、並の人間に太刀打ちできようはずもない。

それを早苗は、片っぱしから撃破している。

明日香は付き添いとして、そのすべてを目撃している。

女の子二人で色々なお店を食べ歩きしてます――と云えばかわいいものだけれど、その実態は、恐るべき量の食べ物を喰い荒らしているわけだ。

夏休みの終わり頃からだから、一ヵ月半くらいの期間だろうか。週に一、二回のペースで、早苗は食べに食べ、すべてをぺろりと平らげた。お好み焼きはヘラなど使わず箸でつつき崩し、焼肉は網の上に載せる時間さえもどかしいとばかりにほとんど生焼け状態でかっこみ、うどんは一玉二十秒もかからずに啜り込み、米を一升ぶち込んだチャーハンや巨大な皿から溢れんばかりのカレーライスは、スプーンで一気にあっさり呑み込んで、ずらりと並んだ膨大な餃子や寿司も、例のピーナッツでもつまむかのようなスピードで、ひょいぱくひょいぱく、とかっ喰らい、パスタに至ってはスプーンの上に丸めるなどという悠長な手段を取らずに、フォーク一本でトコロテンみたいに吸い込んで——と、とにかくもう、食べに食べ、喰らいに喰らった。

しかも、決してがっつかず、綺麗な食べ方で淡々と、それでも圧倒的な速度でもって、早苗はひたすら食べた。片手をお行儀よく膝の上に置いたまま、姿勢をまっすぐに正す、独特なスタイルを保って、早苗は食べつくしてきた。

見ていて胸がすく食べっぷり、と云うか、見ているだけで胸やけするというか——。

ただし、これは二人だけの秘密。

早苗はこの特技を恥ずかしがっていて——まあ、それはそうだろう、女の子の大喰らいなんて、あまり大きな声で自慢できることでもないし——ひた隠しにしている。いつもは胃袋からの訴えを無理に抑えているそうだけど、時々、思う存分食べたい衝動で我慢が利かなくなるらしい。

明日香は、ひょんなことからこの秘密を知ってしまった。

明日香と早苗は、同じ女子学生専用マンションという前近代的な——何と今時、男子禁制というのだから驚く——住居に住む仲間なのだが、他の住人は、誰もその秘密を知らない。この春、大学入学に際してそこに入居し、半年以上経っているから、マンション内には友達も少なくない。それでも、秘密は二人の間だけで保たれている。時折、凄まじい衝動で大喰らいの芸を発揮する早苗の秘密を――。

内気で引っ込み思案な早苗は、一人では恥ずかしくて、チャレンジメニューの店に入れないと云う。そこで、付き添いとしての明日香の出番がやってくるという次第。

明日香にとっても、これは楽しいイベントである。純粋に、早苗の「芸」を見るのは楽しい。そして何より、若い女の子だというだけで侮った目を向けてくるおっさんの鼻を明かすのが痛快だ。

そして早苗も、普段は抑圧しているストレスを発散できる。

おまけに賞金も手に入る。何しろ早苗の家計はエンゲル係数が異様に高いし、特技を活かした臨時収入は貧乏学生には大助かり。たまに賞金で気前よく、ケーキやパフェなんかを奢《おご》ってもらえるし。

一石二鳥どころか、三鳥にも四鳥にもなっている。

だから明日香は、喜んで早苗の付き添い役を務めている。

*

翌週。

例によって「我慢できなくなった」早苗から、呼び出しがかかった。

午後の授業のない昼休み。

今度はステーキ屋さんだという。「お肉を本気で思いっきり食べてみたい」そうな。

場所は飯田橋。いつものように、明日香の愛車の二百五十ccに二人乗りしてやって来た。

『ステーキハウス　牛一番』の店の前で、バイクを停める。

店の外のガラス窓には、ポスターが貼ってあった。

『あなたもチャレンジ！

お肉たっぷり五kg！

時間は六十分
成功者には勇者の称号と賞金三万円！

（失敗者は罰金三万円）』

ポスターは、「五kg」のところと「三万円」のところを、わざわざ赤い文字で強調してある。

ヘルメットを脱いだ早苗は、早速それを指さし、

「あ、あった――ほら、見て、明日香ちゃん、これ」

嬉しそうに、にこにこしている。

「うわ、ご、五キロって――」

現物を見もしないうちに、明日香は腰が引けてしまう。それは本当に牛肉なのか？　多分、筋ばっかりの安い肉なんだろうけど、それにしても五キロって――。しかし早苗は、にこやか

な表情のまま、

「お肉、いっぱいだね」

「いっぱいって——いくら何でも、限度あるよ。どのくらいの量なのか、私、見当もつかない」

「うーん、多分、とらこちゃんくらいの重さだと思うけど——」

とらこちゃんというのは、明日香達の住むマンションの裏手の駐車場を根城にしている野良猫だ。キジトラの雌で、マンションの住人がみんなで好き勝手にエサをあげているから、信じられないくらい肥大化している。

「凄い重量じゃないの、とらこくらいあったら——あ、もしかして早苗、それ、とらこに引っ搔かれたんじゃない？」

明日香は、早苗の右手の甲にぺったり貼ってあるバンソーコーを示して聞いてみた。さっきポスターを指さした時、それが見えたのだ。

「あ、うん、判った？」

と、早苗は、ちょっと照れくさそうに笑うと、

「実はね、今朝、抱っこしてたら、引っ搔かれちゃったの。今日はここの五キロのお肉、食べたいなって思って——それで、五キロってこれくらいかなって確かめながら抱いてたら、急に暴れだして——どうしてかなあ」

「どうしてもこうしても——」

それは恐らく、猫の野生の本能が早苗の食欲を感じ取り、身の危険を察知したに違いない。

「ああ、とらこちゃんくらいの重さのお肉——早く食べたいな」

早苗は一人でうっとりしている。

そのうち本当に、とらこを喰う気じゃあるまいな——明日香の内心の危惧に気づきもせず、早苗は急かして、

「ねえ、早く入ろう」

浮き浮きと云った。

明日香は肩をすくめて、『ステーキハウス　牛一番』の入り口のドアを開いた。

店の内装はカントリー調、とでも云うのだろうか。自然な木目を活かした床板と、漆喰を粗く塗った壁。カウボーイハットや蹄鉄のレプリカなんかがディスプレイとして飾ってあって、昔の西部劇の映画に出てきそうな感じ。ごつい木材を組み合わせたテーブルには、鉄板は嵌《は》め込んでいないから、奥の厨房《ちゅうぼう》で肉を焼いて持ってくるスタイルらしい。

入ったとたん、肉の焦げる香ばしい匂いがして、

「おいしそう——」

と、早苗は鼻をうごめかせた。

町の気取らないステーキ屋さん、という雰囲気は特に珍しくもないけれど、ただ、店内の空気が、ちょっと妙なことになっていた。客の様子が変なのだ。

店の一番奥にはトイレらしきドアがあり、その近くの席に、人だかりができているのである。何だか騒然としている。

「何か、様子がおかしいよ」

明日香は怪訝《けげん》な思いで、早苗と顔を見合わせた。早苗も不思議そうに、トレードマークみたいにいつも片手に握り締めているハンカチを口元に当て、首を傾げている。

「何をもたもたしてやがるんだよ、お前さんは。いいから喰え、とっとと喰え、何でもいいからさっさと喰いやがれ。喰って喰って喰いまくれ」

人だかりの中心で、大声で叫んでいる奴がいる。

「まったくもう、最初の勢いはどうしちまったんだよ。そんなにちんたら喰ってたら肉がそのまま腐っちまうぞ。ほれ喰え、やれ喰え、何をのたのたつついてるんだ。お前さんは食の細い病弱な娘さんかよ。その太平洋みたいなデカい腹は何のためにあるんだよ、まったく。そら喰え、ほら喰え、とっととやっつけろ」

テーブルの横に立ち、一人の男が大きな声で騒いでいた。しきりに声援——というより罵声だな、これは——を送っている。喚《わめ》いているのは、少しばかり目立つ容貌の男だった。いや、男の子と云った方がいいのかな。

背がちっちゃくて童顔。ぶかぶかの黒い上着をぞろっと着ていて、そのサイズが大きいのか、華奢な指のところまで袖がきている。小さな体に比例して、顔も小さい。長い前髪がふっさりと、眉の下まで垂れており、ちまちまっと小造りな目鼻立ちが、どこか無邪気な仔猫を連想させる少年だった。大きくまん丸の双瞳《そうとう》も、やはり仔猫を思わせる。

「口先だけかよ、お前さんは。ホントにもう、大喰らいなら任せといてください、なんて云って豪語したのはどの口だよ。同じ口かよ、同じ。大口叩いといてこのザマじゃ情けないったらありゃしないぞ。いいからとにかく喰え、無理してでも喰え、死ぬ気で喰え、があっと喰え、があっと」

まん丸猫目の男の子に叱咤《しった》されているのは、テーブルに座っている男だ。こちらに背を向けているから、どんな顔なのかは判らない。ただし、体格だけは大柄で、でっぷりと太っているのが見てとれる。背中も肩も丸々とお肉がついていて、こちらはデブ猫とらこの後ろ姿を彷彿《ほうふつ》とさせる。

「四十五分経過――お客さん、あと十五分しかありませんよ」

白いコック服の男が、横からそう告げた。顎鬚《あごひげ》を生やした店主らしきおじさんは、時計を見ながらにやにや笑っている。

周囲に人だかりを作っている男達も――十人ばかりいるだろうか――口々に、太った大きな男に野次を飛ばして、

「兄ちゃん、がんばれ」

「ほら、手が止まってるぞ」

「さっきから全然減ってないよ」

「もう降参か」

状況が、だんだん読めてきた。

明日香は、早苗と目を見交わして、にんまりと笑った。

どうやら、あの太った男が、チャレンジメニューに挑戦中らしい。大きな背中に隠されて、その手元もテーブルの上も見えないけれど、恐らく五kgというとんでもない量の肉が置いてあるに違いない。そしてこの様子では、四苦八苦のまっ最中のようだ。

「おいおい、どうして止まっちゃうんだよ、お前さんは。顎くらい動かさないと肉はなくならないぞ。こら、動け、ほら、作動しろ、何やってるんだよ、まったくもう。動かないいんならお前さんの代わりにタヌキの置き物でも置いといた方が見映えがするってもんだよ、この役立たずが」

仔猫の目をした男の子は、苛立ったように檄《げき》を飛ばす。それに対して、背中を向けている太った男は、苦しそうな声で、

「でも、猫丸先輩、肉が硬くて――」

「硬かったら呑め、丸呑みしろ、丸呑み」

「無理っすよお」

「無理なもんかよ、蛇だって自分の口の大きさの何倍もある鶏の卵、丸呑みするんだぞ。さっき大口叩いてたお前さんなら、その大口に見合った口開けて、丸呑みくらいできる道理だろ。だからとっとと呑め、一息にぐびっと呑み込め、ぐびっと」

「無茶云わないでくださいよお――うぷっ、もう、胃が、苦しくて――」

太った男は泣き言を云っている。

この大柄な男と小さい男の子は二人連れのようで、彼らのバカバカしい掛け合いに、周囲の

ヤジ馬達は面白がって笑っている。ヤジ馬はみんなスーツ姿だから、多分、近くのサラリーマンなのだろう。もう昼休みは終わっている時間なのだけど、会社はいいのか、会社は――。

「いや、本当に――おえっぷ、腹がぱんぱんで――ぐふ」

苦しげに呻《うめ》く太った男を、小さな男の子はさらに煽《あお》って、

「弱音吐くんじゃありません。ほれ、しっかりしとくれよ、お前さんが喰わなきゃ誰が喰うんだよ。ほら、前にもお前さん、炊飯器丸ごと一個分のご飯、喰っちまったことがあったじゃないかよ。あれ、何合あったよ?」

「四合――」

「ほれ見ろ。四合飯ぺろりと喰いつくして、さすが大塩《おおしお》、太平洋のおなかを持つ男って、みんなに誉め称えられたじゃないかよ。まあ、女の子連中は嫌な顔してたけどさ――。あの食い気はどうしたんだよ」

「そんなの、いつの話ですか――もう何年も前の、昔の――うっぷっ」

「同じだよ、今も昔も。僕の目にははっきりと焼き付いてるぞ、あの時のお前さんの雄々しい勇姿が」

「忘れてくださいよ、そんな勇姿は――うえっぷっ、猫丸先輩しつこいんだから」

太った男は、悲しそうに俯く。しかし、下を向いたことで胃が圧迫されたのだろう、すぐに天を仰ぎ、肩で息をし始めた。かなりの苦戦を強いられている様子。

それを見ながら、明日香は、横に立つ早苗に小声で、

「ねえ、あのちっちゃい男の子、高校生くらいかな。平日なのに、学校はどうしたんだろう――けど、ちょっとかわいい男の子だよね」

「またあ、明日香ちゃんったら」

「チャレンジしてるのは、相撲部か何かかもしれないね、体型からして」

「うん、高校の体育会系の男子は、よくあちこちの店で挑戦してるみたいだし――」

「成功者の写真と名前、貼り出してる店もよくあるもんね。でも、あのちっちゃい男の子は、相撲部には絶対見えないけどさ」

「うん、子供相撲大会に混じれそう――」

「それにしちゃ、先輩とかって呼ばれてるけど、どんな関係なんだろ、あの二人」

「さあ――」

二人して首を捻っていると、

「五十分経過、あと十分です」

顎鬚の店主が、無情の通告をした。

ヤジ馬達の間からも、絶望の嘆きがあがる。

「ああ、こりゃ無理だよ」

「肉がまるで減ってないしな」

「体格は見かけ倒しだったか」

仔猫の目の男の子も、さらに苛立ち、

「ほらほら、見物の皆さんの期待を裏切るんじゃありませんよ。僕も見たいんだからさ、お前さんが丸ごと全部喰うところを。さあ、行け、大塩、ここから起死回生の大逆転だ。喰え喰え大塩、がんばれほれほれ」

「い、いや、駄目っすよ、もう、苦しくて――」

と、チャレンジャーは悲鳴をあげて、

「腹いっぱいで、肉が、喉元まで、詰まってて――限界です、苦しい、です」

「浜辺に打ち上げられた鯨の断末魔の潮吹きみたいな声を出すんじゃありませんよ。だいたい完食できるって大言壮語したのは、お前さんだろうが」

「よ、よく云いますよ――うぷっ――俺は無謀だって云いましたからね。猫丸先輩が珍しく昼飯奢ってくれるって云うから――げふっ――これじゃ詐欺ですよお」

「珍しくってのはご挨拶だね、人聞きの悪いことを云うんじゃありません。完食すればタダなんだから、奢りも同然だろうに。それに賞金だって出るんだぞ。賞金もらったら山分けにしてやるんだぞ」

「ピ、ピンハネ、するつもりだったんですか」

「そんなこたどうでもいいんだよ。せっかく大喰らいの物凄いとこ見られると思ったのに、これじゃ台無しじゃないか。がっかりだよ、僕は。ちぇっ、見たかったのにな、大飯喰らい」

「見せものじゃありませんってば――うぷっ、苦しい、胃が――もう、無理です、駄目です駄目」

悲痛な声になっている。

食べ盛りの男子高校生――しかも相撲部体型――が、あれほど悲惨なことになるって、どれほどの肉の量なんだろうか。

明日香が、そんな不安に捕らわれていると、髭の店主が、やっとこちらに気づいてくれて、

「あ、いらっしゃいませ。すみません、店の者が出前に行ってまして――気づきませんで失礼しました。いや、あの小さいお客さんが面白くて、つい熱中してしまいまして――申し訳ありません。どうぞ、そちらのお席に。ご注文がお決まりでしたら、伺います」

明日香達の方へやって来た。もう太った相撲部男はどうでもいいらしく、時間を計るのも中止している。

入り口近くのテーブルに、明日香は早苗と向かい合わせに腰かけた。そして、いつもの台詞を口にする。

「すみませんけど、私はただの付き添いで、何も頼まないんです。でもその代わり、彼女がチャレンジメニューに挑戦します。五キロのお肉のチャレンジメニューをお願いします」

顎鬚の店主は、一瞬、不可解そうな顔で早苗を見たが、すぐに苦笑混じりの微妙な表情になる。

「あの、お客さん、大丈夫ですか。今、あちらの体格のいいお客さんも挑戦したんですけどね、あのお客さんでも食べきれなかったんですよ。女性のかたにはちょっと無理だと思いますが」

こちらを甘く見てにやにやした、あの、明日香にはもうお馴染みの反応だった。

「――ええ、多分、大丈夫です」

と、俯き加減に早苗が小さく答えると、奥のヤジ馬達からどよめきがあがった。

「あんな女の子が？」

「痩せてるのに」

「嘘だろ」

どよめきながら集団で、奥からこっちへやって来る。たちまち明日香と早苗のテーブルは、十人ばかりのヤジ馬に取り囲まれてしまう。

「いや、いくら何でも」

「あの大量の肉を」

「女の子が、ねえ」

「冗談キツいなあ」

どいつもこいつも半笑いだ。いかにも早苗を軽視した、これももはや慣れっこになっている対応だった。どうでもいいけど、本当に、会社はいいのだろうか、この人達――。

早苗は引っ込み思案な性格とはいえ、これまでに何度も、ヤジ馬に取り囲まれて大盛りメニューを食べつくしてきた。実績と経験がある。大丈夫に決まっている。今に見てろよ、吠え面かくな――と、明日香はぐっと拳を握り、早苗にエールを送った。

「そうおっしゃるんなら挑戦していただくのも結構ですが――」

と、店主はにやけた顔つきのまま、顎鬚を撫でて、

「規定通り、一時間で召し上がっていただきますよ。で、焼き加減は？」

「――あ、えっと、レアで、お願いします」

恥ずかしそうに顔を伏せて、早苗は、

「血が滴《したた》るくらいのお肉――たっぷり食べたいですから」

「おおっ」

と、またもやヤジ馬どもが騒然となる。薄ら笑いの店主は、

「判りました、では焼いてきましょう」

そう云って、奥の厨房へ姿を消した。

「うひゃあ、こりゃまた豪儀なお嬢さんが現れたもんだね」

いつの間に近づいて来ていたのか、ヤジ馬に混じって仔猫の目をした男の子が、一際《ひときわ》びっくりした声をあげている。そして、奥のテーブルに向かって、

「おい、聞いたか、大塩、これから女の子が挑戦するんだぞ。お前さんの大喰らい自慢も面目玉丸潰れじゃないかよ」

あちらのチャレンジャーは、もはや完全にギブアップしてグロッキー状態。今やヤジ馬の関心は俄然《がぜん》、早苗一人に向けられていて、見限られた太った男は、きっぱりと放置されている。

「そんなこと云われても、もうどうでもいいですよ――胃が、うっぷっ、苦しくて、面目もプライドも、知ったことじゃありませ――ぐっぷ」

大塩と呼ばれている相撲部体型の男が、苦しそうに、身をのけぞらせながら振り返った。

その顔を見て、明日香はちょっと奇異の念を覚えてしまう。振り向いた大塩は、どう見ても高校生には見えなかったから――。それどころか、三十過ぎのおっさんである。どこから見ても、紛《まご》う方《かた》なきおっさん。

いや、でも、大塩って人は、あの子を先輩って呼んでたのに――思わず明日香は、ヤジ馬に埋もれた仔猫の目の男の子を見やる。仔猫みたいな男の子は、やっぱり高校生くらいにしか見えない。子供のように、まん丸い目を好奇心できらきらさせて、わくわくした様子で早苗を見守っている。

え？ このちっちゃい子が三十のおっさんの先輩って、何それ？ どういうこと？ この人、年は一体いくつぐらいなんだろう――。

と、そこへ、若い男が一人、入り口から店に入って来た。白いコック服を着ているから、客ではなく店の人らしい。案の定、奥の厨房に向かって、

「出前、行ってきました」

と、声をかけている。

それから若い店員は、店内の一種異様な雰囲気に少し鼻白んだようだったが、その中心にいる人物に気がつくと、目をぱちくりさせて、

「あれ？ 早苗ちゃん――米森早苗ちゃんじゃない」

と、こちらへ近寄って来た。

「米森早苗ちゃんだよね。ほら、俺、草野《くさの》、覚えてる？ 高校で一緒だった草野拓真《たくま》」

「え――草野君？」

早苗も意外そうに、目を瞬《しばたた》いている。

「そうそう、久しぶりだね、卒業式以来だよね――あ、ひょっとして、俺がここでバイトしてるの誰かに聞いて来てくれたの」

嬉しそうに尋ねる草野君とやらに、早苗はふるふると首を横に振る。

「へえ、それじゃ偶然なんだね。そうかあ、いやあ、驚いたな、こんな偶然もあるもんなんだねえ」

「うん――凄い奇遇」

まだ目を白黒させている早苗に、明日香は聞いてみて、

「高校の同級生なの？」

「うん、そう――」

うなずく早苗と明日香を交互に見て、草野君は、

「あ、早苗ちゃんのお友達ですか――そうなんすよ、いやあ、うちの田舎はホント小さい町ですからね、同級生の中でも、東京進学組は数えるほどしかいないんですよ。それが俺のバイト先でたまたま顔合わせるなんて、凄い確率ですよね」

楽しそうに頭をかきながら云う。笑うと、ごつごつした岩みたいなご面相が、くしゃくしゃになる。

「うん、本当に――凄い偶然。びっくりしちゃった」

と、早苗も面白そうに云った。

「俺もびっくりしたよ」

ごつごつした顔の草野君がまた笑った時、もっとびっくりする物体が運ばれてきた。こっちはちっとも笑えない。

肉。

ステーキが焼き上がったのだ。

それはもう、びっくりするくらいの肉の固まりだった。

巨大というか膨大というか——途轍《とてつ》もない大きさの肉の固まり——圧倒的な迫力である。

広いお盆ほどもある鉄板の上。そこからハミ出すくらいの大きさ、そしてぼってりとした厚み。じゅわじゅわと音を立て、細かい油がぴちぴち跳ねる。表面だけにこんがりと焼き色がつき、脂身は白くぷりぷりと震え、生焼けの部分からは赤い肉の色が覗いている。もうもうと立つ脂の焦げる匂い。肉の焼ける香り。跳ね躍る油。デカい、そして厚い。豪快で大ボリュームな、肉の固まり。

そいつが、どかんとテーブルに置かれた。テーブルいっぱいの大きさの鉄板。その上でじゅうじゅうと音を立てる巨大な肉塊。凄まじいほどの存在感。まるで仁王様の草履《ぞうり》である。

こ、これが五キロのお肉、凄い、凄すぎる——明日香は反射的にのけぞってしまう。この瞬間だけは、何度経験しても慣れない。早苗の付き添いとして、色々な店で超特大大盛りメニューを見てはいても、いつも思わずのけぞってしまう。

ヤジ馬達の間からも「おおっ」と歓声があがる。

愕然と目を見張る明日香の反応に気をよくしたらしく、顎鬚の店主は得意顔で、

「ああ、重かった――ほら、ご覧ください、これが当店のチャレンジメニューです」

にやにやと薄笑いを浮かべた。

「驚いたでしょう、ちょっとやそっとでは攻略できないと思いますよ」

そう云って店主は、鉄板の右と左にナイフとフォークを並べた。いや、並べたと云っても、間に巨大ステーキがあるから、物凄く離れているのだけど――。どうでもいいけど、大盛りチャレンジをやっている店の主は、どうしてみんな、量の多さを得意げに語るのだろうか。

「うひょお、やっぱり凄いな、こりゃ、デカいにも程があるよ」

仔猫の目をした小さい男が感心したような声をあげ、ヤジ馬達も固唾《かたず》を呑んで事の成り行きを見守っている。

本当にとんでもない量だけど、大丈夫だよね、早苗――これまでにない不安を感じ、明日香は早苗の様子を窺った。

しかし早苗はどうしたわけか、巨大な肉の固まりに目もくれず、自分のトートバッグの中を、何やらごそごそと探っている。

何してるの、食べられそう？ ――と、明日香が問いかける暇《いとま》もあらばこそ、早苗はいきなり立ち上がった。そして、

「明日香ちゃん――ちょっと、私――ごめん」

ぽつりと小さく云うと、やにわに駆け出す。

ヤジ馬の人垣をかき分けて、早苗は店から飛び出して行く。

え、あれ？　ちょっと早苗、どこ行くのよ——ぽかんとする明日香に構わず、早苗は店の外へと消えてしまった。

誰もがきょとんとしていた。

鬚の店主も、バイトの草野君も、ヤジ馬のおっさん達も——。

みんながみんな、唖然としている。

静寂が残った。ただ、巨大ステーキのぴちぴちと脂を焦がす音だけが、店内に虚しく響いている。

主役不在の舞台で途方に暮れるエキストラ達——そんな感じで、全員が呆気に取られていた。

茫然と、主人公が消えて行った入り口の方を見ている。

しばらくは、誰も何も云わなかった。

早苗の唐突な行動の意味を測りかねていた。

何が起こったのか。

どうしちゃったのか——。

明日香も訳が判らず、ただぼんやりするのみである。

トイレ、ってことはない、よね——唖然としたまま、明日香はそんなことを考えていた。でも、トイレは店の奥にちゃんとある。外へ飛び出す必要はない。

明日香は再び、ぼんやりする。ヤジ馬のおっさん達と共に――。

ややあって、バイトの草野君が一人言を小さく漏らす。

「何やってるんだろう、早苗ちゃん――」

草野君は、まだ入り口の方を見たままだった。その、ごつごつした岩石みたいな横顔を見て、明日香はようやく得心が行った。

ああ、そうか、高校の同級生がいるから、それで食べられなくなったんだ――。

早苗は、自分の特技を恥ずかしがって秘密にしている。女の子の大喰らいなんてみっともないから、と隠したがっていた。それなのに、ばったり偶然知り合いに出食わしてしまい、恥ずかしくて――それで、どうしていいのか判らなくなって逃げ出したのだ。そうに違いない。それしか理由は考えられない。

だが、草野君がもう一度、一人言を呟いて、

「変だなあ、早苗ちゃんなら楽勝だと思ったんだけど――」

明日香はそれを聞き逃さなかった。

「え、ちょっと待って。あなた知ってるの？　早苗の特技のこと」

「そりゃ知ってますよ」

と、草野君はあっさりとうなずき、

「早苗ちゃんの大喰いは、うちの田舎では有名なんですから。俺らの地元って、ホントに小さい人口も少ない町でね、秋のお祭りの時に、餅の大喰い大会っていうのがあるんですよ。大会

っつっても、伝統的な神事か何かなんですけど――由来とかは俺もよく判んないんだけど――とにかく、五穀豊穣を祝って土地の神様に感謝する儀式とかで、神社の境内で町を挙げての大々的なイベントをやるんですよ。これっくらいの、小さく丸めた餅なんですけどね、それをこう、山盛りに積み上げて、片っぱしから喰っていくっていう――あ、喰うっていうより、呑むんですね、ぽんぽんぽんって、口の中に放り込んで、どんどん呑み込むわけです」

草野君はお喋りな質《たち》らしく、聞いてもいないことをぺらぺらと教えてくれる。

「それで、早苗ちゃんは高校の時、その大会で前人未到の三連覇を達成したんですよ。小さい餅って云っても丸呑みするわけだから、子供は危ないから参加できないんですよね、高校生になったら出場できる決まりで――早苗ちゃんは一年生の時から続けて三年間、王座を守り通したんですよ。いや、あの食べっぷり、凄かったっすよ。並み居る大人の出場者が途中退場したり、ひっくり返って動けなくなってる中で、早苗ちゃんだけが一人で延々と食べ続けて――境内に詰めかけた町の人もみんな大喝采で――あの記録はもう破られることなんかないんじゃないかなあ」

「それじゃ、あなたもそれ、見てたわけね」

長々とした草野君のお喋りに、口を挟んで明日香が聞くと、草野君はやけに自慢げにうなずいて、

「もちろん見てましたよ。もう、感動的ですらあったんですから。大人の出場者の応援してる連中は、みんなビビって黙っちゃって、俺ら高校生だけが早苗ちゃん早苗ちゃんの大コールで

——凄い熱気の大盛り上がりで、いやあ、凄かったですよ。今でもきっと、高校で語り草になってるでしょうね」

草野君の思い出話をぼんやりと聞き流しながら、明日香は、また訳が判らなくなってしまう。どうして早苗はいきなりいなくなってしまったのか――。てっきり、同級生と偶然再会して、恥ずかしいから逃げ出したのだと思っていたけれど――。でも、それは違っていたらしい。そう云えば、ころっと忘れていたけど、前に早苗に聞いたことがあったっけ。田舎ではちょっとした有名人扱いされて決まりが悪かった、とか何とか、早苗は云っていたはず。さすがに、餅の丸呑み大会なんて変な風習の話は聞いていないけれど、とにかく、草野君は知っていた。それを今さら恥ずかしがる必要なんてないはずだし――。

だったら、なぜだろう。

一度納得したことがひっくり返ると、本当に判らなくなってくる。

どうして？　なぜ？　何で早苗は突然逃げ出したりしたんだろうか？

判らない。まるっきり判らない。

肉の大きさの凄まじさに恐れをなした――？

いや、早苗に限ってそれはないと思う。確かに充分、あまりと云えばあんまりなサイズだけど、早苗はこれまでにもエゲツない分量の大飯を食べつくしてきたではないか。特大ステーキを見て怯《ひる》むはずはない。むしろ大喜びで食べるはず。それに、肉をがっつり食べたいと本人も云っていたし。

だったら、なぜ――？

草野君に偶然会った以外には、この店では何も変わったことなんか起きていないはずなのに――。先に太ったおっさんが挑戦していて、こっちもチャレンジメニューを注文して、そしてお肉が運ばれてきて――と、いつもと同じ流れの出来事だけ。普段と何も違っていることなどなかった。早苗が急に心変りする要因なんか、ひとつもなかったではないか。

判らない。訳が判らない。

明日香の頭の中に、疑問符が大盛りになってくる。

「お客さん、どうするんですか。もうスタートしますよ」

頭の中の疑問符を押しのけて、明日香の耳に人の声が入り込んできた。顔を上げると、鬚の店主が腕組みしてこっちを見ていた。

「あ、え――いや、そんなこと云われても、ちょ、ちょっと待ってください」

明日香は大慌てで、携帯電話を取り出した。

早苗の番号を大急ぎでプッシュしても――、

『この電話は、電源を切っているか、電波の届かない場所にいるため、繋がりません』

無情な合成音が返ってくるだけ。

焦りながら、明日香はメールを打つ。

『どうしたの？　助けて　このニク　どうすればいいの』

「もう待てませんよ、普通はステーキをお出しした時点でカウント始めるんですから。では、

「いきますね——用意、スタート」

顎鬚の店主は、情け容赦なくカウントを始めてしまった。

え、ちょっ、ちょっと、でも、そんな、スタートなんて云われても、私、どうすりゃいいのよぉ——うろたえる明日香だったが、店主は許してくれない。

「制限時間は一時間ですからね。一時間以内に残さず召し上がっていただきますよ」

ヤジ馬共も面白がって、

「おねえちゃん、喰え喰え」

「がんばれ、ねえちゃん」

「一時間以内だぞ」

勝手なことを云って、口々に囃し立ててくる。

ううう、私にどうしろって云うの、早苗、助けてよ、どうしていなくなっちゃったの、何やってるのよお——訳が判らず、明日香はおろおろするばかり。メールの返信は、まだ来ない。

ああもう、こうなったら破れかぶれだ、食べればいいんでしょ、食べれば、私が食べれば文句は出ないんでしょ、ええい、やってやる——ヤケを起こして、明日香はナイフをひっ摑み、巨大なステーキ肉に突き刺した。

それにしても、早苗はなぜ逃げてしまったのだろう——？

早苗の大喰らいは生まれつきだったという。

食べても食べても太らない、そういう体質らしい。まさに、痩せの大喰い、という諺を地でいっている。いささか極端ではあるけれど――。

明日香がそれを聞かされたのは、夏休みの終わり頃だった。

＊

大学の夏休みは、ひたすら長い。

その時、明日香の住む女子学生専用ワンルームマンションでは、住人の大半が帰省していた。全員が、地方から上京して一人暮らしをしているのだから、それも当然だろう。

明日香は、東京の隣の県の出身――やろうと思えば電車通学も無理ではなかったけれど、せっかくの大学生活、一人暮らしをしてみたかった。そうしたら両親の陰謀で、男子禁制マンションなる潤いのない物件に放り込まれてしまった。

ただ、友達がたくさんできたのは、大きな収穫だった。建物の立地条件から、自然と同じ学校の女子学生ばかりが集まっていたからだ。

だからもちろん、同じマンションに住む早苗とも、春には新入生同士として顔見知りになっていた。地味で口数が少なく、とにかくおとなしい印象――当然、その特技については、当初は知るはずもない。

残暑も厳しいその日、明日香は帰省を早目に切り上げて、マンションに戻って来た。アルバイトの都合もあり、近すぎる実家にはいつでも帰れるという気安さもあったし。

そして、マンションに宅配ピザの配達員が入って行くところに行き合わせた。それを見て、明日香はちょっと目を見張ってしまう。

宅配ピザ自体は珍しくも何ともない。ただ、その量が尋常ではなかった。大箱——多分Lサイズだろう——それが十箱ほど。

ピザパーティでも始めるのか？　けど、みんな帰省してて、ほとんど人はいないはずなのに——多少、訝しく感じた。

まあ、いいや、パーティがあるんなら混ぜてもらおう——何の気なしに、ピザ屋のお姉さんの後をついて行く。

そう、そこでお姉さんが向かったのが、早苗の部屋だったという次第。

早苗は無論、一人きりで、パーティの気配なぞ微塵もない。

「えっと、早苗ちゃん、だったよね——何なのこの数は？　みんなもいるんじゃないの？」

ピザ屋のお姉さんが帰った後、ひどく気まずい思いで聞いたものである。

積み重なった大量のピザの大箱、そして一人っきりのワンルーム——元より口ベタな早苗に、この状況で云い逃れなどできるはずもなかった。

こうして早苗は、秘密を打ち明けてくれた。

明日香は圧倒されるばかり。話の内容にではなく、その食べっぷりに——。早苗は、ピザをもりもりとぱくつきながら、告白したのである。

「私、昔からこうで、うちの田舎は豪快に食べるのが美徳になってて、物心つく頃には、食べれば食べるほど誉められて――それで、いつの間にかこんな体質になっちゃって――」

早苗は語った。ピザをむしゃむしゃ平らげながら――。

なんでも、早苗の故郷は東北の米どころで、大昔は貧しい村であり、飢饉《ききん》の折には餓死者もたくさん出たらしい。その反動なのか、近代になって農業技術の進歩が豊かさを齎《もたら》す時代になると、大喰らいが先祖の供養としても賞賛される土地柄になったという。

「これが恥ずかしいと思う年頃には、もう周囲のみんなが知ってて、米森さんの家の大喰らい娘っていえば、狭い田舎ではちょっと有名なくらいで――でも、その割には背も伸びないし体重も増えないし――」

小さくて痩せっぽちの早苗は、両手のピザを交互に貪《むさぼ》り喰いつつ、泣きそうになりながらも話してくれた。

「だから恥ずかしくて、大学入ってからはみんなには内緒にしてて――いつもは一所懸命食欲、こらえてるんだけど――時々我慢できなくなっちゃって、つい、たらふく食べたくなって――」

話す間《あいだ》も瞬く間に、ピザの箱が次々と開けられていく。そして、一切れ二切れまた一切れ、とピザは早苗の口の中へと消えていく。いっそ小気味いいほどのスピード、清々《すがすが》しいくらいの食べっぷり。

明日香も二切ればかりお相伴《しょうばん》に与かったけれど、大量のピザはもちろん、早苗が一人でぺろりと片付けてしまった。

早苗のおなかもようやく落ち着き――それでもまだ虫押さえ程度だというからびっくりだ――二人でお茶を飲みながら、明日香はチャレンジメニューの店の話を持ち出した。

「そういうお店、東京近郊にはたくさんあるよ。だいいちこれじゃ食費も大変でしょ、大喰いチャレンジメニューなら大抵タダだし」

「うん、判ってる――そういう挑戦のお店は雑誌でも見るし、物凄く興味あるけど、でも、一人じゃ――恥ずかしくて、どうしても入れなくて――」

「だったらさ、私が一緒に行くってのはどう？ 付き添いがいれば恥ずかしくないんじゃない」

「本当――？」

「うん、二人で一緒に行こう、それなら大丈夫だよね。私も今の食べっぷり見てて気分よかったし、何度でも見たいよ。早苗ちゃんの大喰いって、もう芸の域に達してると思うし。もちろんみんなには秘密にする、誰にも云わない。だから一緒にあちこちのお店、回ろう」

明日香の提案に、早苗は目を輝かせた。

この日から、二人は急速に仲よくなった。密かな楽しみを共有する仲間として、そして同い年の友達としても――。

＊

無理でした。

いや、こりゃ無理だってば、並の人間にどうこうできる量じゃないって――。

ヤケを起こして巨大ステーキに立ち向かったのはいいけれど、その挑戦はどう考えても無謀だった。

苦しい、胃が――肉で満杯になった胃の圧迫感に、明日香は肩で呼吸して喘《あえ》いでいた。もう、フォークもナイフも、とっくに投げ出している。

眼前の肉の固まりは、全然減っているようには見えない。どでんとそのまま、運ばれてきた時と同じ重量感で横たわっている。角の部分がほんの少し、削れた程度。

こんなにキツくなるまで食べたのに、まったく食べていないみたいだなんて――あまりのことに、笑いすら込み上げてくる。

そして、込み上げてくるのは笑いばかりではない。食道までいっぱいに詰まった肉が、胃の中で膨れて存在感を増し、ともすれば逆流しそう。

いっぱいの胃袋、限界を超えた満腹、自分の体が重く感じる。不快な膨満感が胃の辺りにどっしりと居座り、肉汁と脂が消化器全体にたっぷりと満ちている感覚も気持ち悪く、口の中まで脂分でねっとりしている。

ヤジ馬達も、とうに三々五々消えていってしまっている。あまりに不甲斐《ふがい》ない明日香の食いっぷりに、つまらなそうに途中で帰ってしまった。

当り前だっつうの、私に何を期待するっていうのよ、こんなの食べられるはずないでしょ、無理無理、こんな無茶苦茶なチャレンジなんか、させる方が非常識なんだから、あの助平ったらしい鬚生やしたおっさんも、少しは限度を考えろっちゅうのよね——逆ギレ気味の明日香である。胃が苦しいヤツ当りだ。

うう、もうお肉なんか見たくない、誰かこの無駄な満腹感を何とかして、息するのさえ苦しいよお、うっぷ、もうダメ、ああ、このまま床に倒れこみたい——。

「三十分経過、あと三十分です——って、でもお客さん、もう無理みたいですね」

助平ったらしい顎鬚の店主が、にやにやしながらそう云った。

「時間計っても無駄だから、時計は止めますね。どうですか、お客さん、ギブアップしますか」

「うう——はい、ギブアップ、です」

明日香は息も絶え絶えに、そう答えるのがやっとだった。胃が、とにかく、苦しい。

「判りました、ではここでギブアップということで——もうこのステーキも下げてしまいますよ」

助平ったらしい店主は、どっこいしょと、ほとんど減っていない肉の固まりを、鉄板ごと持ち上げた。テーブルの上はさっぱりしたけれど、明日香の胃や胸はもたれて、ちっともすっきりしない。

「おおい、草野君、君の賄い《まかな》メシが大量にあるぞお」

と、助平な店主は、厨房に向かいながら声をかけ、ついでのようにひょいっとこっちに向き直り、

「あ、それから、お客さん、罰金払ってくださいね。まあ、少し休んでもらってもいいですけど、後でちゃんと払ってくださいよ、三万円」

嘘。

うわ、嘘でしょ、罰金払わないといけないんだ、どうしよう――明日香の胃の中で、消化できない肉と脂がまた、さらに膨らんだような気がしてきた。

勘弁してよ、三万円だなんて、そんなお金、貧乏学生が持ってるはずないじゃないの、どうしたらいいんだろ、私も逃げちゃおうか、やったことないけど食い逃げ、バイクに飛び乗って逃走すれば、どうにか振り切れるかもしれない、けど、入り口まで動けるのか私は、このいっぱいのおなか抱えて走れるか、うう、苦しいよお、これじゃ一歩も歩けないし、食い逃げなんて無理だよ、うぐう、どうしよう――ろくなことを考えられない。胃の活動に手一杯で、脳への血流が疎《おろそ》かになっているらしい。

それにしても、早苗はどうしちゃったんだろうか――それも、明日香にとって問題だった。どうして逃げるように出て行ってしまったんだろう。

それが判らない。

故郷の人は、誰もが早苗の大喰いを知っていた。もちろんバイトの草野君も。だから、彼とたまたま出食わしたからといって、今さら恥ずかしがるのは変なのだし。いつものように食べればいいいだけなのに。

理由が判らない。

何の理由もないじゃないのよ。

なぜ、どうして、何があったのか——カラっぽの頭の中に、またぞろ大盛り疑問符が溜ってくる。疑問符はぐるぐる回る。なぜ、どうして、何の理由があって、早苗は逃げるみたいにいなくなったの？　あの状況で、何のわけもなく逃げるはずはないのに。判らない、判らない。頭がぐるぐる混乱する。うう、胃がお肉で重い。頭も疑問でいっぱい。逃げる必要なんか、どこにもないじゃないの——。その上、罰金三万円。もう、どうしていいのか判らない。

二進《にっち》も三進《さっち》も行かなくなって進退谷《きわ》まる明日香に、

「いやあ、全然ダメでしたねえ。果敢に挑んだチャレンジ精神は立派だったけど、結果がこれじゃまるっきりの骨折り損ってやつですよね」

テーブルの横に立つ誰かが話しかけてきた。頭を動かすのさえ億劫《おっくう》な明日香が、視線だけを上げて見ると、それは唯一居残っていたヤジ馬——あの、仔猫の目をした男だった。

小さい顔にふっさりと垂れた前髪、大きな目だけがまん丸で、全体的な雰囲気もやっぱり仔猫を思わせる。ぶかぶかの黒い上着に身を包んだ体格は少年みたいに華奢で、見れば見るほど年齢不詳の小男だった。

ちっちゃい男はにこにこと、愛嬌に満ちた笑顔のまま、

「どうでもいいけど、大丈夫ですか。何だか凄く辛そうですよ」

判ってるんなら話しかけるなよ、こっちは声を出すのもキツいんだから——むっとして押し黙る明日香の態度をどう誤解したのか、

「あ、不躾《ぶしつけ》に声なんかかけて失礼しました――初めまして、僕、猫丸といいます」

仔猫の目をした小男は、膝に手を当ててぴょっこりとお辞儀をした。やけに丁寧で愛想のいい挨拶に、明日香もつい釣り込まれ、

「――あ、どうも、吉川です、吉川明日香」

何となく答えてしまう。猫丸という小さい男は、天真爛漫な笑い顔で、

「これはどうもご丁寧に恐縮です――ところで明日香ちゃん、つかぬことを伺いますけどね、さっきからの様子だと、五キロ肉にチャレンジする予定だったのは、さっき逃げちゃったあの子だったんでしょ」

「もちろん」

苦しいおなかを動かさないように無言でうなずく明日香に、猫丸はさらに聞いてきて、

「何だか自信あるように見えたんだけど、ひょっとしたらあの子なら完食できそう？」

短く答えれば、猫丸は嬉しそうに、

「だったらもう少し待ってるとしようかな、完食できる人がいるんなら、是非見てみたいしね」

「――けど、早苗はどっか行っちゃったし」

「それなら平気平気。彼女はどうせもうすぐ戻ってくるだろうからね」

猫丸は事もなげに、そう云いきった。

「え？　あなたも早苗の知り合いなの？」

一瞬、苦しさを忘れて尋ねる明日香に、猫丸はきょとんとして、

「いえ、全然」

「じゃ、どうして戻ってくるって判るのよ」

「いやあ、多分そうじゃないかと考えただけですよ」

ちょっと照れくさそうな笑顔で猫丸は、

「戻ってきますよ、きっとすぐ。大して時間がかかるわけじゃないと思うしね」

「時間って何の？　どうしてそんなことまで知ってるの」

「知ってるんじゃなくてちょいと考えてみただけなんですってば――」

と、猫丸は、やけにかわいいまん丸の目で明日香を見てきて、びっくりするほどの早口で、

「実はね、今日は僕、人間がたらふく大喰いするのを見たかったんですよ。ほら、人がわしわし喰ってるのって、横で見てても楽しいでしょ。それも五キロのステーキだってんだから、どんなエラいことになるのか、物凄く楽しみにしてたんです。それがまあ、あの役立たずが半分も喰わないうちにギブアップしやがって、まったくもう、つまらないったらありゃしない」

急に邪険な目つきになり、自分の背後に顎をしゃくる。その方向は奥のテーブル――最前チャレンジに失敗した太ったおっさんが、椅子からずり落ちそうに、半ば倒れるようにして座っていた。あのおっさんもまだいたのだ。多分、明日香と同様、必要以上の満腹感で身動きすらできないのだろう。

「まあ、あの役に立たない昼行灯《ひるあんどん》野郎のことなんかもうどうでもいいんだけど――あ、そうだ、そんなことより、ねえ、明日香ちゃん」

と、猫丸は、太ったおっさんから視線をこちらに戻し、態度もころりと愛想よく変えて、

「あの子が戻ってきたら、きっともう一遍仕切り直してチャレンジするよね。そしたら横で見ててもいいよね、ねえねえ、いいでしょ、見せて見せて。僕、見たくってたまらないんですよ。あの役立たずのせいで完食する場面見られなくって、気分的にちょいと消化不良で——ね、見せてくれるよね」

「それは、まあ、構わないけど——」

まん丸の目をきらきらさせて身を乗り出す猫丸の、子供のおねだりみたいな口調にたじろぎながらも、明日香はうなずき、

「でもその代わり、早苗がどうして逃げちゃったのか、理由を教えてくれる？　私にも事情が判らないのに、初対面のあなたが何を知ってるのか、教えてほしいんだけど」

「だから知ってるんじゃなくて見当つけただけなんだってば。あくまでも僕の想像だから、本当に当ってるかどうか保証の限りじゃない——その程度の憶測だよ。それでもいいなら話してあげよう」

「うん、判った、それでいい」

「よし、それじゃ交渉成立だね、話してあげるよ、いくらでも——うわあ、楽しみだな、早く見たいな大喰い娘」

毛糸玉にじゃれつく仔猫みたいにはしゃいだ様子の猫丸は、ひょいっと身軽に、明日香の向かいの席に座った。そして、奥のテーブルへと呼びかけて、

「おい、大塩、お前さんもこっちへ来なさいよ。いつまでもそうやって山から麓に降りてきて退治された羆《ひぐま》みたいにどてっとひっくり返ってるんじゃありません。今からちょいと愉快なお話、してやるからさ。ほら、早く来なさいって」

「――でも、猫丸先輩、俺、動けないっすよ、胃がキツくて――」

「ぐずぐず云ってるんじゃありません。いいから来いってば。来ないとあれだよ、お前さんのその太鼓腹に版画で使うバレン押し当ててぐいぐい押しますよ」

「うわ、勘弁してくださいよお」

悲鳴にも近い声をあげ、大塩というおっさんは椅子から立ち上がった。そして、体をのけぞらせたまま、肩で息をしてよたよたと近づいてくる。滑稽きわまる動作だったけれど、明日香はまったく笑えなかった。むしろ同情すら感じる。今、歩けと云われたら、自分も絶対ああいう動きになるに決まっている。

「まったくもう、お前さんときたらだらしないね、たかが肉喰ったくらいでふらふらしてやがるんだから。ちったあしゃきっとしなさいよ、しゃきっと」

そろりそろりと大塩が、隣の席に座るのを見ながら、猫丸は不満そうに云う。

こうして並んでいるのを見ると、小さな猫丸は、太って大柄な大塩の半分くらいしかない。ただし態度だけは、五十倍くらいデカいけど。

そして年齢も、大塩は中年に差しかかったおっさんだけれど、猫丸の方はと云えば――どう見ても私と同じくらいにしか見えないんだよなあ――明日香は首を傾げてしまう。ヘタをしたら、最初に感じたように、高校生にも見えてしまう。けど、喋り方や物腰はやけにおっさんじみてるし——本当に、この人、いくつなのだろうか。三十男の大塩に、先輩と呼ばれているのも疑問だし。

その年齢不詳の小男は、明日香の疑問とは無関係に、涼しい顔で喋りだす。

「さて、さっき逃げちゃったあの子が——早苗ちゃん、だっけ——どうしてステーキを目の前に置かれながら急に姿をくらましたのか、という問題なんだけど、まず、いくつか確認しておきたいことがあるんだよ」

と、猫丸は、まん丸い仔猫みたいな目を明日香に向けてきて、

「早苗ちゃんは今日、体調が悪かったとか、そういうことはないかな？　胃の調子が芳《かんば》しくない、とか、歯が痛いとか、口内炎ができてて食べるのが辛い、とか」

「それはないよ」

苦しいおなかをさすりながら、明日香は頭《かぶり》を振って、

「そもそも今日のチャレンジに誘ったのは早苗本人なんだから。いつもそうだけど、誘うのは早苗の方。体調悪かったら、行きたいなんて云うはずないでしょう」

「何か予定を思い出した、なんてこともないよね」

猫丸に重ねて問われ、今度は明日香はうなずいて、

「ない、と思う。今日は午後の授業のない日だし、早苗にとって食べるより大切な予定なんかないはずだもん。用事があっても早苗なら、ぺろっと平らげてから出かけることだってできた

はずだし」

「でも、急用ができたってことは？」

「それだったらメールか電話かしてくると思う」

明日香の携帯は、沈黙したままである。

「あの、ひょっとしたら——」

と、猫丸の隣から大塩が口を挟んできて、

「早苗ちゃんって子は、実は肉が苦手だった、なんてオチはないよね」

「ないですね。さっきも云ったけど、この店で食べたいって主張したのは早苗の方なんですってば。あの子、朝から楽しみにしてたみたいだし、食べ物の好き嫌いなんかないはずですよ」

明日香が一蹴すると、大塩はもごもごした口調で続けて、

「だけど、油の焼ける匂いで急に胸やけしたとか、肉が出てきて、予想を上回る大きさに突然自信がなくなった、とかさ、そういうことはないのかな」

「それもないでしょうね、早苗に限って自信喪失するなんて思えない。今まであちこちの店で完食してきた実績もあるし。それに、ここへ入ってきたら肉の焼ける匂いがして、早苗は『おいしそう』って云って嬉しそうにしてたし、油の匂いくらいで減退するヤワな食欲じゃないんですよ、早苗の食欲は」

「よし、そこまで確認できれば充分だ、そういう判りやすい理由じゃなさそうだね」

猫丸が楽しげに云うから、明日香はちょっと顔をしかめて、

「そりゃそうよ、そんな判りやすい事情だったら、私だってとっくに気がついてたはずだもん。考えても判らないから困ってるんじゃないの」

そうなのだ、早苗がいきなり逃げ出す理由など、どこにもない。いつもと同じように、店に入って注文して、大盛りチャレンジメニューが運ばれてきて——と、普段通りの出来事しか起こっていない。明日香と早苗にとっては、もはやありきたりなルーティン。早苗が急に気を変える要因なんかどこにもなかったし、特別なことは何ひとつ起きてはいないのである。

にも拘らず、早苗は突然に、まさに唐突な行動で、出し抜けに走り去ってしまった。明日香には、意味も理由も判らない。だからこんなに混乱してるんじゃないの——。

そうした明日香の困惑など、どこ吹く風の猫丸は、にんまりと満足そうに笑うと、

「そういう判りやすい理由じゃないんだったら、体の内部の問題ではないんだよね。となると、こいつは外部の問題だ。この一件はそこにポイントがある」

「何それ、外部の問題——？」

尋ねた明日香の言葉には答えず、猫丸はポケットから煙草を取り出して、

「失礼して、ちょっくら吸わせてもらうよ。こいつがないとどうも頭が回らなくてさ」

言い訳みたいな口調で一応断りを入れ、一本くわえて火をつける。太った大塩が気を利かせて、テーブルの隅の灰皿を、猫丸の前に押しやった。

礼のつもりなのか猫丸は、煙草を指に挟んだ手をちょっと上げて見せてから、

「ところで、明日香ちゃんと大塩にちょいと考えてほしいことがある。人間が無防備になる時

って、どんな時だと思う？」

「人間が無防備って——どういうこと」

意味が判らず問いかける明日香に、猫丸は、

「だからね、人が油断して無防備になる瞬間っていうか——まあ、喩《たと》えてみれば、暗殺者に狙われやすい瞬間、とでも云おうかな。暗殺者が、これは乾坤一擲《けんこんいってき》のチャンスだって判断して、行動を起こす瞬間、だね。それってどんな時だ？」

煙草の煙を吐きながら、平然と聞いてくる。

なんだそりゃ、いきなり何の話だよ、それは——明日香は戸惑ってしまう。話について行けないのは、脳への血流が疎かになっているせいだけではないだろう。

「それは、まあ——例えば、眠っている時、でしょうね」

と、大塩が律義にも答えている。猫丸は軽くうなずいてから、煙草の煙を吐くと、「そう、寝ている時は本人は意識を失ってるわけだからね、この上なく無防備だ。暗殺者もさぞかし仕事がやりやすいってもんだよ。はい、大塩、正解。他にはどうだ、ほい、明日香ちゃん」

「えーと、トイレ、とか」

クイズ番組の司会者みたいに促す猫丸に乗せられて、明日香も思わず答えてしまう。

「そう、それも正解」

と、猫丸は、店の奥のトイレのドアにちらっと目をやり、

「飲食店の店の中でこんな話も申し訳ないけど、そいつもありだね。トイレの中じゃ、人は無

防備になる」

「確かにトイレは個人的な時間だし、個室でほっとしてる時には誰だって油断するでしょうけど――でも、猫丸先輩、それが何の関係があるんですか」

大塩が、あからさまに不審そうに云う。

明日香もそれに共感する。本当に、何の関係があるのよ、そんなおかしな喩え話――。

こちらの思惑にお構いなしに、猫丸は、火のついた煙草を左右に振りながら、

「ほら、次は大塩の番だぞ、早くしないと時間切れだ、ほれほれ、早く答えろよ、解答権が明日香ちゃんに移っちゃうぞ」

「いつからそういうゲームになったんですか――」

と、呆れながらも大塩は、せっつかれて渋々と、

「人が無防備になる時と云えば、あとはほら、あの、まあ、個人的というか、男女のその、プライベートな時間というか――」

明日香の方を見ないように努めながら、云いにくそうに、もごもごした口調で云う。

「うん、まあ、それも正解だね。昔っから色仕掛けの暗殺ってのは洋の東西を問わず頻繁にあったことだから――けど、その件については置いとこう。初対面の女の子の前でそんな話もヤボってもんだ。話の本筋とも関係ないしね」

猫丸がちょっとつまらなそうに、さらりと流して云ったから、明日香はいささか驚いてしまった。おっさんくさい喋り方をするくせに、これだけセクハラ臭を感じさせずに、そうした話

を流してしまえるのは、なかなか奇特なことだと思う。おっさんにしては珍しい。変わった人だと感じていたけど、どうやらこの小さい変人、色々な意味で珍しいタイプのようだ。

「さあ、他に答えはないのか、今度は明日香ちゃんの番だよ、ほら、まだあるだろ、人が無防備になる瞬間ってお題だよ」

口調を一転、またクイズ番組みたいな調子で、猫丸は楽しげに聞いてくる。

まだやってるよ、何を云ってるんだろうか、この人は——明日香は何となく、呆れ顔の大塩と顔を見合わせてしまう。お互い胃の苦しい仲間で、同病相哀れむじゃないけれど、珍しいタイプの変人の意味不明の戯《ざ》れ言《ごと》に翻弄される同志として、不審感を分かち合う。

「ほら、もうひとつ、大きい答えが残ってるぞ、出ないんなら僕が云っちゃうよ、いいのかな、云っちゃうぞ。ああ、もう、じれったいな——はい、もう時間切れ、答え云っちゃいますよ」

一人で勝手に盛り上がっている猫丸は、煙草の煙を大きく吐いてから、

「正解は、食べ物を食べている時、でした。明日香ちゃん、残念だったね」

ちっとも残念ではないけど、まあ、答えとしてはそれでいいのだろう。確かに人は、何か食べている時はそれに集中する。本能に根ざした行為ではあるし、味わって食事を楽しむのも、人間として普通のことだ。そんな時、人は油断して無防備になる。満腹だと——今まさにそうだけど——動きが鈍くなるし。

「食べてる時に人が無防備になるのは、なにも皿の上を見て集中してるからってことだけじゃないんだよね」

と、猫丸は、明日香の考えを読んだかのようなタイミングで云う。気味の悪い洞察力まで持った変人である。

「人が物を食べている時に無防備になる理由——例えば、暗殺者が襲いかかってきても、咄嗟《とっさ》に対処できない——無防備な状態になる理由が、もうひとつある。どうしてだと思う？　それはね、犬や猫なんかの獣は食べる時、こう、首を突き出してそのまま直接口をつけて食べるだろう。でも人はそうはいかないからなんだよ。箸やフォークを使うにせよ、パンや饅頭を手摑みで食べるにせよ、はたまた串に刺さった物をつまむにせよ、どっちにしたって手を使うんだ。だから人は、食事中には無防備になる。暗殺者に襲われても、手が塞がってて、咄嗟に武器を取って反撃できないからなんだな。ほら、な、面白いだろ、人間はよっぽどのことがない限り、手を使わなくては物を食べられないいんだよ」

「はあ——それ、面白い、ですかね」

大塩が、気の抜けた相づちを打った。

明日香はまたもや、それに共感する。

それがどうした——という気分。

こちらの反応を気にしない猫丸は、短くなった煙草を灰皿でもみ消すと、

「ちょいと脱線しちまったかな——さて、本題は、早苗ちゃんが巨大ステーキから敵前逃亡した理由なんだったね。どうして彼女はいきなり逃げ出したのか——。でも、食べること自体に問題があったわけじゃない。彼女は自分からこの店に来ようと主張したわけだから、食い気

満々だったんだよな。だから、体調が悪いとか、食欲がないとか、肉が苦手とか――さっき確認した通り、そういうところにはひとつも問題はないわけなんだ。つまり、早苗ちゃんの内部――口の中や胃の中には、原因はないと考えていい。では、逃走した理由はどこにあるのか？答えは簡単、内部でなかったら外部にあるに決まってる」

「外部――？」

明日香は、鸚鵡返しに呟いてしまう。さっきも云っていたけど、外部の問題って、どういう意味なのだろうか――。

「そう、胃や口といった内部の問題じゃなくて、外側にポイントがあるってことだよ」

と、猫丸は、まん丸い目でまっすぐに明日香を見て、続ける。

「つまり、胃や口の中といった見えない部分のことではなくて、外側から見える範囲の話になってくるわけなんだ。外側から見える範囲――すなわち、他人に見られる部分に原因があったと考える他はない。要は、早苗ちゃんは他人の目を気にして逃亡した――これしかないだろう」

「他人の目を気にした――って、誰の目を？」

明日香が聞くのと、ほとんど同時に大塩が膝を打って、

「あ、彼だ」

と、店の奥の厨房の方を指し示す。

「ほら、高校の同級生だったあのバイト君。早苗ちゃんは彼の目を気にしたんですね」

「それはないですよお」

明日香は手を振って、大塩の意見を否定した。

「だって草野君は、早苗の大喰いをよく知ってたんですよ。今さら恥ずかしがることなんかないでしょう」

明日香にとっては、それはもう一番初めに却下された考えなのだ。

「あ、いや、そうじゃなくて、俺もあっちで彼の話は聞いてたから、それは判ってますよ。だから恥ずかしいとかってことじゃなくてですね」

と、大塩は、少しあたふたしながら、

「例えば、高校の時、早苗ちゃんと彼は特別な関係があって、何かいざこざがあったとか――久々に再会したものの、嫌な別れ方をしたから顔を見るのも不愉快だとか何とか――何か気まずいことが二人の間にあって、彼の顔を見ているのが一分一秒たりとも耐えられないから、それで逃げ出した、とかね。彼の方は屈託がないみたいだったから、別に蟠《わだかま》りなんかなくて――まあ、早苗ちゃんは大勢付き合った彼女のうちの一人なんでしょうね。でも、早苗ちゃんにとっては、忘れられないくらい嫌な思い出しかなくて――というようなことなんじゃないでしょうか」

はて、草野君と再会した場面で、早苗にそんな素振りなんか、あったようには見えなかったけどな――と、明日香はちょっと首を傾げる。だいいち、あのごつごつしたご面相の草野君が、大勢の女の子と付き合うようなモテモテ男とは思えないんだけど――。

「いや、その線は捨てていいと思うよ」

納得できない明日香の思いを代弁するように、猫丸があっさりと云った。

「早苗ちゃんは草野君と、特別親しかったわけでも深い関係にあったわけでもないと思うぞ。ほら、最初に彼が云っただろ、『俺、草野、覚えてる？』って――。親しい間柄だったら『覚えてる？』なんて台詞は出てこないよ。だから多分、二人はただの同級生にすぎないと云ってしまっていいだろう。早苗ちゃんは秋祭りの餅喰い大会の覇者で、校内ではちょっとした有名人、一方草野君はその他大勢の同級生。それを自覚しているが故の、草野君の『覚えてる？』という台詞なんだろうね。従って草野君のことは、考慮の埒外《らちがい》と思って構わない。ただの同級生の目を早苗ちゃんが憚《はばか》る必要なんてないんだから」

「そうですよね、私もそう思う。けどそれじゃ、早苗は誰の目を憚ったって云うの？」

明日香の質問に、猫丸は、

「そいつは判りきってるよ――」

と、煙草を一本取り出して、火のついていないその先端を、こっちに向けてきた。

「君だよ、明日香ちゃん、君しかいない」

「私――？」

「そりゃそうだよ、そんなの最初から判ってたことだ」

びっくりする明日香に、猫丸は、のほほんとした口調で、

「君の目を気にした、という以外の理由があるんなら、早苗ちゃんはこっそり耳打ちでも何でもして、君に事情を教えるはずじゃないかよ。ここには僕と大塩、店の人と、あとはさっきま

でわらわらと集まってたヤジ馬の連中、それしかいなかったんだから。そんな見知らぬ他人の目を、早苗ちゃんが気にする必要なんてないだろうに。だから、唐突に何も云わずに逃げちゃったのは、君に原因があると考える他はないんだよ。君に何も告げなかったし、今だに携帯式電話に連絡もないんだろ。つまり、君に何かを知られたくなかったに決まってる。明日香ちゃんってば、そんな簡単なことに気づかなかったの?」

気づかなかった——。しかし、云われてみればその通り、ごもっともな考え方である。何か事情があれば、教えてくれたはずなのだ。でも——、

「でも、一体何を、彼女に知られたくなかったんですか」

大塩が、明日香の疑問を先回りして云ってくれた。そう、それが気にかかる。大喰いの件は、他の友達に内緒にしているけれど、他にも何か秘密があるの——?

「だからさ、見られたくなかったんだって、さっきから云ってるだろう」

猫丸は、ちょっと苛立ったように云うと、新しい煙草に火をつけた。

「何を見られたくなかったんです?」

根気よく尋ねる大塩に、煙草の煙をゆっくり口から吐きながら、猫丸は、

「早苗ちゃんは、巨大ステーキが出てきて食べる直前に逃走した——だからひとつしか考えられない。食べるという行為に付随した動作、それしかないだろう」

食べるという行為に付随した動作って、何それ、どういうこと? ——猫丸の云うことは、どうにも回りくどくて理解しにくい。

「ええと、何だかよく判りませんけど、つまり、食べる動作って、こんな動きですか」

と、大塩は、箸を持つような手の形を作り、それを何度か上下させて、一般的な『食べる』というゼスチャーをしながら、

「これに何か問題があるんですか。こういう動きができないってことなんでしょうか。例えば――肩の筋を寝違えた、とか?」

「この薄らトンカチ、とんちんかんなこと云いなさんなよ。違うよ、そういう動きができないんなら、ハナっから明日香ちゃんを誘ってここに来ようとはしないはずだろ」

「じゃ、何なんです。さっぱり判んないっすよ」

大塩が困りきったみたいな表情になると、猫丸は楽しげに煙草をくわえて、

「外から見える範囲にポイントがあるって云ったのを忘れるなよ。普通、何かを食べている人を見る時は、大概誰でも相手の口元に注目するものだよね。でも、さっきのクイズの時に云ったことも思い出してほしい。人はたいてい、手を使わなくては物を食べられないんだ。食べている時は、人間自然に手をさらけ出しているわけなんだよ。つまり『食べる』という行為は、無防備に自分の手を人目に晒《さら》すことでもあるんだな。これが『食べるという行為に付随した動作』だよ。食べるということは、自然に近くにいる人に手を見られることでもある」

「食べるということは、手を見られること――」

大塩がぼんやりと呟く。構わず猫丸は続けて、

「さあ、そこで早苗ちゃんの問題だ。例のチャレンジメニューの巨大ステーキ――なあ、大塩、

あれは硬い肉だったんだろ、お前さんが噛むのに苦労したくらいに」

「はい、硬かったっす。多分、安物の肉なんでしょうね」

思い出したらしく、うんざり顔で大塩はうなずく。その泣き言は、店に入ってきた際に明日香も聞いている。きっと、早苗も聞いていたことだろう。

「鬚の店長さんは、このテーブルにステーキを置いた。早苗ちゃんの目の前にな。そして同時に、ナイフとフォークを横に並べたんだ。早苗ちゃんは肉を食べたかったのに、その直後に逃亡した――な、どうだろう、肉は食べたいんだから、それを見て逃げたんじゃない。肉には問題はないんだ。だとすると、同時に置かれたナイフとフォークに問題があった――そう考えればすっきりするじゃないかよ」

猫丸は、煙草の煙を静かに吐きながら云う。

「早苗ちゃんが店に入ってきて、大塩がチャレンジしていた時は、大塩は店の入り口に背中を向けていたから、その手元もテーブルの上のステーキも見えていなかった。だけど、いざ自分の目の前に巨大肉をどかんと置かれて、そこで初めて、早苗ちゃんは思い当ったんじゃないだろうか。ナイフとフォークを同時に使わなくてはいけないことに――」

仔猫じみた丸い目に、愉快そうな表情を浮かべて、猫丸は続ける。

「すなわち、早苗ちゃんは、両手を無防備に人前にさらけ出さなくてはならないことに気づいたわけだ。食べるという行為は、自然に近くにいる人に手を見られることでもあるんだからね。お肉をたらふく食べたいという思いで頭がいっぱいだった早苗ちゃんは、それまではそんなことにまで頭が回っていなかったんだろう。でも、その瞬間、思い至ったんだな、ナイフとフォークを使う必要があることに——。まさか、あんな大きな肉に直接かぶりつくわけにもいかないし、重くて硬い肉なんだから、ちゃんと切り分けながらじゃないと喰えるはずもない。要するに、早苗ちゃんは明日香ちゃんの目の前に両手を同時に晒さなければいけない——と、そいつに気づいて逃げ出しちまったんじゃないか——僕はそう思うんだよ。あのタイミングで逃走した理由は、これしか考えられないだろう」

そして猫丸は、大きな丸い目をこっちに向けてきて、

「なあ明日香ちゃん、早苗ちゃんは右利きだったよね」

「うん——そうだけど」

明日香はうなずく。先週、超特盛り擂り鉢ジャンボラーメンを食べつくした時も、右手で箸を使っていた。

それだけ確かめると猫丸は、

「もちろん、今日この店に来るのを提案したのは早苗ちゃん自身なんだから、食べる気満々だったことは間違いない。だから、利き手の右手に関してはどうでもいいと思う。問題はナイフとフォーク——両手を同時に使わなくてはならないってことだ。となると、ポイントは左手にあると考えていいんじゃないかな。多分、左手に何か、君に見られたくないことがあると思うんだよ」

あ——思い出して、明日香は息を飲んでしまった。

左手、左手――。

先週のチャレンジメニューのジャンボラーメン。早苗は、スープを呑むのに右手の箸をれんげに持ち替えて食べていた。

それに、いつぞやのパスタのチャレンジの時も、スプーンの上で丸めるという悠長なことをせずに、フォーク一本で啜り込んでいたっけ。そして、餃子やお寿司も箸だけで、ひょいぱくひょいぱくと口に放り込み――。そう、片手をお行儀よく膝の上に置き、もう一方の手だけで淡々と食べるのが、早苗のいつものスタイルだった。

そうだ、思い出してみれば、早苗はできるだけ両手を使わずに食べていたっけ――。

あれは、私に左手を見せないようにしていたの――？

でも、どうして？　なぜ、そんなことをしなくてはいけないのだろうか。

新たな疑問が、明日香の脳裏に湧いてくる。

ん、待てよ、それに、最初に見たピザの時は、両手で摑んで食べていたような気がするんだけど――。混乱している明日香の耳に、猫丸の呑気そうな声が聞こえてくる。

「普通、日常生活の中では、人は他人の手なんかまじまじと見たりしないよね。でも、ナイフとフォークを同時に使うとなると、両手をずっと無防備に、君の目の前に晒さないといけないんだ。早苗ちゃんは、それを避けたかったんじゃないかと思うんだよ」

「けど、私、手なんかじろじろ見たりしないと思うけど――」

混乱を一時棚上げして、明日香は主張した。大抵は、さっき猫丸が云っていたように、相手の口元を見るのではないかと思う。

「本当に見るかどうかは関係ないんだよ。要は早苗ちゃんの意識の問題なんだから」

猫丸は、吸いきった煙草を灰皿で潰して、云う。

「早苗ちゃんにとって、まじまじと見られるかもしれない、という危機意識があったかどうかが問題なんだ。食べている間じゅう、ずっと見られているかもしれない、と意識し続けるのに耐えられなかったんじゃないかな。実際、ナイフとフォークを使えば、両手は出したままなんだしね」

「そうかもしれないけど――でも、それじゃ、何を私に見られたくなかったの」

明日香の質問に猫丸が答えるより早く、大塩がまた、肉付きのいい膝を叩いて、

「ああ、そうか、指輪――そうでしょう、猫丸先輩。左手で、何か意味ありげな箇所といえば、薬指ですよね。左手の薬指。早苗ちゃんはそこに指輪をしていて、内緒にしてるんだけど、それを明日香ちゃんに見つかったら色々問いつめられそうで、照れくさいから――だから見られたくなかったんだ」

あれ？　早苗は指輪なんかしてなかったはずだけど――と、明日香が云おうとする前に、猫丸がきっぱり、

「何を云ってやがるんだよ、お前さんは。そんな目立つ物のはずないだろ、指輪なんぞしてたら、普段から嫌でも目に入るぞ。僕も見たけど、早苗ちゃんは指輪なんかしてなかったよ、左手の薬指はおろか、どの指にもね」

明日香はちょっと感心して、目を見張った。この珍しいタイプのおっさん、観察力もあるのか――。

「それにね、指輪を見られたくないんなら、一時的に外せばいいだけの話じゃないかよ」

猫丸の言葉に、大塩は食い下がり、

「いや、でも、外しても跡が残るかもしれないじゃないですか、皮膚がそこだけ白くなったりして。まじまじと左手を見られたら、その跡を見つけられそうで――」

「それもないって」

大塩に最後まで云わせずに、猫丸は軽くあしらい、

「早苗ちゃんは右手の甲にバンソーコーを貼ってたんだよ」

と、また観察力の鋭いところを見せる。

そのバンソーコーだったら明日香も見た覚えがある。この店に入る直前に見た、とらこに引っ掻かれたあれだ。

「僕が見たところ、あのバンソーコーは、血がにじんでるわけじゃなかった。多分、ごく軽い擦りキズだったんだろうね。だからもう剝がしちゃっても、特に支障はないはずだ。指輪の跡を隠したいんなら、あれを剝がして、くるっと指に巻けば楽に隠せるだろ。幸いこの店にはトイレもある。トイレに行く振りして、ちょいと細工すればいいんだから、なにも逃げちゃう必要なんかないじゃないかよ」

「あ、それもそうっすね」

「だから指輪なんてことは考えなくってもいい。ついでに云っとけば、腕時計もブレスレットもしてなかったからな、そういう目立つ装身具の類いじゃないってわけだ」

「だったら何なんですか」

と、大塩は少し不満そうに口を尖らせて、

「何を明日香ちゃんに見られたくなかったって云うんです。俺にはもう、他に考えつきませんよ」

それは明日香も同感である。できることなら聞いてみたい。

猫丸はにやりと笑うと、また煙草をくわえて、ライターで火をつける。そして、

「そう、そいつが問題だね」

「妖怪百目でもあるまいし、手のあちこちに眼球がくっついてるわけじゃないだろう。ちょっとしたキズくらいだったら、右手みたいにバンソーコー貼っときゃいいだけだ。悲惨な過去を物語るような剣呑《けんのん》な傷痕が手首なんかにあったりしたら、普段からもっときっちり隠すだろうしね。それに、手相ってのも考えられないな。あれは掌の内側のただの皺《しわ》なんだから、フォーク握っちまえばそれで隠せる道理だ。肌荒れくらいじゃ隠す必要もないし、手袋までして隠そうとしてたんじゃないから、あんまり大仰なものでもない――そして何より、まじまじと見られさえしなければ構わないものだってことになっている」

ぺらぺらと早口でまくし立て、煙草をくわえると猫丸は、

「こんな按配《あんばい》に突き詰めて考えると、僕には一ヵ所しか思いつけない。指先だ」

と、女の子みたいに細い指を広げて見せた。

「とは云っても、指先に血マメができたくらいじゃ隠す必要もないだろうし、ネイルアートなんかだと普段から目立ちすぎる。だからね、マニキュアあたりでどうだろうかって思うんだよ。ちらっと見たくらいではそれほど目立たないような、あまり突飛な色じゃないマニキュア――」

猫丸は悪戯っぽく笑うと、仔猫みたいなまん丸の目を明日香に向けてきて、

「でね、明日香ちゃん――僕は早苗ちゃんと面識がないから、彼女の人柄も日常の生活も、何も知らない。だから、ここからは完全に想像になっちゃうんだけど――。明日香ちゃん、君に何か心当りはないかな」

大きな丸い瞳は、表情豊かに、楽しそうな色を浮かべていた。

「なにしろ早苗ちゃんは、君にそれを見られたくなかったんだからね。何かの願掛けとか、おまじないとか――もしくは誰かに義理立てするとか、操《みさお》を立ててるとか――って、古いね、どうもこりゃ。とにかく、そういう意味で、目立たないように利き手の反対の指だけにマニキュアをしてたんじゃないかと僕は思うんだけど――どうだろうかね。普段ちらりと見えるくらいなら構わないけど、まじまじと見つめられたら、君に内緒にしてる何かを見破られそうな――そんなことに思い当る節はないかな。色に、君にだけピンとくるような特徴がある、とかさ」

色――。

色に特徴――。

その言葉で、明日香の頭に思い浮かんだことがある。ようやくこっちの頭も、猫丸の素っ頓

狂な頭脳に追いついてきたみたいだ。

色に特徴――そう、冬の新色。

先週、早苗と待ち合わせた校門のところで会った、早苗と同科のあの男。もっさりとして風采が上がらない感じの、しきりに早苗に云い寄っていた彼。あの彼は確か、新作の化粧品がまた手に入るとか何とか云ってなかったっけ？　またということは、早苗の気を引くプレゼントとして、一度はそれを活用したはず――。

明日香の心の中に、様々なイメージが湧いてくる。

まだ市販されていない新作の、珍しい色のマニキュア――。

それが、猫丸の云うように、ちらりと見ただけでは気にならなくても、じっくり見れば特徴的な色合いだったら――。

それを早苗は毎日つけて、彼にだけ伝わる合図にしている――というのはどうだろうか。女友達に見つかると照れくさいから、目立たない左手だけに塗って、気づかれないようにしている――うーん、早苗ならありそうなことだぞ。

私がそれを見つけたら、「あれ、珍しい色だね、どこのメーカー？」と、聞くかもしれない。多分、早苗は対処に窮して、おたおたするに違いないし。

できるだけ左手を使わないで食べていたのも、そんな展開を避けるためだったのか――。私に見つからないように。

そう云えば、いつもハンカチを片手に握りしめていたのも、指先のマニキュアが隠れるように——？

あ、ピザは両手で食べてたけれど、あれは夏休みの頃だったから、その後で彼との仲が進展して、マニキュアを塗り始めた——？

ううむ、隅に置けないな、あの地味娘め。そのうちとっちめて白状させてやろうか——。

そんなこんなの色々な想いが、次々と頭に浮かび、胃の苦しさを忘れ、思わず顔がほころぶ明日香であった。

そんな明日香の反応から何かを納得したようで、猫丸は、にんまりとした笑顔になると、

「ほら、早苗ちゃんは逃げる直前、バッグをごそごそやってただろう。あれは除光液を探してたんじゃないかと、僕は思うんだけどね。でも、たまたま持ってなくて、それで仕方なく買いに走った——と、こんなところでどうだろうか。バンソーコーで隠す方法も、予備を何枚も持ってたとしたって、さすがに左手の指先全部にやったら、逆に目立ちすぎるしね。どうしたって除光液が必要なんだよ。ほら、マニキュアってやつは、除光液使わないとなかなかきれいに落ちるもんじゃないからな。僕も前に、舞台のバイトでちょいと塗ってみたことがあるけど、落ちなくて往生した覚えがある」

「猫丸先輩、何のバイトですか、それ」

大塩が胡散《うさん》くさそうな目つきで見ても、猫丸は意に介さずに、

「だからね、早苗ちゃんは除光液を買いに行って、今頃はもうマニキュア落として戻ってくるはずなんだよ。僕が最初に、すぐ戻ってくるって云ったのは、そういうわけでね、その辺のコ

ンビニで手軽に買える物だし、そんなに時間のかかる作業でもないしね。ただまあ、それにしちゃちょいと帰りが遅いのは、ひょっとしたら明日香ちゃんへの言い訳でも考えてるんじゃないかな——マニキュアの件は隠しておきたいんだろうから、除光液を買いに行ってたとは、正直に云えないだろうしさ」

確かに、早苗ならばありそうなことだ——と、明日香はうなずく。口ベタで引っ込み思案な早苗は、言い訳もヘタくそだろうから、時間をかけて悩みそうだと思う。

「まあ、チャレンジメニューの制限時間の一時間もそろそろおしまいだから、もう戻ってくるだろうね。あんまり明日香ちゃんを待たせたら、罰金の件でやきもきさせることになっちまうから」

猫丸が云うと、大塩が横から口を出し、

「それで、マニキュアには何の秘密があったんですか。早苗ちゃんは明日香ちゃんに何を隠そうとしてたのか、まだ聞いてませんよ」

「そんなこたどうだっていいんだよ、今さらがたがた云いなさんなよ、お前さんは」

と、猫丸は、大塩の出っぱったおなかをつついて、

「女の子の隠し事に首突っ込むなんざヤボの骨頂ってもんだ。僕らが無理に聞き出すこともないだろうに。そんなことより、僕は大喰い娘の大喰らいを見たいんだよ。どんな勢いで喰いまくるのか、それを考えるともう、わくわくして落ち着かないったらありゃしない。うう、楽しみだよ、大喰い娘、早く戻ってこないかなあ」

心の底から楽しそうに、猫丸は、はしゃいだ声をあげている。

気持ちは判るけど、確かに早苗の芸は一見の価値があるのは知ってるけれど、いい年をしたおっさんが――いいんだよねおっさんで、外見は子供みたいだけど、おっさんだよね、この人――こんなに浮き浮きしているのは、どうかと思う。

明日香は少々呆れた気分で、猫丸の嬉々とした様子を眺めていた。本当に、珍しい人である。

猫丸は、なおも浮かれた調子で、

「早苗ちゃんが大喰いに成功すれば、賞金が三万円もらえて、明日香ちゃんが失敗した罰金の分は、行って来いでチャラになる計算だしね。僕も大喰い娘をたっぷり見学できて目の正月だ。八方丸く収まるってもんですよ。ああ、早く見たいなあ、人ががしがし喰ってるのを見るのは愉快この上ないしね。お前さんは途中で諦めやがった役立たずだけど」

「もう勘弁してくださいよお――まだ胃が苦しいんですから」

大塩が顔をしかめて云った時、店の入り口のドアが開いた。

そこに立っていたのは、早苗だった。

いつもの遠慮がちな声で、早苗は俯き加減に、

「ごめんね――明日香ちゃん、私――」

それ以上云わせずに、明日香は、にっこりと笑って見せた。

猫丸の云っていたことが本当かどうかは判らない。けれど、こうして戻ってきたのだから、よしとしておこう。

今はわざわざ問いつめるのも——猫丸流に云うのなら——ヤボってものだし。

とにかく、あの食べっぷりが見られるのなら、それでいいだろう。今日も、そして、これからも——。

「あの、すみません——私、チャレンジメニューに挑戦します」

早苗は、奥の厨房に向かって、堂々と宣言した。その後、ぽつりと一言、小さく呟いて、

「ああ、おなかすいた——」

夜の猫丸

電話が鳴っている。

遠く、かすかな音で。

最初は、耳鳴りでもしているのかと思った。それほど遠く、おぼろげな音だった。

一般的に云っても、夜は音がよく聞こえるものだ。遠くにあるはずの線路を走る電車の音が、夜中には思いの外《ほか》、響いてくるのと同じ理屈。まして、空気の乾燥した初冬の夜なのである。こんな時間の静かなオフィス街には、雑音も少ない。同じフロアの物音ならば、昼間は聞こえないようなものでもよく伝わってくる。

僕は仕事の手を止めて、耳を欹《そばだ》てた。

冷え冷えとした夜の会社に鳴る電話の音。気のせいではない。方向と遠さから考えて、どうやら廊下を挟んで一番奥にある社長室らしい——そう見当をつける。

残業で、社内にいるのは僕一人だ。他には誰もいないはず。貧乏ったらしい雑居ビルのこととて、常駐の警備員などという贅沢な人員は存在するわけもないし、多分、ビル内でも僕だけしか残っていないだろう。

はて、こんな夜中に社長室に何の用があるのだろうか？　社長はもうとっくに帰ってしまったけど——そう思っているうちに、電話の音は鳴りやんだ。

静けさが戻ってきた。

深閑と、耳に痛いほどの静けさ——。白々と冷たい蛍光灯の光が、雑然とした部屋の中を照らしている。

何だ、間違い電話か——と、僕は、机の上のレイアウト用紙に目を戻した。早く仕事を片付けないと、帰りはまた午前様だ。やれやれ、週末の夜だってのに、ツイてない。

ボヤきながらも作業を再開すると——、

また、電話が鳴った。

遠く、かすかな音だ。

しかし、さっきより少し、はっきりと聞こえるような気がする。しかも、方角もちょっと違う。この方向と距離感からすると、これは社長室の向かいの部屋だ。総務と経理部が一緒に入っている部屋。あの部屋の電話が鳴っている。小さい音だけど、間違いなく聞こえる。

何だろう、こんな時間に経理に連絡？　誰もいるはずないのに——僕が首を傾げていると、電話の音は十数回鳴ってから、止まった。

僕の会社は、全部このワンフロアに収まっている。古い低層ビルだけど、ひとつのフロアは割合い広い。そこに社長室から総務、経理、営業、そして僕のいる編集部の部屋まで、すべてひっくるめて詰め込んであるのだ。業種は出版。親会社こそ誰でも知っているような大手だが、こっちは推理小説専門誌などというマイナーなシロモノを出しているわけで、その零細さ加減は推して知るべしといったところだろう。

その弱小零細出版社の電話が、また鳴った。

今度はまた、さっきより近い。

夜のしじまを破って、響く電子音。

廊下の向こう側――営業部と宣伝広告部が同居している部屋だ。一本の廊下を隔てただけだから、はっきりと聞こえる。

何だこれは、誰が掛けてきてるんだ？

タイミングからして、同じ人物が掛けてきているのは、間違いないと思う。鳴り方は外線のものだ。内線電話ならば、もっと短いコール音の繰り返しになるから、明らかに違う。誰かが外から掛けているのだ。でも、一体誰が――？

不思議に思っているうちに、十数回鳴ってから、電話は鳴りやんだ。

そして今度は、隣の部屋だった。

会議室兼応接室として使っている、壁一枚向こうの部屋。これは相当、はっきり聞こえる。隣の部屋の様子なんか透けて見えるはずもないのに、思わず壁に目を向けてしまった。

奥の社長室から隣の部屋へ――電話の音はだんだん近づいてきている。夜の無人の会社で、少しずつ迫って来る電話の呼び出し音。ちょっとだけだが、僕は恐くなってきた。

変な掛け方だ。用事があるのなら、その部署の番号にだけ掛け続けるのが普通だと思うのだが——何だろう、この近づいてくる電話は。

出た方がいいのか？　誰か何か急用だろうか。でも、こんな夜中に？

迷いながら腰を浮かせた拍子に、デスクの隅に置いてあるメモが目に入った。

『八木沢さんへ
編集長が手帳を紛失したそうです
どこで落としたのかは不明
見かけませんでしたか？』

アルバイトの女子大生、みゆきちゃんの几帳面《きちょうめん》な文字でそう書いてあった。

僕が出先から戻ってきた時にはアルバイトの退勤時間を過ぎていたけれど、なにもこんなしょうもない用件まで律義にメモして残さなくても——。生真面目なみゆきちゃんは、時々融通が利かないから困る。

編集長の手帳といえば、毎年春に会社から支給される黒革風の手帳だ。表紙が革みたいだけど、本当はビニール製というセコいやつ。社訓だの社則だの何だの色々と印刷されているページが多くて、書き込める白紙が少ないし、おっさんくさいデザインも悪趣味だから、僕は自前のシステム手帳を使っている。編集長だけは喜んで愛用してるが、これは愛社精神の差なのだろうか——。

そんなことより、おっさんがおっさんくさい手帳を失くそうが、僕の知ったことではない。そこまで面倒見切れないよ、僕は編集長のお守り役じゃないぞ——いささかむすっとしてメモを丸め、ゴミ箱に放り込んだ。

さっき帰りぎわに、編集長の云った言葉を思い出した。

「何だ、八木沢はまた残業か。仕事の効率が悪いんじゃないのかね。普段から段取りをきちんと立てておかないから、無駄な残業しなくちゃいけなくなるんだ。昨日今日入った新入社員じゃあるまいし、もう少ししっかりしてくれよ」

そうじゃなくて、後輩の尻拭いなんだよ、今日の残業は。あいつがつまらないポカしたから、こっちに皺寄せが来たんじゃないか——と、云おうとして云えない、自分の気弱さにも嫌気がさす。

面倒くさいな会社って——こんな時は、つくづくそう感じてしまう。

そんなことを考えて躊躇している間に、隣の部屋の電話は止まっていた。

まあ、いいか、会議室に掛かってきた電話なんて、別に出なくても——と、椅子に座り直そうとした時、とうとうこの編集部の部屋の電話が鳴った。びくり、として思わず体がこわばる。

何だ何だ、冗談抜きでだんだん近づいてくるぞ。ついにここまで来たじゃないか。誰が掛けてるんだよ、本当に。誰もいない会社で鳴る電話って、本気でちょっと恐くなってきたぞ、おい。

鳴っているのは編集長のデスクの電話——編集長直通のものだ。僕の席からは、少し離れている。それでも同じ部屋の中で鳴る呼び出し音は、静かな夜のオフィスでは極端に大きく聞こえる。

しかし、理不尽な嫌味を云われたのを思い出していた僕は、少々中っ腹《ちゅうばら》だった。こんな夜中に直通で編集長に掛けてくるのは、どうせ赤坂か銀座辺りのおねいちゃんくらいのもんだ――そう決めつけて、出ないで放っておいた。ささやかな反抗、と云うには子供じみているけど。編集長の電話は十何回か鳴って、切れた。

また静かになった。

森《しん》とした静寂が戻ってくる。

無人のオフィスは、何の物音も聞こえない。

ふうっ、とため息をついた。

と、その時いきなり、僕の席の電話が鳴った。

「うわっ」

大きな音に仰天して、心臓がでんぐり返った。

ああ、びっくりした。夜の音は大きく聞こえて心臓に悪い。

目の前で鳴っている電話に出ないわけにはいかない。ばくばく云っている胸の鼓動を手でさすって宥めつつ、僕は受話器を取った。

「はい、編集部です」

一瞬だけ間があって、切れた。

相手は何も云わなかった。息遣いさえも聞こえなかった。ただ、無言で切れた。

何だ、これ――手にした受話器をぼんやりと見てしまう。

どういうことなのだろう。何の気配も感じなかった。雑音すら聞こえてこなかった。会社の誰かなのか？　いや、それだったら最初からここに電話してくるだろう。残業で残った人間がいるのは、大抵この編集部なのだから、用があるならまずここに掛けるはずだ。無人に決まっている会議室や、定時には帰ってしまう社長の部屋に、電話する必要などない。

悪戯、なのかなあ？　とも思う。けど、こんな妙ちきりんな悪戯なんて、聞いたこともない。まあ、いつまでも気にしていても仕方がない。受話器を眺めていても、送話口のぽつぽつ開いた穴から何か出てくるわけでもあるまいし――と、僕は受話器を戻した。さあ、仕事だ仕事、早く片付けて帰ろう。

気を取り直して、仕事にとりかかった。

しかし、それに集中できる時間は、長くは続かなかった。

しばらくして、また始まったのだ。

最初はやっぱり、耳鳴りかと思った。

遠くに聞こえる、かすかな音。だが、間違いなく聞こえてくる。耳鳴りではない。

この距離感と方向は――フロアの一番奥だ。社長室。確かに鳴っている。

つい耳を澄ましてしまう。

聞こえる。鳴っている。これは社長室の電話だ。

そして、唐突に止まる。

深閑とした静けさが戻った。

だが、それは、ほんの束の間。

また鳴る。電話の音。総務と経理の部屋だ。社長室の音より、少しだけ明瞭に聞こえる。鳴っている。

五回、六回、七回――無意識に、呼び出し音を数えてしまう。

十一回、十二回、十三回――音が止まる。

次に鳴ったのは、営業部と宣伝広告部が入っている部屋。さっきより、さらに近い。はっきりと聞こえる。

六回、七回、八回――と、身動《みじろ》ぎもせずに、数える。

十二回、十三回、十四回――止まった。

そして今度は、隣の部屋だ。会議室兼応接室。電話はだんだん近づいてくる。

三回、四回、五回――鳴っている。

恐怖映画の演出手法で、じりじりと恐怖を盛り上げて、来るぞ来るぞ、と観客に思わせ、ぞくぞく感が最高潮に達した時、うひゃあ、やっぱり出たあ――と、驚かせるやり方がある。近づき、徐々に迫ってくる電話は、映画のあのやり方みたいで、じわじわと僕の気持ちを追いつめてくる。

十二回、十三回――止まる。

いや、本気で恐くなってきた。マジでびくびくしちゃうぞ、これは。

そうして、近づいてくる電話は、とうとうまた、この部屋に入ってきた。

編集長のデスクの電話だ。

ぎくり、として全身が固くなる。

二回、三回、四回——大きな、耳障りな音だ。ほんの少し離れた席で、電話が鳴っている。

十回、十一回、十二回——止まった。

次はきっと、僕の机の上の電話だ。あの恐怖映画の手法と同様、もうすぐこれが鳴る。来るぞ、来るぞ、もうすぐ来るぞ——。

鳴った。

「うわあっ」

思わず椅子から飛び上がる。心臓がでんぐり返った。

三回、四回、五回——びっくりしたなあ、もう。予期していても、やはり仰天する。

おずおずと手を伸ばし、電話に出た。胸がまだ、どきどきしている。

「はい、編集部」

何も云わずに、切れた。

気配もなく、言葉もなく、ただ、電話は切れた。

何なんだよ、これは。もう勘弁してくれよ——。いまだにでんぐり返ったままの心臓を宥めながら、大きく息をつき、受話器を戻そうとした時——、
電子音が鳴った。

「ぐわおっ」

たまげて僕は、受話器を取り落としそうになった。まだ受話器は架台に戻していないのに、どうして鳴るんだこの電話は——と、一瞬頭が混乱した。

しかし、鳴っているのは僕の携帯電話だった。机の上に置いた携帯が鳴っていたのだ。

おいおい、驚かすなよ——ため息まじりに一人ごちてから、僕は携帯電話の通話ボタンを押した。

『あ、八木沢くん、私、貴子《たかこ》だよお』

「ああ——」

ほっとして、体じゅうの力が抜ける。そのまま椅子に座り込んだ。電話を掛けてきたのは、大学の時に同級生だった女の子——いや、もう女の子って年齢でもないか。同じ年だから、その辺のことはお互い様なのだろうけど。

『八木沢くん、今どこ?』

「会社」

『ひょっとして残業なの? 金曜の夜なのに? うげえ、何よ、それ。くっだらないなあ。んなものやめちゃえやめちゃえ』

何だか異様にテンションが高い。

『今、新宿で呑んでるんだよおん、大西くんも双葉ちゃんもポン吉もいるよ、八木沢くんも合流しなよ』

貴子は、妙にはしゃいだ調子で、大学の頃の友人達の名前を挙げる。その声の向こうから、酒場のものらしいざわめきも聞こえてくる。

『残業なんてやめて早くおいでよ、釘沼くんもさっき来たとこだし』

「へえ、釘沼まで呑んでるなんて珍しいね。けど、そんなに集まって、何の集会なんだよ」

『さあ──』

「さあって、何の意味もなく集まってるの？」

『うん、何となく電話掛け合って集合しただけだもん。この感じだともう一軒呑みに行って、三次会は朝までカラオケってコースだろうね。学生の頃とは違ってさ、お金の心配は要らないし、脱落する人はタクシーで帰ればいいし、そういうとこは社会人の強みだよねえ。どうせ明日は土曜日さっ、八木沢くんも仕事なんて気にしないで、早くおいでよお。朝までれっつそんぐだぞ』

朝までって、ダンナは放っておいていいのかよ──と云いかけて、すんでのところで飲み込んだ。そうだ、彼女、離婚したんだっけ。子供はいなかったはずだから、独身生活に戻っているわけか。それならば、まあ、朝まで遊んでいてもどこからも文句は出ないのだろうけど──。

『ガンテツ先輩もマナちゃん先輩もいるんだよ、盛り上がってるよお。それと、生春巻きがおいしいよ、早く来ないと食べちゃうよ、大塩くんもいることだしさ。ビールもとってもおいしいんだよお、この店は。さあさ、ほらほら、呑めや歌えや、冬でもビールがうまいのはっ、聖徳太子のお陰ですっ』

変な歌を唄っている。酔っぱらっているのを差し引いても、ヤケくそみたいに陽気な声だった。何だか無理をしているみたいにも感じられる。離婚の時に随分ごたごたしたそうだし、彼女もストレスが溜っているのかなあ――。そんなふうに思っていると、

『なあによ、どうして沈黙しちゃうかな。おーい、八木沢くうん、聞いてるう？　残業なんかしてるから暗くなっちゃうんだよ。こっちは盛り上がってるんだからさあ、八木沢くんも早く来なってば――あ、ちょっと待って、電話替わるから。しばし待たれよ、そのままで』

　こっちの返事を聞きもせず、電話機を受け渡す気配がする。

『何やってるんだよ、お前さんは、せっかくみんなで集まってるのによ。いいからさっさとこっちへ来て合流しなさいよ。どうせ後になって、どうして僕だけ呼んでくれなかったんですか、とか何とか僻《ひが》んでぐずぐず文句云うのは目に見えてるんだから。別にお前さんだけ除け者《のけもの》にしようってなこたあ考えてないんだしね。とにかくとっとと来なさい。こっちは盛り上がってるんだから』

　それはもう聞いたってば――早口でまくし立てる傍若無人な大声に辟易して、僕は電話を少し耳から離した。完全に出来上がっているみたいな喋り方だけど、この人は下戸だ。アルコール分は一切摂取していないはず。それでもこの万年躁病じみた上機嫌のハイテンションなのは、これで常態なのである。

『どうしてお前さんはそうしょっちゅう残業だなんていじましい真似をするんだろうね。穴熊の冬眠じゃないんだから、会社に引きこもっていじいじしてるんじゃありませんよ、まったく。酒でもかっくらって旨い物喰って、ぱあっと騒ごうじゃないかよ、ぱあっと。どうせ残業手当

なんざ雀の涙なんだろうしさ。いいからそんなせせこましいことなんか、とっととやめちまえやめちまえ』

なぜみんなで僕の残業をやめさせる？ 少しばかりげんなりしたが、まあ、酔っぱらいや天然躁病に何を云っても無駄だろうから、逆らうのはやめておく。ただ、僕がしょっちゅう残業を余儀なくされるのは、一体誰のせいだと思っているのだろうか、この人は——そんな不満を押し殺して、僕は、

「盛り上がっているのは結構ですけど、今日は何の集まりなんですか。貴子に聞いても要領得なかったんですが」

『ああ、それなんだけどね、実はさ』

と、相手は急に声を潜めて、真剣な調子になり、

『ポン吉の野郎がね、何だか落ち込んでて元気がないみたいだったんだよ。それでまあ、それとなく聞き出してみたら、どうやら会社での人間関係がややこしいみたいでさ、そいつが原因でここんとこちょいと気鬱気味なんだそうな。とは云っても、そういうのは部外者がどうこうできる種類の悩みじゃないからな。だからせめてもの気晴らしにってんで、こうしてたまには学生気分に返って、みんなで騒ごうって趣向さね。それで僕が音頭取って、みんなに連絡したってわけだ』

こういう面倒見のいいところもある人なのだ。普段は傍迷惑以外の何ものでもないけど——本当に、複雑で摑みどころのない人である。

『他の連中にも声かけとけってみんなに連絡させたら、何の因果かこんな大人数に膨れあがっちまったって按配だ。これもあれかね、僕の人徳ってやつかな。でもまあ、たまにはこういうのもいいだろう。みんなそれぞれストレス溜め込んでるみたいだしね。社会人ってのも大変なもんなんだよな』

一度もまともに勤めたことなんかない人がよく云いますよ——という憎まれ口は自粛しておいた。こちらも、そんな軽口を叩く気分ではない。

そうだよな、ストレスも溜るってもんだよなあ——編集長の嫌味な説教を、またぞろ思い出してしまい、僕はちょっとため息をついた。

みんなもそろそろ、勤め始めて十年弱——職場の人間関係がしんどくなって当然の時期だろう。目の前の仕事を我武者羅《がむしゃら》に覚えていればいいだけの期間は終わり、責任のある仕事も増えてくる。上と下との板挟みになることもあるだろう。組織の論理に搦《から》め捕《と》られて自分を殺さなくてはならない局面も、多々あるに違いない。毎日毎日、ぎゅう詰めの通勤電車。会社と家との往復だけで潰れていく日々。その積み重ね。

転職した者、役付きになった者、離婚した者、ローンを抱えた者——誰もがきっと、気苦労が絶えないことだろうと思う。物凄く陳腐でありきたりな表現をするならば、みんな色々と大変だよなあ——ということだ。

僕もこの春に、軽い交通事故に遭ったし——って、それは関係ないか。

とにかく、学生の頃の、何も考えなくてもいいような、お気楽な時代は、もう僕たちには遠くなってしまった。

『とまあ、そんなこんなにかこつけて、たまにはみんなで顔を揃えて遊ぼうじゃないかってだけなんだよ。忘年会の予行演習って気分でね』

電話の向こうの相手だけは、ちっとも変わらぬお気楽さだ。

『ここはひとつ、せっかくだから、ぱあっとやろうじゃないかよ、ぱあっと。呑んで浮かれて酔って騒いでウサを晴らせば、人間もうしばらくはどうにかなるもんさね』

呑気な声で、調子よく云う。

本当に、猫丸先輩だけは変わらない。

知り合った学生時代とちっとも変わらずに、興味を持った事柄だけに仔猫みたいな好奇心で首を突っ込み、ただ「面白いこと」のみを探求してやまない、きっぱりとした生き方を貫いている。何ものにも束縛されず、何かに依存も帰属もせず、前向きなバイタリティでアルバイトをこなしながら、誇り高い野良猫のごとく、孤立を恐れない暮らしを続けているのだ。孤高、なんて気取った言葉は、あのおちゃらけた外観にはそぐわないかもしれないが、世間体やら社会的体裁などは爪の先ほども意に介さない、どこか筋の通った人生と云えるだろう。どこからどう見てもあからさまな変人にしか思えないけれど、そんなことは当人にとって、どこ吹く風だ。あれならストレスなんかとは無縁だろうな——と、ちょっと羨ましくすら感じることがある。

そんな変人が、電話の向こうで喋っている。

『とにかくそんなわけだから、お前さんも早く来いよ。いつまでもうじうじと残業なんかにしがみついてるんじゃありませんぜ』

わいわいざわざわと楽しげに騒ぐ声も、その後ろから聞こえてくる。学生時代の仲間たちが、酔って浮かれている。そのざわめきを聞いているうちに、ふと、大学の時のエピソードをひとつ、僕は思い出していた。

みんなで温泉に行って——当時のことだから、当然貧乏旅行だったけれども——その時のことだ。

泊まった温泉宿の広間に、お定まりの卓球台があり、その脇には、どうしたわけだか身長計と体重計が置いてあった。体重計はともかく、身長計は珍しい。

そして、トランプか何かの勝負で、これも珍しく猫丸先輩が大負けし、罰ゲームとして身長を計ったのだった。酔った勢いで、みんなで寄ってたかって猫丸先輩を押さえつけ、無理やり計ったものだ。酔っぱらっていたとはいえ、恐ろしいことをしたものである。執念深い猫丸先輩の、翌朝の復讐を思い出すと、今でも背筋が冷たくなるが——まあ、それは別の話だ。

身長を計った結果、猫丸先輩がサバを読んでいたことが判明した。自己申告より四センチも低かったのだ。

中学生に間違えられるくらいの童顔で、やたらと小さいのは周知の事実だったけど、まさか予想以上に小さかったとは——。厚かましくて態度がデカいから、そこまで小さいとは誰も思っていなかった。あれでも大きく見えていたのだ。その驚くべき真実に、笑うことすらできずにその場は騒然となって――。

あんなたわいもないことで大はしゃぎできた学生時代。世間知らずでおバカだったけれど――いや、それだからこそ、楽しかったあの頃――。

『どうしたんだよ、何をさっきからだんまりを決め込んでるんだ、お前さんは。何だかずうっと上の空じゃないか、八木沢は』

電話から、猫丸先輩の声が聞こえてくる。

「あ、いえ、何でもないんですけどね――」

学生時代を思い出して感傷に耽《ふけ》っていたのが照れくさくて、それをゴマ化すために僕は、

「実は、電話が掛かってくるんですよ、さっきから会社に」

と、あの電話の話を、かいつまんで伝えてみた。

近づいてくる電話の音。

夜の、僕以外には誰もいないオフィスで、迫ってくる電話。

遠くかすかな電話の音が少しずつ、だんだんじわじわと、僕の方へと近づいてくる。ベルの音が、僕のところへ近づいて来て――そして、出ると、無言で切れる。

「それで、何だろうかって、ちょっと気になってるんですよ。まあ多分、悪戯か何かなんでしょうけど――ただ、こんな時間に一人でいるわけですからね、さすがにちょっとだけ不気味だな、と思って」

僕が話を締め括ると、猫丸先輩は、意外にも深刻な声になって、

『いや、ちょいと待て、そいつは危ないかもしれないぞ』

「危ないって、何がです」

『お前さんの身の危険が危ないって云ってるんだよ。ことによると、本気でヤバいかもしれん』

「何ですか、そんな大げさな——」

しかも文法が変だし、と僕は笑い飛ばそうとしたが、猫丸先輩は真剣な口調を改めなかった。

『電話だから手短に話すぞ。いいか、八木沢よ、そもそも電話のベルってのは何のために鳴るんだ』

変に大真面目な声のトーンに、僕は幾分気圧されながら、

「そりゃ人を呼び出すためでしょうね」

『誰を?』

「もちろん、掛けた先の人、です」

『電話のそばや、その家にいる人を、だよな』

「ええ」

『誰もいなかったら?』

「はあ——?」

『電話を掛けた先に、誰もいなかったらどうなる』

「誰もいないなら、留守電機能が働くでしょう。それか、鳴りっぱなしでおしまいですよ」

不得要領のままで僕が答えると、猫丸先輩は語気を鋭くして、

『そこだ——いいか、電話は誰かに出てほしいから鳴るに決まっている。だが、電話を掛けるのは、人を呼び出すためとは限らない。そこに人がいるかどうか確認するためにも使えるんだ。誰も出なければ、掛けた先に人がいないことが判るわけなんだよ。ところで八木沢、お前さんの会社の電話番号が、最近どこかに流出した形跡はないか。何か会社の情報を書いた物を誰かが失くした、とかそういうことは』

「会社の情報を書いた物って——あ、手帳」

我知らず、声が高くなってしまった。

そうだ、手帳だ。編集長が手帳をどこかで落としたと、みゆきちゃんのメモに書いてあった。あの手帳は会社で支給される物だから、社訓やら社則やら色々と印刷されているページが多くて、各部署の直通番号も、確か記載されていたはずだ。

それを伝えると、猫丸先輩は、何か強く確信したようで、

『十中八九それだろうな。外でその手帳を拾った奴がいて、そこにはお前さんの会社の所番地も書いてあるはずだろう——それを見て、拾った奴はお前さんの会社の近くまで来ている。そして外から、そこに人がいるかどうか確認してるって寸法だ』

「近くまで来てる——?」

ちょっとぞくっとしてしまう。このところ急激に冷え込んできた外気のせいばかりではないだろう。

「でも、どうして近くまで来るんですか。それに、ここに人がいるかどうか確かめて、何をす

るって云うんです」

『そう、そいつが問題だ。わざわざ来るからには、何か用があるに違いない。しかも無言電話まで掛けて、そこに誰かいないかどうか確かめてる。そんなおかしな方法で確認するんだから、こいつは真っ当な理由であるはずがないな』

「真っ当じゃないって──まさか、泥棒──」

確かに、この老朽ビルには常駐の警備員などいないわけだし、ビル荒らしにはもってこいの物件とは云えるだろう。しかし、手帳を拾って見たのなら、ここが零細マイナー出版社のオフィスだと判るはずである。金目の物など期待できないのは一目瞭然だ。実際に、大した物は置いていない。有名な人気作家の本を出しているわけでもないし、価値のある生原稿とかそういった類いのお宝があるのでもない。泥棒に入っても収益が見込めそうにないことは、手帳を見た段階で判りそうなものだろう。こんな貧乏ったらしい建物なのだから、他のフロアに入っているテナントも、似たり寄ったりの経済状況だと、誰でも判るはずだ。

と、僕がそうしたことを主張すると、猫丸先輩は厳しい口調で、

『僕は泥棒だなんて一言も云ってないぞ。もっと卑劣な種類の犯罪の可能性を示唆してるんだ』

「卑劣な犯罪、って何ですか」

『お前さんの会社の周囲のオフィス街で、また始まってるそうじゃないかよ、例の連続放火事件が』

連続放火事件──僕は、息を飲んで絶句してしまった。そうだ、確かにそんな事件が多発し

ている。

以前、イラストレーターの美里さんの家で起きたペットボトルの一件。あの不可解な出来事を解明した際、猫丸先輩は、ボトルを集光レンズ代わりにして放火するとか何とか、物騒な与太を飛ばしていた。あの時も、僕は放火事件のことを想起した記憶がある。僕の会社の近くで連続した真夜中の放火事件。あれは、この前の冬のことだった。春になって一旦は治まったのだけれど、犯人が捕まったという話は聞いていない。そして最近、また寒くなって空気が乾燥し始めてから、再発している――。

『あの事件では人的被害は出てないはずだよな。まあ、夜中に無人のビルで起きてるんだから、当然と云えば当然だろうけど』

と、猫丸先輩は続ける。

『ただ、死者も怪我人も出てないのは、犯人がわざとそうしているとは考えられないか？　つまり、無人のビルをわざわざ狙って火をつけてるんだな。単純な放火より放火殺人の方が、刑法上の罪はぐんと重くなるんだ。放火魔がそこんとこを見越してるんじゃないかって、僕は思うんだ。いや、ただ単に、人殺しまでする度胸はないってことだけなのかもしれないな。放火ってのは一見、大胆不敵で豪快な犯罪みたいに見えるけど、やってる奴は案外臆病で小心なみみっちい奴が多いって話を聞いたことがある。建物が派手に燃えるのを見てすかっとした気分になるのは、普段から己の矮小さを自覚してる者が、自分の性格とやっちまった行為の大きさとのギャップに楽しみを見出してるわけだからね。要するに、大げさな火事場の騒ぎは見たいけど、殺人者としての罪業までは背負いたくない――そういうセコい心理なんだな。だから、お前さんの会社の近辺で火をつけて回ってる奴も、ターゲットとして狙うビルに人がいるかどうか確かめたい――そのために電話を掛けていると考えたらどうだろう。電話ってのは、そこに人がいるかどうか確認するためにも使える物なんだからさ』
「ここが、僕のいるこの建物が放火魔に狙われてるって云うんですか」
『そう、犯人は火をつけるビルを物色していて、そこの近所を徘徊している途中で問題の手帳を拾った。見ればそれは出版社の手帳だ。そういう会社ならば商売柄、紙も多くてさぞやよく燃えることだろう――ってんで、その手帳に書いてある住所に足を運んでみれば、他のフロアは灯りが消えていて誰もいないのは外からでも判る。ただ、手帳の出版社の階だけは電灯がついているのが見える――お前さんが今いるその部屋だけにな。でも、それはただ灯りを消し忘れてるだけかもしれないし、手帳に記された電話番号のどの部署がその部屋なのか、そいつは外から見ただけじゃ判らない。そこで犯人は、手帳にある出版社のそれぞれの部屋に満遍なく電話を掛けて、人がいるのかどうか確かめている――ってな具合だ。な、どうだ、そう考えれば平仄《ひょうそく》が合うだろう。ちなみに、お前さんの立場から見て、電話がだんだん近づいてくるみたいに感じるのも、不思議でも何でもない。手帳を作ったのはお前さんの会社の人で――恐らく総務とかそういう部の人だろうけど――その人は社内の部屋の位置関係は頭に入っているわけだから、電話番号簿のページを作成する時、奥の部屋から順番に並べたページを作っただけの話だろうな。社長の部屋から順番に並べた方が、見映えも収まりもいいだろうしね。で、そのリストの上から順繰りに電話をすれば、お前さんにとってはだんだん近づいてくるように感じる、というわけだ』

猫丸先輩は驚異的な早口で、ぺらぺらと長広舌を揮《ふる》った。そして、

『とまあ、そんなふうにだね、放火犯人は番号簿の上から順番に電話している――それで、誰も出なかったらそこには人がいないと判断して仕事に取りかかるつもりなんじゃないかな、と、僕はそう思うんだよ』

「じゃ、僕がさっき電話に出なかったら――」

『もちろん火を放たれてただろうね。ガソリンか何かぱしゃぱしゃっとぶち撒《ま》けられて、火のついたマッチをひょいっとね』

かちり、と電話の向こうから、ライターで煙草に火をつける音が聞こえてきた。嫌なタイミングだ。

「いや、でも、ちょっと待ってくださいよ。何のために僕の会社がそんな目に遭わなくちゃいけないんですか」

僕が少し慌て気味に云うと、猫丸先輩は、しれっとした調子で、

『そんなこた知ったこっちゃないよ、連続放火なんて単なる愉快犯のすることだ、理由なんぞあるもんか。たまたま手帳を拾ったから、電話して人がいるかどうか確認するのも簡単だと思って、これ幸いとお前さんのいるそのビルを狙ってるだけだろうよ』

「そんな――勘弁してくださいよ、火なんかつけられたらたまったもんじゃないですよ」

落ち着かなくなって僕が訴えると、とたんに猫丸先輩は笑いを含んだ口調になって、

『何を泡喰ってるんだよ、お前さんは、巣穴を煙で燻《いぶ》されたハリモグラじゃあるまいし、みっともなくあたふたするんじゃありません。冗談だよ、冗談。お前さんが一人で暗くなってるみたいだから、ちょいとお茶目な冗談で気分を和ませようとしてやっただけだ』

さっきまでの大真面目な態度から一転、笑っているのが見えるみたいな──お得意の人を喰った笑い顔で──そんな飄逸《ひょういつ》な声で猫丸先輩は云う。

しかし僕は、まだ何となく落ち着かなかった。こういう話をする時の猫丸先輩の語り口は、いかにも真に迫っていて、妙に説得力があるのだ。冗談には聞こえないから始末に悪い。

『猫丸先輩、何を長電話してるんですか、人の携帯で』

『そうですよ、早くこっち来てくださいよ』

『猫さん、見ろよこれ、また大塩がこんなに──』

電話の向こうで、みんなが口々に云っているのが聞こえる。

『ねえねえ、猫丸先輩、聞いてよお──』

『ちゃんと座ってくださいよ、そんな隅っこにいないで──』

みんなが猫丸先輩を呼んでいる。あれで存外、人気者なのだ。

『判った判った、今行くから──おい、八木沢も早く合流しなさいよ、みんな待ってるんだからな。いや、まあ、待ってるってのは言葉のアヤで、こっちはお前さん抜きで勝手に盛り上がってるんだけど──とにかく、新宿着いたら貴子の携帯の電話にでも連絡すれば店の場所教え

るから。それじゃあな、放火に気をつけろよ』

余計な一言を添えて、猫丸先輩は電話を切った。こっちの都合など、結局最後までお構いなしである。

まったくもう、変な作り話しておどかすんだから、相変わらず人が悪いよなあ——と、僕は、自分の携帯を折りたたんだ。

酒場の喧噪《けんそう》が耳に残った。

人恋しくなるようなざわめきが、ほんのしばらくの間だけ、耳の奥で響いていた。

しかし、すぐに静寂が戻ってくる。

深閑と張りつめた冬の夜の静けさ——何の物音もしない、静まり返った無人のビル。恐いくらいの、肌に痛いほどの閑寂。夜の街はとても静かだ。一人だけぽつんと、取り残された気分になる。

よし、切りのいいところまで片付けて、僕も遊びに行こう、ぱあっと騒いでストレス発散だ——気持ちを切り替え、ボールペンを手に取った。

と、かすかな音が聞こえてきた。

電話の音だ。

人気のないオフィスビルに響く、不吉な音。

遠く、ぼんやりと聞こえるこの音は——社長室だ。

四回、五回、六回——また無意識に、コール音を数えてしまう。

十回、十一回、十二回――止まった。

そして、今度はもう少し近く、電話の音が鳴る。

二回、三回、四回――確かに聞こえる。

十一回、十二回、十三回――止まる。

さらに、また近く、はっきりと聞こえる。

四回、五回、六回――。

近づいてくる、迫ってくる。電話の音が、だんだん近くに、僕のいる方に――。

十二回、十三回、十四回――止まる。

もし、猫丸先輩の云ったことが本当だったとしたら――冗談のつもりだったとしても、それが的を射ていたとしたら――。

隣の部屋でベルが鳴り始める。

六回、七回、八回――。

電話が近づいてくる。次はこの部屋だ。

僕がもし、電話に出なかったら――本当に放火魔が近くにいて、ここには誰もいないと判断したら――。

編集長のデスクで電話が鳴る。

十一回、十二回、十三回――止まった。

もし、僕が出なかったら、どうなるのだろうか――。

目の前の電話が、鳴った。

創元推理文庫版あとがき

本書『とむらい自動車』はミステリであるが、殺人事件を扱っていない。かといって、この本で名探偵役を務める猫丸先輩が殺人事件に関わらない探偵というわけでもない。

実際、猫丸先輩初登場の短編集『日曜の夜は出たくない』では殺人事件に関わっている。倉知淳のデビュー作でもあるこの本には七つの短編が収録されており、それぞれ殺人事件が出来るので少なくとも七人の被害者がいることになる（ご冥福をお祈りします）。さらに次の長編『過ぎ行く風はみどり色』では連続殺人事件が起きる。この本の中でも続けざまに三人お亡くなりになっていて、猫丸先輩はその事件を割とカッコよく解決して見せている。

かように、初期の頃は殺人事件に関わることも多かった猫丸先輩だが、最近はあまりそういった物騒な事件に首を突っ込む機会がなくなってきた。殺人や強盗などといった重大犯罪事件には関わらなくなってきたのだ。

それはなぜか？

実は明確な理由がある。

その理由は猫丸先輩という登場人物の問題ではなくて、その外側、つまり作者側の都合である。書いている倉知の意識に変化があったのだ。

すなわち〝アマチュア名探偵がそうそう立て続けに殺人事件に遭遇するなんてご都合主義みたいじゃなかろうか〟問題に、作者が引っかかってしまったのだ。

これは多分、ミステリを続けて書いていると陥《おちい》りがちな陥穽《かんせい》なのだろうと思う。だって不自然じゃん。一介の素人探偵役がそんなほいほい毎回、殺人事件に行き当たるなんて。

これがアマチュア名探偵などではなく、警視庁捜査一課の刑事が主人公のお話だったら何の問題もない。殺人事件の捜査は主人公のお仕事だから、毎日飽きるほど関わっていられる。職業探偵もまだセーフだろうか。プロの探偵ならば、依頼によってはキナ臭い事件に巻き込まれるケースも多々想定できるだろう。それが殺人事件に発展しても少しも不自然ではない。

ただ、アマチュア名探偵の場合、これが苦しくなってくる。毎度毎度殺人事件に遭遇する必然性が乏しいからだ。

無論これは作者側の都合であり、登場人物のアマチュア名探偵には罪はない。だからそんな細かいことなんぞ気にしないで、毎回たまたま殺人事件に出くわすってことでいいんじゃないの？　というご意見もおありだろう。うん、まあ、そう開き直ってしまうのもひとつの手だ。

しかし、根が生真面目で律儀な倉知には、それがなかなか難しい。なにせ繊細で真面目で、〆切りを破ったことなど一度たりともないほど律儀な性格なのだ。その上、仕事熱心で、毎日毎日こつこつと原稿書きに勤《いそ》しんで毎年たくさんの本を出すくらいでもある。

あ、ごめん、ちょっと嘘ついた。いや、ちょっとじゃなくてもの凄く嘘ついた。すみません、つい見栄張りました。

いや、ちょっとしたお茶目な嘘はともかく、そういうところで神経質なのは本当の話。開き直って毎回、アマチュア名探偵がしれっと殺人事件に関わる展開のお話を書くのには、どうにも抵抗がある。普通あんまり遭遇しないですもんねえ、殺人事件。

ただし、ミステリを書いていれば当然、毎度毎度殺人事件に関わるストーリーにしなくては話が始まらない。そこで色々な試行錯誤をしている。アマチュアの探偵役をどう殺人事件の捜査に絡ませるか、工夫を繰り返しているのだ。

例えば、ある中編集では警察に頼られるアマチュア名探偵という人物像を創作してみた。国民的時代劇スターが俳優業を引退し、暇に飽かせて犯罪捜査に首を突っ込み、捜査陣からも非公式ながら頼りにされている、という設定だ。これはまあまあうまくいった。しかし、リアリティという面ではイマイチだ。警察がそうそうアマチュア名探偵に頼るだろうか、守秘義務は大丈夫なのか、事が公になったらマスコミがうるさいんじゃなかろうか、などと、律儀で生真面目な作者はつい心配してしまったりした。やはり素人探偵が毎度毎度、殺人事件の捜査に出張ってくるのには無理がある。

さらに例えば、王道のパターンで〝アマチュアの探偵志望者の身内（親兄弟）が警察関係者で、そのツテで事件現場に潜り込む〟という手法も取ってみた。探偵志願者はミステリ作家の卵でもある女子高生。小説のネタ欲しさに現実の殺人事件の捜査をしたがっている。そして彼女の兄が現場に出向中のエリート警察官僚で、父親も警察庁のお偉いさん、という設定だ。親の七光りの威光を利用し、エリート警察官僚の兄にエスコートさせて、アマチュア名探偵志望の女子高生が殺人事件の捜査に乗り込んで行く、という中編集も書いてみた。これもまあまあうまくいったけれど、少しまだるっこしくなってしまうという欠点があった。説明が煩雑なのだ。関係者の事情聴取をするにしても、いちいち口実をつけて女子高生が事件の捜査をしている理由をデッチ上げなくてはならない。面倒だし、小説としてのテンポが悪くなる。そしてやっぱり律儀な作者としては、親兄弟が警察関係者だからといって、そうひょいひょい殺人事件の現場に出張って行くのも不自然かなあ、などと生真面目にも反省してしまうのだ。

かように、試行錯誤を繰り返していても、アマチュア名探偵がすんなり殺人事件の捜査に首を突っ込むための、うまい設定を考えつくことができない。もっとシンプルに、面倒くさい手続きなしで、名探偵が活動できる道はないか、現在も模索を続けている。

と、そんなわけで、初期の猫丸先輩は殺人事件に積極的に関わっていたけれど、作者側が律儀にもリアリティに拘泥《こうでい》してしまったせいで、段々と殺人事件から遠ざかる結果になってしまった。このところずっと、警察沙汰にはならない程度の珍妙な謎や意味不明の不可思議な出来事などを解決している。

まあ、猫丸先輩は基本的に陽性なキャラクターだから、陰惨な殺人事件の現場にはそぐわないという一面もあるにはある。だから、重大犯罪とは関わりのない奇天烈な謎に首を突っ込んでいる方が似合っている、とも云える。持ち前の好奇心で色んなところへ出没できる猫丸先輩だから、どこでだって不思議な事件に遭遇できるだろう。

とはいうものの、やっぱりミステリの名探偵役なのだから、連続殺人事件の謎を鮮やかに解決するといった華々しい活躍もさせてやりたい。作者の親心で、そう思ったりもする。

だからきっとそのうち、奇妙奇天烈な謎ばかりに引っかかっていないで、派手で大掛かりな殺人事件の現場に、猫丸先輩が颯爽《さっそう》と登場することもあるだろう。〝アマチュア名探偵がそう立て続けに殺人事件に遭遇するなんてご都合主義みたいじゃなかろうか〟問題は依然として立ち塞がってはいる。しかし、もうそろそろ〝立て続け〟という印象ではなくなってきている気もする。猫丸先輩からも多分「いい加減に殺人事件のひとつも解決してみたいものだよ、僕だって。これでも一応、お前さんのメイン探偵役キャラクターなんだからさ、この辺でどーんと賑々しく豪気な連続殺人事件にも顔を出してやってもいいって云ってるんだよ、だからその辺のところはきっちり考えなさいよ。僕だってやる気はあるんだから、作者のお前さんがいつまでも気を抜いてるんじゃありません。書き手側がぐずぐずとサボってるんじゃどうにもなりゃしないじゃないかよ、まったくもう」とか何とか苦情が出そうだしなあ。

うん、そろそろ猫丸先輩が殺人事件に絡むお話をやってみてもいいかもしれないな。

ただし、律儀で生真面目な作者としては、不確実な約束をするのは本意ではない。だからそれがいつのことになるのかは、一切明言はしないでおく。というか、そんな自分の首を絞めるような発言はしませんってば。怖くてできないですよねえ、そんなこと。

倉知淳

解説

末國善己

一九九〇年代初頭は、北村薫《きたむらかおる》に刺激されたかのように、〝日常の謎〟を書く作家が続々とデビューした。ただ〝日常の謎〟がどんな作品かイメージできたのはマニアだけで、それほどミステリを読んでない人には、〝殺人事件が起こらない〟とか、〝日常生活で見聞きした不思議な出来事を論理的に解明する〟とかいった説明が必要だった。だが、それも今や昔。若竹七海《わかたけななみ》、加納朋子《かのうともこ》、青井夏海《あおいなつみ》らの活躍で、誰もが理解できるジャンルになっていった。

倉知淳の代表作で、当初は不可能犯罪に挑んでいたが次第に殺人などを扱う機会が減っている〈猫丸先輩〉シリーズも〝日常の謎〟を牽引した作品の一つである。

探偵役の猫丸先輩は、下の名前は不詳、小柄で童顔のため年齢もよく分からず、好奇心ゆえに奇妙な事件を知るやすぐに首を突っ込むのだが、事件の関係者には大学の後輩がいて必ず「猫丸先輩」と呼ばれている不思議な人物とされている。

大学を出たものの就職はせず、アルバイトはしているが、それよりも後輩にお茶や食事をおごってもらって生活している猫丸先輩は、初登場した江戸川乱歩《えどがわらんぽ》『D坂の殺人事件』で、「どういう経歴の男で、何によって衣食し」ているのか不明で、「これという職業を持たぬ一種の遊民」と紹介された日本を代表する名探偵・明智小五郎《あけちこごろう》の系譜に属している。〈猫丸先輩〉シリーズの第一弾『日曜の夜は出たくない』の単行本が刊行されたのは一九九四年、この頃から、バブル崩壊後の不況による就職氷河期が直撃し、就職できない大学生が増えた。これは作者も意図していなかったかもしれないが、猫丸先輩は時代の流れと合致したキャラクターになったといえるだろう。ただ「遊民」だった明智は『一寸法師』以降は洗練された紳士となり、猟奇的な殺人鬼と戦うヒーローへと変貌するが、猫丸先輩はシリーズが進んでも飄々と世を渡っていて、遭遇する事件も〝日常の謎〟が増えるので、二人の名探偵は好対照を示しているのである。

〝日常の謎〟の短編を六作収録した本書『とむらい自動車　猫丸先輩の空論』は、二〇〇五年九月に講談社ノベルスから上梓、二〇〇八年に講談社文庫になった『猫丸先輩の空論』を改題したものである。本書は入手難の状態が続いていただけに、〈猫丸先輩〉シリーズのファンにとっても、倉知淳ファンにとっても、ミステリー好きにとっても嬉しい刊行となるはずだ。

少し前、猫を寄せ付けないようにするため、玄関前やブロック塀の上に水を入れたペットボトルを置くことが流行した。猫は水に反射する光を嫌うといわれたものの、最近は効果がないことが分かり少なくなったが、まだ街中で見かけることは珍しくない。ペットボトル入りの水をめぐる「水のそとの何か」は、〝日常の謎〟の本領が発揮された作品である。

弱小出版社で編集者をしている八木沢は、打ち合わせをしているイラストレーターの美里から奇妙な話を聞く。三日前、アパートのベランダの手摺りに、ミネラルウォーターのペットボトルが置かれていた。美里はすぐに取り除くが、翌日、同じ場所にラベルが剝がされ、元は日本茶のペットボトルが中身は水に入れ替えられて置かれていた。そして昨日と今日は元はジュースのものと思われるペットボトルが置かれていたのである。

突然現れ二人の話に割り込んできた猫丸先輩は、「あと三日で終わる」といって推理を始める。誰かがメッセージを伝えるためにペットボトルを置いたと語る猫丸先輩は、ミステリに出てくるダイイングメッセージの解説を始め一つの真相を導き出すのだが、ペットボトル入りの水という〝日常の謎〟が、殺人事件の中でも特に非日常的なダイイングメッセージの分析で解明されるギャップも面白い。〝ダイイング・メッセージ講義〟は、山口雅也《やまぐちまさや》『13人目の探偵士』、霧舎巧《きりしやたくみ》『ラグナロク洞』、鯨統一郎《くじらとういちろう》『ミステリアス学園』などでも行われている。各作家のミステリ観もうかがえるので、読み比べてみるのも一興だ。

タクシーを捕まえようとしたら、迎車のランプが付いていたという経験は誰もがあるのではないか。「とむらい自動車」も、やはり日常的な迎車タクシーで謎を作っている。

八木沢が交通事故に遭った。友人の大西が「電柱の根本に、花が供えてある」現場に行くと、「鈴木様」に呼ばれたという迎車タクシーが停まる。近くには誰もいないので、大西は自分は鈴木ではないといってタクシーを帰した。そこに花束を抱えた猫丸先輩と、やはり「鈴木様」に呼ばれた二台目のタクシーが現れる。その後も次々とタクシーが現れ、猫丸先輩が大西を「鈴木君」と呼んで去っていったため、現場は大混乱に陥《おちい》る。

続く「子ねこを救え」は、ジュブナイルのテイストがある作品である。

中学生の幸太は、幼馴染みで同級生の真美に誘われ、虐待されている子ネコを救い出す作戦に参加することになった。お婆さんが暮らす庭付きの家で猫が仔猫を四匹産むが、母猫がいなくなった。仔猫たちの面倒はお婆さんがみているようだが、三匹はお揃いの首輪を付けているのに白い仔猫だけは首輪がないなど、差別と虐待を受けているという。折しも猫がボウガンで撃たれた事件が報じられており、真美は救出を決意したようなのだ。

猫のおやつで白猫をおびき寄せようとするも来るのは兄弟猫ばかり、捕獲用の箱に入れるのにも時間がかかり、ついに猫丸先輩に目撃されてしまう。猫丸先輩が自分たちを捕まえようとしていると勘違いした幸太が、追い掛けてくる猫丸先輩を振り切ろうと逃走するアクションシーンもあって、少年少女探偵団ものとしても楽しめる。

「な、なつのこ」は、スイカ割り愛好家が集まった海岸が舞台となっている。

社会人二年目の新井は、行きつけのスナックの常連で〝全日本スイカ割り愛好会・東京西地区〟の支部長だという後藤田に、スイカ割りに誘われる。さして興味はなかった新井だが、時々、酔いつぶれた後藤田を迎えに来て「お父さんがご迷惑おかけしちゃって」と声を掛けてくれた美女ルリ子さん目当てに参加を決める。ただ大きなテントを張り、海岸の砂の上に競技用のフィールドを描くなど、ルールに則って行うスイカ割りには馴染みがないためか、監視員には声をかけられ、小学生にはビーチバレーと勘違いされてしまう。そんな中、テントの中にあったスイカが、なぜか七つだけ壊される事態が起こる。

「とむらい自動車」からの三作には、それぞれに倉知淳らしいひねりの効いた伏線の処理、ロジックの構築がなされているが、一つだけ共通の要素がある。

ネタバレを避けるため抽象的な書き方になるが、〝日常の謎〟的な例で説明しよう。街中でローファーにソックス、セーラー服を着た髪の長い人物の後ろ姿を見たとする。女子高校生だろうなと思い、すれ違い様に相手を確認してみるが、どうみても中年の男性にしか思えなかった。「今日、変なおじさんを見たよ」と話したら、仲間の一人に「それは体の性と心の性が一致しないトランスヴェスタイトで、違和感をやわらげるために別の性の服を着ているのかもしれない」との見解を示され、ＬＧＢＴＱの事情を知らなければ、指摘され初めて気付くかもしれない。また別の仲間に「男はスーツにネクタイ、女はスカートというのは根拠がなく、文化的に男らしさ、女らしさを期待された結果に過ぎないので、男らしさの呪縛から解放されたいという主張として女装しているのかもしれない」といわれ、ジェンダーの問題を認識する可能性もある。ミステリ的に「男は子供を誘拐された父親で、身代金受け渡しのため犯人に女装を要求された」という線もなくはない。

「とむらい自動車」などの作品は、〝ここに伏線があったのか！〟〝あの一文には、こんな意味があったのか！〟〝あれとあれが繋がるか！〟といったミステリの仕掛けに満ちているが、それを使って、セーラー服を着た中年男性に多様な解釈があるように、読者が常識と信じて疑わないもの、あるいは社会通念上の思い込みをも覆しているのだ。本書の収録作の結末が衝撃的なのは、謎解きが同時に読者の価値観を揺さぶり、視野狭窄に陥っている事実を突き付けているからにほかならない。この手法は、ほとんどの人が一生に一度も遭遇しないような大仰な殺人ではなく、誰もが身近に感じられる〝日常の謎〟だからこそ、問題提起がより際立って感じられるのである。

「魚か肉か食い物」は、大食いチャレンジを題材にしている。

痩せていて小柄、性格は内気で引っ込み思案な女子大生の早苗には、大食いという意外な特技があった。食費を抑えるため、ものすごい大盛り料理を完食すると無料になったり、賞金がもらえたりするチャレンジメニューの店を渡り歩いているが、一人では店に入れないという早苗のために、同じ大学に通う明日香が付き添い役になっていた。

ある日、明日香は「お肉を本気で思いっきり食べてみたい」という早苗に誘われ、五キロの牛肉を出すステーキハウスに行くことになった。店には、後輩に大食いチャレンジをさせている猫丸先輩と、アルバイトしている早苗の高校時代の同級生・草野がいた。注文した巨大なステーキが出来上がったところ、なぜか早苗は店から出て行ってしまう。

「手を使わなくては物を食べられない」という当たり前の事実と、一つの伏線がドミノ倒しのようになって真相へと繋がる本作は、短編らしい鋭さがある。

残業中の八木沢が見舞われた奇怪な事件を、仲間と飲み会をしている猫丸先輩が電話で聞いた情報だけで推理する「夜の猫丸」は、安楽椅子探偵ものといえる。

誰もいないオフィスに鳴り響く電話、それが奥の社長室から隣の会議室、徐々に八木沢のいる編集部に近づいてくる不気味な事件が描かれているのに、飲み屋にいるらしい猫丸先輩はいつものようにお気楽で少し毒舌だ。このギャップが、背筋が凍るラストをより印象深くしているのは間違いあるまい。

猫丸先輩は、古今東西のミステリ作家が生み出した名探偵のように、快刀乱麻の推理で唯一絶対の真相に到達するばかりではない。とりわけ本書や『夜届く　猫丸先輩の推測』に登場する猫丸先輩は、現場に残された手掛かりを組み合わせ、事件に遭遇した関係者が納得できる最大公約数的な答えを語っているに過ぎないのだ。〝頭の中で考えただけで役に立たない〟を意味する「空論」をタイトルに用い、自分の推理について「ちょいとデッチ上げを喋り散らし」ただけ（「水のそとの何か」）、「僕の話はただ、こういう考え方もできるって一例でね」（「子ねこを救え」）と突き放す猫丸先輩が活躍する本書は、刑事事件とは異なり必ずしも犯人を捕まえる必要がない〝日常の謎〟の特性を最大限に利用し、探偵が推理に使う証拠は本当に妥当なのか、探偵の推理は真相を導き出せているのか、そもそも事件の関係にとって解決とは何かという、ミステリの本質を問う一種の批評になっているのである。

本書に収められている作品のタイトルは、名作ミステリ（一部、ミステリではない小説もあるが）のタイトルの本歌取りになっている。「水のそとの何か」はシャーロット・マクラウド『水のなかの何か』、「とむらい自動車」は大阪圭吉《おおさかけいきち》『とむらい機関車』、「子ねこを救え」は島《しま》田《だ》雅彦《まさひこ》『子どもを救え！』、「な、なつのこ」は加納朋子『ななつのこ』、「魚か肉か食い物」は、舞城王太《まいじょうおうた》郎《ろう》『煙か土か食い物』、「夜の猫丸」はR・D・ウィングフィールド『夜のフロスト』を意識したものだろう（「夜の猫丸」は「夜」＋人名ならフロストだが、「夜」＋「猫」丸、つまり動物だとすると、北村薫『夜の蟬』の可能性もある）。この遊び心も、実は過去の名作を分析し、乗り越える形で発展してきたミステリの歴史を踏まえているように思えてならない。

本書の刊行で、〈猫丸先輩〉シリーズは、すべて創元推理文庫で読めるようになった。だが『大密室』所収の「揃いすぎ」、『こめぐら』所収の「毒と饗宴の殺人」、『豆腐の角に頭ぶつけて死んでしまえ事件』の「猫丸先輩の出張」など、アンソロジーや短編集に入った〈猫丸先輩〉シリーズの短編もあるので、これらが早期に一冊にまとまるのを楽しみに待ちたい。

本書は二〇〇五年、講談社ノベルスより刊行され、
〇八年講談社文庫に収録された。

検印
廃止

著者紹介 1962年静岡県生まれ。日本大学芸術学部卒。93年、『競作 五十円玉二十枚の謎』で若竹賞を受賞しデビュー。2001年、『壺中の天国』で第1回本格ミステリ大賞を受賞。著書に『日曜の夜は出たくない』『過ぎ行く風はみどり色』『幻獣遁走曲』『ほうかご探偵隊』『皇帝と拳銃と』などがある。

とむらい自動車
猫丸先輩の空論

2019年7月19日　初版

著 者　倉《くら》　知《ち》　淳《じゅん》

発行所 (株) 東京創元社
代表者 長谷川晋一

162-0814/東京都新宿区新小川町1-5
電 話 03・3268・8231-営業部
03・3268・8204-編集部
URL http://www.tsogen.co.jp
暁印刷・本間製本

乱丁・落丁本は、ご面倒ですが小社までご送付ください。送料小社負担にてお取替えいたします。

ISBN978-4-488-42125-0 C0193

泡坂ミステリの出発点となった第1長編

THE ELEVEN PLAYING-CARDS◈Tsumao Awasaka

11枚のとらんぷ

泡坂妻夫

創元推理文庫

◆

奇術ショウの仕掛けから出てくるはずの女性が姿を消し、
マンションの自室で撲殺死体となって発見される。
しかも死体の周囲には、
奇術仲間が書いた奇術小説集
『11枚のとらんぷ』に出てくる小道具が、
儀式めかして死体の周囲を取りまいていた。
著者の鹿川舜平は、
自著を手掛かりにして事件を追うが……。
彼がたどり着いた真相とは？
石田天海賞受賞のマジシャン泡坂妻夫が、
マジックとミステリを結合させた第１長編で
観客＝読者を魅了する。

鮎川哲也短編傑作選Ⅱ

BEST SHORT STORIES OF TETSUYA AYUKAWA vol.2

下り〝はつかり〟

鮎川哲也　北村薫 編

創元推理文庫

◆

疾風に勁草を知り、厳霜に貞木を識るという。
王道を求めず孤高の砦を築きゆく名匠には、
雪中松柏の趣が似つかわしい。奇を衒わず俗に流れず、
あるいは洒脱に軽みを湛え、あるいは神韻を帯びた
枯淡の境に、読み手の愉悦は広がる。
純真無垢なるものへの哀歌「地虫」を劈頭に、
余りにも有名な朗読犯人当てのテキスト「達也が嗤う」、
フーダニットの逸品「誰の屍体か」など、
多彩な着想と巧みな語りで魅する十一編を収録。

◆

収録作品＝地虫，赤い密室，碑文谷事件，達也が嗤う，
絵のない絵本，誰の屍体か，他殺にしてくれ，金魚の
寝言，暗い河，下り〝はつかり〟，死が二人を別つまで

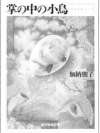